di Manlio Castagna

nella collezione Oscar Bestsellers

Petrademone. Il libro delle porte
Petrademone. La terra del non ritorno
Petrademone. Il destino dei due mondi

nella collezione I Grandi

Alice resta a casa (con Marco Ponti)
La notte delle malombre
I venti del male

nella collezione Divulgazione

116 film da vedere prima dei 16 anni

MANLIO CASTAGNA

PETRADEMONE

Il libro delle porte

L'illustrazione d'inizio capitolo è di Giulia Tomai.

Le citazioni tratte da *Il meraviglioso mago di Oz* di Lyman Frank Baum presenti alle pagine 52, 53 e 233 sono tratte dall'edizione Mondadori, nella traduzione di Masolino D'Amico.

La filastrocca a pagina 205 è liberamente ispirata alla poesia *Gli uomini vuoti* di Thomas Stearns Eliot.

La citazione a pagina 206 è tratta dalla versione cinematografica de *Il mago di Oz* diretto da Victor Fleming nel 1939.

© 2018 Mondadori Libri S.p.A., Milano

Prima edizione I Grandi febbraio 2018
Prima edizione Oscar Bestsellers gennaio 2019

ISBN 978-88-04-70779-0

Questo volume è stato stampato
presso ELCOGRAF S.p.A.
Stabilimento - Cles (TN)
Stampato in Italia. Printed in Italy

Anno 2021 - Ristampa   5 6

ragazzimondadori.it

Petrademone. Il libro delle porte

A Elrond:
questo libro è un altro modo
per chiederti perdono.

PETRADEMONE

La grossa auto nera si fermò con una brusca frenata davanti al cancello della proprietà. A parte il borbottio del motore, la montagna taceva. Tra gli stracci di nuvole nel cielo notturno, la luna quasi piena sembrava uno spettro impegnato a spiare.

L'autista, un uomo sulla cinquantina, uscì dalla macchina e si sgranchì le gambe. Camminava con passo incerto, come se avesse le gambe di plastilina. Aveva guidato per quasi sette ore di fila e si sentiva terribilmente stanco. Voleva solo sistemare la passeggera che riposava sul sedile posteriore e tornarsene a casa.

Accese la torcia e si avvicinò al cancello alla ricerca di un campanello. Il suo orologio digitale da polso segnava le 21:13. Più in basso la data, 1 luglio 1985. Lunedì.

Sul palo accanto al cancello notò, grazie al fascio di luce della torcia, un'insegna metallica di ferro brunito: la sagoma di un cane dall'aria minacciosa e la scritta PETRADEMONE.

L'autista si guardava continuamente alle spalle: si sentiva a disagio in quel regno di ombre scricchiolanti in agguato nel buio. Sussultò dallo spavento quando la sua passeggera – una ragazza appena adolescente – gli comparve improvvisamente accanto, senza che lui l'avesse sentita muoversi.

«Mi ha fatto prendere un colpo» le disse.

Lei non rispose. Si limitava a guardare davanti a sé, oltre il cancello.

«I suoi zii sapevano che saremmo arrivati, no?» le chiese l'autista.

«Non lo so» gli rispose con un filo di voce, sempre senza voltarsi. L'uomo puntò la luce della torcia verso di lei, come a voler capire se stesse scherzando.

La ragazza dai lunghi capelli neri restò immobile. Il suo volto era una maschera pallida e senza espressione.

«E come facciamo adesso? Se dormono come entriamo? Sfondiamo il cancello con la macchina?» Lo avrebbe fatto, se avesse potuto. Avrebbe fatto qualsiasi cosa pur di chiudere quella giornata e lasciare quel posto in cui anche un alito di vento sembrava portare cattivi presagi.

«Sta arrivando qualcuno» disse lei con voce piatta.

L'uomo si voltò di scatto verso il cancello, puntando la debole torcia in quella direzione, ma restò deluso e sbottò: «Non vedo nessuno!».

Uno schianto lacerò il silenzio. L'autista si spaventò al punto che la torcia gli scivolò di mano. Il buio della notte si strinse intorno a loro.

Il rumore si ripeté.

Qualcosa stava sbattendo contro il cancello.

Qualcosa di pesante.

L'autista era immobilizzato dal terrore. Quel *qualcosa* continuava a picchiare contro le sbarre, dal lato della tenuta. La ragazza, impassibile, sollevò dalla ghiaia la torcia e la puntò verso la parte bassa del cancello.

C'era un cane. Un cane piuttosto grosso, dal pelo bianco e nero e dallo sguardo vitreo.

«Che diavolo sta facendo!?» sbottò l'uomo, sorpreso e impaurito.

La ragazza s'inginocchiò e facendo passare un braccio tra le inferriate allungò la mano fin sotto il naso del cane.

«Ma che fa, è impazzita? Cerca di farsi sbranare? Non voglio passare tutta la notte in ospedale!» tuonò l'autista.

Senza degnarlo di risposta, lei si rivolse al cane. «Ciao, bel cagnone, io mi chiamo Frida. E tu?»

L'animale le annusò a lungo la mano per identificarla attraverso gli odori nascosti tra le dita, poi le leccò il palmo con una foga commovente. Dopo qualche secondo cominciò addirittura a ululare. Un ululato soffocato e pieno di fatica. Doveva essere anziano.

Le luci dentro le finestre della casa a due piani, in fondo alla proprietà, si accesero. Quadretti luminosi appesi sul muro della notte.

«Ah, bene, vedi che questo cagnaccio è servito a qualcosa» disse secco l'uomo.

Frida lo fulminò con un'occhiata velenosa. «Se si azzarda a ripetere una cosa del genere, la farò pentire di aver accettato questo lavoro.»

L'uomo restò spiazzato e non riuscì a rispondere altro che un timido: «Mi scusi» pronunciato come se fosse una preghiera recitata con timore.

Frida si pentì subito di essere stata così aggressiva. Da *quel giorno* in lei era arrivata ad abitare un'altra Frida, totalmente diversa da quella gioiosa e timida che per tredici anni tutti avevano conosciuto. Questa nuova inquilina aveva un gran brutto carattere, e non l'avrebbe sfrattata facilmente.

In lontananza comparve una luce tremolante. Si muoveva verso di loro come una lucciola impaurita. Era il fanalino di una bicicletta.

Il vecchio cane si avviò lento e scodinzolante nella sua direzione. "Che esseri malinconici gli animali anziani", pensò la parte più morbida di Frida.

Finalmente, a una decina di metri dal cancello, emerse dall'oscurità la sagoma di un uomo in bici. Portava una felpa con un cappuccio in testa che rendeva indistinguibili i tratti del volto. Spingeva sui pedali come se volesse punirli e macinava la strada con forza e naturalezza, tanto che staccò facilmente il cane.

L'uomo frenò in prossimità del cancello. Fece cadere a terra la bicicletta senza scomodarsi con il cavalletto. L'autista lo salutò con vivacità, ma ricevette solamente un freddo «Buonasera» mentre l'altro armeggiava con il catenaccio che teneva insieme il diroccato cancello a due ante.

Lo aprì. L'uomo con la felpa era ancora più alto di quanto Frida si fosse aspettata. Il corpo era atletico, nonostante i capelli e la barba bianchi lo collocassero sulla sessantina. Era un albero massiccio e antico, uno di quelli dalla corteccia dura e dalle radici solide. Dava un'impressione di rassicurante fermezza.

«Finalmente sei arrivata» disse rivolto alla ragazza. Ogni parola era misurata e ben scandita, con un tono di voce calmo, ma deciso. Non doveva essere una di quelle persone che si possono contraddire facilmente, pensò Frida.

«Non le dico cosa abbiamo passato...» tentò di dialogare l'autista.

«E non si disturbi a farlo, allora» tagliò corto l'uomo. Poi si rivolse nuovamente alla ragazza e il suo sguardo cambiò subito, addolcendosi. «Ciao, Frida. Sono tuo zio Barnaba, ma possiamo fare a meno dello "zio". Solo Barnaba. Benvenuta a Petrademone.» Lasciò una carezza sulla testa del cane e aggiunse: «E lui è il buon vecchio Merlino».

Laddove una volta ci sarebbe stato un sorriso, ora sul

viso della ragazza non c'erano che labbra strette. Suo padre le aveva spiegato che per sorridere si devono muovere ben dodici muscoli della faccia, e come tutti i muscoli, anche questi hanno bisogno di esercizio e pratica per funzionare al meglio. Da mesi lei era decisamente fuori allenamento. Si limitò ad annuire e rispose semplicemente: «Ho solo un bagaglio in macchina».

Barnaba superò la nipote e andò a recuperare la sua grossa valigia. Poi liquidò l'autista pagandolo e risparmiandogli la falsa cortesia di invitarlo a entrare. Pochi secondi dopo, l'auto fu ingoiata dall'oscurità della notte.

Lo zio chiuse il cancello dietro le spalle di Frida. Lei ebbe l'impressione di aver oltrepassato una porta definitiva.

«Dove sono tutti gli altri cani?» chiese guardandosi intorno. «Non dovrebbero essercene a decine?»

«Erano quattordici, ne sono rimasti tre.» La risposta era stata così secca che Frida percepì esattamente il punto alla fine della frase.

I border collie erano ovunque in quella casa. Il camino era pieno di statuette che li raffiguravano in ogni posizione e dimensione possibile. Poi c'erano i piccoli cuscini sul divano. I piatti di ceramica merlettata appesi al muro. Le tazze. Le foto. I trofei. Perfino il cavatappi e un set di sale e pepe. Il tipico muso bianco e nero della razza campeggiava ovunque ci fosse una superficie disposta ad accoglierlo.

Frida non aveva fame. Da *quel giorno* anche il suo stomaco si era chiuso. Zia Cat la guardava con preoccupazione, sembrava volesse portarle il cucchiaio alla bocca con la forza di uno sguardo amorevole. Era una signora dall'aspetto materno e aggraziato, sulla cinquantina, con il volto tondo e gli occhi chiari. Se Barnaba era un albero dalla corteccia dura, sua moglie era invece un morbido cespuglio di astilbe (la madre di Frida aveva sempre amato coltivarle in giardino perché adorava i loro fiori bianchi).

L'uomo era seduto sulla sua poltrona e su di lui si era accovacciato un altro cane. Morgana. Al momento della presentazione della zia, che l'aveva stretta in un abbraccio muto e caloroso, Frida aveva fatto la conoscenza anche di quest'altro border collie dal manto grigio.

«Ti spiace se non lo finisco e vado in camera? Sono un po' stanca» Frida disse alla zia, lasciando cadere il cucchiaio.

«Non ti piace il risotto?» chiese con apprensione la donna. «Vuoi che ti prepari qualcos'altro?»

«No, davvero. È buono. È solo che il viaggio...»

«Ma certo, tesoro.» Negli occhi della donna galleggiavano lacrime sincere. Allungò la mano verso quella della ragazza.

Frida la lasciò fare, ma quel contatto non le diede il calore sperato.

«Non posso nemmeno immaginare cos'hai passato in questi mesi» continuò zia Cat.

"No, non puoi" pensò la Frida pietrificata dal dolore.

Poi si alzò e, ringraziando per la cena, si avviò alle scale che portavano alla sua stanza, ma si fermò e tornò indietro. Tirò fuori un biglietto dalla tasca e lo diede alla zia.

«È il numero dell'avvocato» le disse, poi si inginocchiò per accarezzare Morgana, ancora stesa sulle gambe di Barnaba. Passare la mano nel pelo soffice di quel cane le restituì una sensazione di piacere: un esile fiume di brividi che, partendo dalla base del collo, le attraversò la schiena.

«Grazie, lo chiamo subito» disse zia Cat guardando il numero di telefono. «E dopo faccio uno squillo anche ai tuoi nonni.»

«Non c'è bisogno di chiamarli. E saranno già a letto da un po'.» Questa volta Frida salì le scale senza fermarsi.

Quando zia Cat riattaccò la cornetta si lasciò cadere sul divano di fronte al marito. La telefonata l'aveva spossata, pur essendo durata solo pochi minuti.

«Ci arriveranno tutti gli incartamenti via posta, ma già da oggi Frida è sotto la nostra tutela» disse.

Barnaba sospirò e continuò ad accarezzare il cane, che assumeva le posizioni più bizzarre pur di farsi toccare nei punti più piacevoli.

«Saremo giusti per lei, Barnaba?» gli chiese la moglie.

«Di certo non starà peggio qui che dai suoi nonni.»

«Non mi sento di fargliene una colpa. Sono molto anziani, non avrebbero potuto provvedere a lei. E sono distrutti dal dolore. Frida ha tredici anni. È un'età complicata anche in condizioni normali. L'avvocato mi ha detto che da quando sono morti Guido e Margherita è diventata un'altra persona. Si è chiusa con tutti.»

«E ti meravigli?» ribatté Barnaba.

«Non sono certa nemmeno che questo posto sia l'ideale per lei...»

Barnaba si alzò dalla poltrona, mettendo fine alla discussione.

«Starà benissimo. E tu sarai perfetta.» Alzò il cappuccio e andò alla portafinestra che dava sul patio.

«Non hai già fatto la perlustrazione, stasera?» gli chiese la donna.

«Non si sa mai» rispose lui e uscì.

Frida non era così stanca come aveva detto a tavola. Era stata una piccola bugia di cortesia. In realtà aveva bisogno di restare un po' per conto suo per dedicarsi a quella che era diventata la sua attività preferita: starsene in silenzio e lasciar andare la mente in quel mare di ricordi in cui prima o poi, ne era sicura, sarebbe annegata.

La valigia era ancora sul letto intatta, aperta come una bocca spalancata ma senza nulla da dire. Frida tirò fuori una foto incorniciata. C'era lei in mezzo a un uomo e a una donna. La guardò attentamente e poi la mise sul comodino accanto al letto. Accarezzò il volto dei suoi genitori e sospirò tristemente.

Andò alla finestra affacciata sul grande prato della tenuta, che si estendeva in morbide e basse collinette fino al cancello reso invisibile dall'oscurità. Era attraversato da una stradina di sassolini bianchi, la pallida colonna vertebrale di quella tenuta.

Frida non riusciva a staccare gli occhi dalla quercia che dominava la bassa altura sulla sinistra. I rami lunghi e contorti come le dita di una vecchia e la statura pari a quella di un palazzo di cinque piani le davano un'aria così solenne e remota da farla sentire protetta e, allo stesso tempo, in soggezione. Dalla quercia pendeva un'altalena, le cui robuste funi erano annodate a uno dei rami più muscolosi. Era semplice, eppure invitante come la promessa di un abbraccio. Merlino trotterellava intorno alla cavità scavata nel fianco dell'albero, e di tanto in tanto abbaiava saltellando. Era buffo. Tanto che smosse un sorriso nel profondo di Frida. Un sorriso che, però, non vide mai la luce delle sue labbra perché prima di raggiungerle si perse da qualche parte dentro di lei.

La ragazza notò Barnaba avvicinarsi a Merlino. Gli scodellò una carezza sulla testa pelosa e insieme s'incamminarono nella tenuta, per poi sparire dalla sua visuale.

Con la coda dell'occhio, Frida colse qualcosa che si muoveva dalle parti della cavità nella quercia. Fu un attimo. Forse un altro animale nascosto nell'oscurità? La ragazza ebbe un brivido. Non era sicura di aver davvero visto qualcosa. O qualcuno. Eppure si allontanò da quella finestra un po' spaventata.

LA SCATOLA DEI MOMENTI

«Avanti» disse Frida sentendo bussare.

Zia Cat aprì la porta lentamente e le sorrise. Frida colse sul suo volto quell'autentica tenerezza che le mancava da tempo. Tutti erano stati gentili con lei, ma spesso le loro espressioni le risultavano insopportabili. Sentiva la pena che quei volti esprimevano, con le labbra piegate all'ingiù e gli occhi pieni di compassione. Nell'espressione di zia Cat non c'era niente del genere, e questo la confortò.

«Ti piace la stanza?» le chiese.

«Sì, zia Cat, grazie.»

La donna entrò nella camera e guardò di sfuggita la foto sul comodino.

«Se vuoi ti porto una tazza di latte caldo.» Poi si affrettò ad aggiungere, per rispondere all'espressione interrogativa di Frida: «Lo so, hai ragione, latte caldo a luglio... Ma qui siamo a 1000 metri e di sera fa sempre un po' fresco. E non c'è niente di meglio del latte per farsi una bella dormita».

Frida le rispose di no con un cenno della testa e un altro «Grazie» di cortesia, e la zia si arrese sorridendo.

«I nonni mi hanno detto che ami molto leggere. Ho fatto portare su da Barnaba quei libri.» E indicò uno scaffale. «Spero ci sia quello che ti piace, altrimenti andiamo a comprare qualcos'altro. A Orbinio non hanno tanto, però possiamo fare un salto in città già domani mattina, se vuoi.»

«Siete gentili tu e lo zio. Andranno benissimo questi.»

«Chiamami per qualsiasi motivo» zia Cat aggiunse. «Sono nella stanza a destra quando scendi le scale. Poi domani, se ti va, parliamo un po'. Va bene?»

La ragazza annuì e le augurò la buonanotte. Prima di chiudere la porta, zia Cat le disse: «Io e Barnaba ti vogliamo bene, Frida». Quelle parole furono come sassolini gettati su una roccia: non misero radici, ma produssero un suono piacevole.

Di nuovo sola, Frida si sedette sul letto. Dalla valigia estrasse una cassetta verde. Sopra si notava una scritta, messa insieme con un collage di lettere ritagliate: LA SCATOLA DEI MOMENTI. Ne sollevò il coperchio. Era un contenitore profondo, zeppo di foglietti diversi tra loro. Rettangoli a quadretti, strisce di carta gialla, angoli di fazzoletti, piccoli cartoncini, post-it colorati. Tutti ricoperti da una scrittura ben leggibile.

Frida posò la scatola sul letto, tirò fuori un pezzo di carta dalla tasca dei jeans e cominciò a scrivere usando il coperchio come superficie d'appoggio.

Non dimenticare quella volta in cui la mamma sfregava con una spugna le tue ginocchia nere nella vasca, dopo un pomeriggio passato sul terrazzo di casa insieme a Sara e Laura. Non dimenticare il suo sorriso anche se era stanca. Non dimenticare la morbidezza del-

le sue mani mentre ti risciacquava. Non dimenticare il modo in cui soffiava via un ricciolo che le era scappato dall'acconciatura e che le pendeva davanti agli occhi mentre era china su di te che "facevi storie" perché quella ti sembrava una tortura.

Lo rilesse. Tre volte. Molti di quei biglietti li conosceva a memoria, parola per parola, virgola per virgola. Fece cadere quello nuovo nella cassetta, dove si andò a mescolare ai tanti "non dimenticare" che già riposavano lì dentro. Quei brandelli di carta erano ricordi dei suoi genitori. Aveva creato la scatola due giorni dopo l'incidente. Era terrorizzata all'idea di dimenticare i momenti con loro, anche quelli apparentemente insignificanti. Anzi, soprattutto quelli. Rimise il coperchio e...

Un rumore fortissimo le fece gelare il sangue. Si voltò verso quel suono di legno e vetro. Era la finestra. Si era spalancata e aveva fatto crollare a terra un piccolo oggetto d'argento. Frida lo raccolse: raffigurava un cane seduto, un border collie in posa. Tanto per cambiare.

Mise a posto il ninnolo e chiuse la finestra. Prima di farlo, però, notò che l'aria fuori era immobile. Le foglie lobate della grande quercia erano così fisse da sembrare finte. Cosa aveva fatto spalancare le ante in quel modo così violento? Cercò con lo sguardo Barnaba e Merlino sul prato, ma di loro non c'era traccia.

La notte gocciolava via minuto dopo minuto. Frida non riusciva a prendere sonno: se chiudeva gli occhi, piccoli vermi luminosi cominciavano a strisciare nell'oscurità, facendole girare la testa. Preferiva allora guardare il soffitto, con le travi di legno dall'aspetto così massiccio, così solido. La piccola sveglia sul comodino, accanto alla cornice con la foto, segnava pochi minuti alle tre. L'insonnia era diventata la sua sgradita compagna notturna.

D'un tratto sentì un rumore leggero penetrare nella stanza, come un fruscio elettrico. Si alzò e andò alla finestra. Tutto era ancora immobile, o almeno così le sembrò a prima vista. Solo dopo qualche secondo si accorse di qualcosa che strisciava sul prato.

Dal fondo della distesa erbosa si levava una specie di nebbiolina, un fumo azzurrastro. Si allargava velocemente e continuava a dilagare minacciosa su tutto il prato, bassa sull'erba. Pian piano avvolse anche il pozzo in pietra viva e il camper fermo vicino ai box dei cani, vuoti. Andava ovunque come un ospite invadente.

In Frida montò la voglia di vedere da vicino quella strana foschia. La curiosità era l'unica sua caratteristica che non era stata danneggiata dal dolore.

Anche l'antica quercia – o meglio, la sua base – venne avvolta dalla bruma azzurrognola, che in poco tempo arrivò fin sull'orlo del patio, su cui si apriva la portafinestra della sala da pranzo.

La ragazza rovistò nella grande valigia che aveva portato con sé, e che ormai conteneva tutta la sua esistenza, e trovò la torcia elettrica che il padre le aveva regalato *quella volta* in spiaggia.

Non dimenticare quella notte che dormisti con il papà nella piccola tenda vicino al mare. Non dimenticare il solletico che la sua barba ti faceva sulla guancia quando ti stringevi a lui per cercare protezione. Non dimenticare il suono delle onde che era come un canto. Non dimenticare le conchiglie che raccoglieste insieme e che portaste alla mamma come dono per farvi perdonare la notte passata senza di lei.

Le si strinse il cuore. Chiuse gli occhi un attimo per scacciar via la nostalgia. Li riaprì. Il dolore era ancora lì, ma decise di non sprofondarci dentro. Provò la torcia. Funzionava. Infilò una T-shirt a maniche lunghe con l'immagine dello Spaventapasseri del *Mago di Oz*. Aprì la porta e sgusciò silenziosamente fuori dalla stanza.

Si mosse nel corridoio in punta di piedi, ma quella era una vecchia casa e le sue ossa scricchiolavano per un nonnulla. Il cigolio dei suoi passi sul parquet la faceva sussultare ogni volta. Quando arrivò giù nella sala da pranzo, le restava da compiere un'ultima impresa: aprire la portafinestra e lo scuro esterno senza svegliare gli zii.

Sbloccare la porta a vetri non fu difficile. Ora toccava allo scuro in legno massiccio. L'apparenza non ingannava: era duro e pesante. Frida cercò di girare la chiave, ma pareva incastrata. Provò a dare una leggera spallata, mentre tirava giù la maniglia. In quel modo la resistenza dell'imposta cedette, però il rumore che fece all'aprirsi avrebbe potuto svegliare anche la più addormentata delle belle.

La ragazza non ebbe il coraggio di voltarsi verso l'interno della sala da pranzo. Era certa che si sarebbe trovata di fronte Barnaba o zia Cat (o, se proprio era fortunata, tutti e due) in pigiama, con gli occhi strabuzzati e piantati su di lei. Sospirò voltandosi. In effetti, qualcuno la stava osservando, ma gli occhi non erano quelli degli zii.

Sotto l'arco in pietra che divideva la sala da pranzo dal salone c'era un cane. Non Merlino né Morgana, sebbene a un occhio disattento li si sarebbe potuti confondere facilmente. Rispetto a Merlino la testa era più piccola, e in generale tutta la corporatura faceva pensare a una femmina. Per il resto, si trattava indubbiamente di un border collie anziano.

Frida restò immobile. E così pure il cane. «E tu chi sei?» gli chiese poi sottovoce.

L'animale la fissava più sorpreso che arrabbiato. Come se quella ragazza fosse l'ultima cosa al mondo che si aspettasse di vedere davanti alla "sua" porta.

«Ti prego, fammi andare... non abbaiare. Ti prego» pigolò Frida.

Il cane la guardò ancora, poi si voltò e accolse la sua preghiera. Non fece nulla, se non andar via. Proprio mentre spariva nel buio del salone e Frida stava per varcare la soglia esterna, una voce risuonò come un sussurro nella sua mente: *Il mio nome è Birba.*

«Chi ha parlato?» chiese impaurita.

Davanti all'inspiegabile, la soluzione più comoda per il cervello è convincersi che si tratti solo di una fantasia o un'allucinazione. E così successe a Frida.

La nebbia era lì ad attenderla sul patio, paziente e sibilante come un immenso serpente. Ricopriva con uno strato alto circa venti centimetri tutto l'enorme spazio della tenuta. Una moquette di nuvole. Dentro la testa della ragazza cominciarono a suonare i campanelli d'allarme e i suoi sensi si misero in allerta come sentinelle solerti.

Frida avanzò comunque, impugnando la torcia. Sentì che l'aria della notte era piacevole, mite, eppure, quando entrò in quella marea nebbiosa, avvertì improvvisamente il gelo avvolgerle i piedi, le caviglie e le gambe fino al ginocchio. Quella "roba" era fredda. E non si era sbagliata: c'era un suono sinistro nell'aria.

Guardò la grossa quercia e notò che l'altalena dondolava. Eppure, ancora una volta, non c'era un alito di vento. Una vocina tremante dentro di lei la implorava di tornarsene al sicuro, a casa, invece lei non le diede ascolto.

Era diretta alla quercia. Più si avvicinava all'albero, più il freddo diventava intenso e penetrante. Era quel tipo di gelo che si fa strada nella carne e si attacca alle ossa dall'interno, come un predatore. Era partito dalle estremità e ormai lo avvertiva in tutto il corpo.

A pochi metri dalla quercia la paura prese il sopravvento sulla curiosità. La nebbia cominciò rapidamente ad alzarsi, aumentando di volume e consistenza come una panna che monta. Frida la sentì sopra le ginocchia, poi intorno ai fianchi e su, su fino alle spalle. Quella gelida foschia la stava inghiottendo.

Quando si sentì avvolgere il collo e riempire la bocca, venne colta dal panico. Voleva gridare, ma la voce le s'incastrò in gola. Eppure non fu quell'abbraccio ghiacciato a farle tremare le vene. Fu un suono cavernoso e disumano che udì distintamente.

Un ringhio. *Stai lontana dal grande albero!*

È SUCCESSO DI NUOVO, BARNABA

Nero. Non riusciva ad aprire gli occhi. Le palpebre erano sipari pesanti.

«È sveglia» disse la voce. Frida riusciva a sentirla, lontana lontana. Come l'eco del mare in una conchiglia.

Le conchiglie sulla spiaggia. La mamma.

«Piccola, puoi sentirmi? Apri gli occhi.» Riconobbe la voce femminile. Provò a far entrare luce nel suo sguardo. Lentamente comparvero delle figure chine su di lei. Sfocate.

Di nuovo buio. E di nuovo quella voce femminile, ora però accompagnata anche da un'altra: più bassa e profonda. Un timbro maschile. Cercò ancora una volta di sollevare le palpebre e tenerle su per più tempo. I volti erano due. E c'era un lampadario oltre le loro teste. Dopo sentì qualcosa sulla guancia, qualcosa di umido e... rasposo. Erano delle leccate. Per averne la prova definitiva, però, doveva aprire gli occhi.

«Scendi giù, Morgana!» sbottò la voce femminile.

«Ma lasciala fare...» intervenne quella maschile.

Frida aprì gli occhi con più convinzione e si ritrovò di fronte l'enorme muso di un cane con lo sguardo felice e la lunga lingua penzoloni come un tappeto srotolato alla corte di un re. Istintivamente Frida allungò una carezza tra le sue orecchie ritte.

«Ciao, Morgana.» Le sue parole erano un sussurro.

«Visto che le ha fatto bene?» Era Barnaba che parlava. La voce profonda.

«Piccola mia, stai bene? Ci hai fatto prendere un bello spavento. Ma che ci facevi sul prato di notte? Perché sei uscita?»

«Dalle respiro, Cat.»

«Ma stai un po' zitto!» protestò la zia. Poi si rivolse di nuovo a Frida: «Lo sai che devi ringraziare questa bella cagnolina? Si è accovacciata su di te e ha abbaiato finché non siamo usciti e ti abbiamo trovato» disse con un leggero tono di rimprovero nella voce. «Avevi perso conoscenza.»

«Non ricordo nulla» disse Frida, mentendo almeno un po'. Ricordava esattamente la nebbia, il fruscio sordo, la voce del cane Birba nella testa e quella cavernosa che le intimava di stare lontana dalla quercia. E poi la sensazione di gelo che l'aveva afferrata e tirata giù. Dopo doveva essere svenuta, perché non ricordava più nulla.

Comunque non aveva voglia di raccontare quello che le era accaduto, non voleva dare l'impressione di vivere nel paese dei sogni. Forse si era trattato proprio di questo: un sogno particolarmente vivido.

«Fai colazione, poi usciamo. È ora che tu conosca Petrademone» propose Barnaba nel suo solito tono risoluto, prima di uscire dalla stanza.

«Zia Cat» disse Frida.

«Sì, tesoro?»

«Come si chiama l'altro cane che avete? Cioè, ci sono Merlino, Morgana e...»

«Birba, la madre del capobranco Ara. Perché?»

«Così...» rispose la ragazza lasciando cadere il discorso. Cosa stava succedendo in quel posto? Come avrebbe potuto confessare alla zia che la cagnolina le aveva parlato "telepaticamente" senza sembrare pazza? Di certo non aveva sognato quella voce. Il nome era davvero Birba.

Circa un'ora dopo camminava accanto allo zio sul prato della tenuta, tallonati dai suoi tre cani. Passeggiavano in silenzio. Il tappeto d'erba era folto e umido, piacevole da calpestare. L'aria fresca della notte si stava addolcendo grazie al sole ben piantato in mezzo al cielo, dove pascolavano lentissime nuvole sfilacciate. L'estate era ovunque. Nel tocco gentile del vento che nasceva lontano, nel profumo orizzontale delle pervinche, i cui petali viola coprivano in parte la zona a sinistra della casa, nei voli elettrici delle api e delle vespe che si muovevano di fiore in fiore.

Si fermarono accanto a una fila di recinti in metallo disposti a schiera, uno accanto all'altro là dove finiva il prato e cominciava l'ombra degli alti sempreverdi.

«Qui è dove riposano... riposavano i miei cani durante il giorno. Si sta al fresco. Questo è il recinto del capobranco. Il re. Ara. Nessun altro all'infuori di lui poteva entrarci. Qui accanto c'erano Babilù e il piccolo Oby. Poi Wizzy, il veloce. E il Principe Merovingio. E più avanti i due fratelli: Bardo e Banshee. Erano inseparabili. Due cani pronti a dare l'anima l'uno per l'altro. E per me e tua zia.» Nella voce dello zio Frida colse le increspature di una tristezza profonda.

«Dove sono finiti?» gli chiese.

«Non lo so. Sono tutti spariti. La notte del 21 giugno.» Barnaba si era piegato sulle gambe e metteva a posto un piccolo ferro che fuoriusciva dal recinto.

«Il solstizio d'estate» aggiunse la ragazza.

«Sì, esatto, una coincidenza a cui ho pensato a lungo. Ma non sono venuto a capo di nulla.»

«Qualcuno li ha presi? C'è qualche buco nella recinzione?» Frida propose quelle ipotesi, ma era certa che lo zio ci avesse già pensato.

«Ho controllato tutto, ossessivamente. E loro non scapperebbero per nulla al mondo.»

E se non si trattasse di "questo" mondo?

Frida fu colta di sorpresa dal suo stesso pensiero. Sentiva con una certezza inspiegabile che gli eventi della notte precedente dovevano avere qualcosa a che fare con la misteriosa sparizione dei cani di Petrademone.

«Perché questo recinto è isolato dagli altri?» chiese poi. Lei e lo zio erano ora dal lato opposto rispetto alle gabbie metalliche, sul versante che dalla casa portava alla grande quercia. Merlino, Birba e Morgana si erano spalmati all'ombra, spossati dal caldo.

«Questo era il posto di Beo. Aveva bisogno di stare lontano dagli altri. Era uno spirito libero... e un grande attaccabrighe.» Sorrise amaro, Barnaba. «Eppure, l'avessi visto con le persone. La dolcezza fatta cane. Solo che non sopportava i suoi simili. In questo io e lui ci somigliamo.»

Frida conosceva suo zio da poche ore, eppure non faticava a credergli. Le dava proprio l'impressione di chi non ha una grande considerazione del genere umano. Non si può vivere in un posto così isolato senza la volontà di lasciare il mondo fuori.

«Litigava con tutti e più invecchiava peggio era» Barnaba continuò. «Tua zia lo chiama... lo chiamava "Beo della collina".» Parlando dei suoi cani, l'uomo andava con le parole avanti e indietro, tra passato e presente. Non si rassegnava all'idea che non ci fossero più.

«Come è successo?»

«Intendi la sparizione?»

«Sì.»

«Avevo da poco portato il cibo a quelli che dormono fuori, nei box. Li hai visti, quelli a sinistra, lì in fondo? C'erano le due rosse: Marian e Mirtilla. C'erano i giovani Oby e Wizzy. Sembravano inquieti. Erano nervosi. Venni qui a controllare Beo perché stava ululando senza tregua. Non capitava spesso che facesse così.»

Le foglie alte della quercia furono scosse dal vento che attraversava l'intrico dei rami. Il tremito musicale ricordava a Frida il rincorrersi delle onde che poi s'infrangono sulla riva del mare.

«Io e zia Cat andammo a dormire alla solita ora. La maggior parte dei cani era dentro casa. Tranne le femmine in calore e Beo, tutti gli altri restano con noi. Dopo la pappa li facciamo rientrare.» Barnaba esitò, quasi che il ricordo gli avesse morso la lingua. «Al mattino li chiamai, ma risposero solo in tre. I tre più anziani: Birba, Merlino e Morgana. Gli altri erano svaniti. Andai in ogni stanza: nulla. Le porte d'accesso in casa erano chiuse, invece la finestra dello studio era spalancata. Non ricordavo di averla lasciata così, però è sempre stata un po' difettosa e qualche volta il vento riesce ad aprirla. E ogni tanto i cani uscivano da lì, ma poi tornavano sempre. Corsi subito sul prato per cercarli. Niente. Nemmeno l'ombra, nemmeno un indizio. Da quella mattina di dodici giorni fa non li abbiamo più visti. È come se la terra li avesse inghiottiti.» Barnaba guardò davanti a sé. Lì dal recinto di Beo si abbracciava con un colpo d'occhio quasi tutta la tenuta. Il prato ondeggiava come percorso dai brividi.

«Non passa giorno che io non vada a cercarli.»

«Anche ieri notte, quando ti ho visto dalla finestra?»

«Ah, eri sveglia? Pensavo fossi stanca...»

Frida sentì le guance andarle a fuoco.

«Sì, ho perlustrato tutte le recinzioni della tenuta e il

boschetto. E ogni giorno copro una parte delle montagne qui intorno.»

Frida ascoltava senza fiatare. Forse quello sarebbe stato il momento giusto per raccontare le vicende della notte precedente. Stava per farlo, quando dal cancello in fondo si udì un colpo di clacson. I tre border collie scattarono come molle, nonostante le ossa affaticate. Merlino faceva un verso soffocato, come quello di un anziano con l'enfisema. Birba abbaiava a scatti nervosi, una specie di allarme rotto. E Morgana ululava con un timbro molto profondo.

Il clacson suonò ancora. Era quello di una Vespa. Anche dalla collina di Beo si poteva scorgere un uomo che si sbracciava da dietro al cancello. Lo sentirono urlare: «Barnaba, Barnaba!».

Frida e lo zio arrivarono al cancello, oltre il quale c'era un tizio dalla pancia prominente. Sembrava avesse ingoiato una piccola mongolfiera, compresi il pilota e i sacchi della zavorra. La faccia era tonda e bonaria, equilibrata da occhi piccoli e svelti. Forse era un coetaneo dello zio, anche se dimostrava più della sua età.

«Ciao, Mario, che succede?» lo salutò Barnaba.

«È successo di nuovo, accidenti.»

Mario raccontò loro che un altro cane era sparito quella mattina. Frida apprese così che dai primi di giugno erano già più di un centinaio gli animali scomparsi in tutta la zona dei Monti Rossi, e ormai le sparizioni erano sempre più diffuse. Questa volta la scomparsa era avvenuta nel paesino di Poggio Antico, a oltre venti chilometri da Petrademone.

«Il raggio si sta allargando» sentenziò Mario.

Raccontò che a scomparire era stato Bully, un golden retriever di nove anni che viveva con la signorina Mancusi. Una *signorina* di oltre settant'anni che aveva consacrato a quel cane il suo amore assoluto. Era suo figlio, il suo miglior amico (molti dicevano malignamente: l'unico), il suo compagno di vita, il suo angelo protettore e la sua gioia. Secondo i ben informati, era a lui che avrebbe lasciato tutto il suo patrimonio, al momento opportuno. In ogni modo, il cane sembrava essersi volatilizzato. Un attimo prima era nel salone di casa, a riposare sul suo cuscino, ma quando la donna era tornata dalla cucina con una tazza di tè, non c'era più nemmeno un ciuffo di peli.

«Non è più solo "la maledizione dei Monti Rossi", come la chiamano i giornali. Vuoi sapere cosa ne penso, Barnaba? Qui c'è sotto qualcosa di strano. Non mi meraviglierei che c'entrassero i servizi segreti» disse Mario prima di andare via.

Barnaba era rimasto silenzioso tutto il tempo. Frida, per la prima volta da mesi, sentì che il suo dolore era in sintonia con quello di altre persone. Che la sofferenza si può manifestare nella vita di chiunque. Sotto forme diverse.

I primi a scomparire erano stati i cani randagi. Ormai non se ne vedeva uno in tutta la zona. La gente inizialmente non ci aveva prestato troppa attenzione. Poi, addirittura, aveva reagito con un velato entusiasmo. I randagi, si sa, non piacciono a nessuno.

In seguito, però, erano arrivate le prime sparizioni dai giardini e dalle case. Si era data la colpa a un gruppo di rom che viveva ai margini del paese di Vicovalgo, ma presto era risultata infondata anche quell'ipotesi. Alla fine gli abitanti si erano quasi rassegnati: «In fondo sono solo cani», si sentiva dire spesso.

Non un guaito, non un indizio, non una traccia da seguire. Gli animali si dissolvevano nel nulla. E poi erano spariti undici cani in una notte sola: i border collie di Barnaba. I giornali si erano sbizzarriti nel cercare una spiegazione. Secondo la più originale, si trattava di una punizione divina: un prete, durante il sermone domenicale, aveva detto ai fedeli che tutte quelle sparizioni erano un avvertimento per gli uomini, ormai sempre più disposti a dedicare attenzione e amore alle bestie piuttosto che ai propri simili.

Frida non si era mossa dal letto per tutto il pomeriggio. Il dolore e la nostalgia arrivavano a ondate. Quando succedeva, non riusciva a fare altro che proteggersi chiudendo gli occhi e aspettare che passasse, rannicchiata tra le lenzuola. Le onde s'infrangevano contro i suoi pensieri, spazzandoli via. Si alzò dal letto. Doveva uscire da quella stanza, altrimenti sarebbe affondata.

NEL POZZO

In cucina c'era zia Cat. Un odore dolciastro si spandeva tra le pareti del piano terra. La donna stava rimestando qualcosa in una grossa pentola sul fuoco, e quando scorse Frida sorrise.

«Sto facendo la marmellata di visciole.» Vedendo la nipote strizzare gli occhi, rise. «Ciliegie acide, sono buonissime. Le ha raccolte oggi Barnaba. Ti va di provarla a colazione domattina?»

Frida annuì, ma solo per non deluderla.

«Prendi una sedia, fammi compagnia» le propose la zia.

La ragazza sentì la confortevole sensazione di trovarsi in una tana. La cucina era piccola, eppure molto accogliente. Morgana dormiva accanto alla stufa di ghisa, su un tappetino tutto consumato.

Zia Cat le dava le spalle mentre mescolava la poltiglia rossastra che gorgogliava nella pentola.

«Lo so che sei arrivata da pochissimo, ma... come ti

trovi qui? Ti senti a tuo agio?» le chiese guardandola da sopra una spalla.

Frida annuì, senza dire una parola. Zia Cat annuì a sua volta, con un sorriso.

«Possiamo fare altro? Non so... hai bisogno di qualcosa? Io e tuo zio vogliamo che ti senta a casa. Certo, lo so che non lo è, però...»

«Davvero, zia, non preoccuparti. Tu e lo zio siete gentili. Starò bene qui.»

Frida si accorse che alla donna erano salite le lacrime agli occhi. Lei, invece, non aveva mai pianto da quando erano morti i suoi genitori. Come se l'improvviso dolore fosse stata un'esplosione atomica capace di cancellare in un istante tutto quello che aveva dentro, radendo al suolo anche la fonte delle lacrime. Dopo quel giorno in lei era rimasto solo terreno arido e crepato.

«Non ti mancano i tuoi amici?» chiese ancora la zia, girandosi verso i fornelli.

«Sto bene da sola» fece lei lapidaria.

Silenzio. Si poteva sentire distintamente lo scorrere del tempo. E anche il russare caldo di Morgana ai loro piedi.

«Posso farti una domanda, zia?»

«Dimmi pure.»

«Perché non siamo mai venuti a trovarvi qui a Petrademone, con mamma e papà?»

La donna si fermò come se fosse stata afferrata al collo da una mano gelata. Posò il cucchiaio di legno accanto alla pentola, si asciugò le mani con uno strofinaccio e andò a sedersi accanto a Frida. Non rispose subito, forse cercava le parole giuste.

«Tua madre e Barnaba erano molto uniti. Si volevano un bene dell'anima, come è raro vedere tra un fratello e una sorella. Anch'io ero profondamente affezionata a Margherita. È stata la mia migliore amica, come una vera sorella. Altro che...» sembrò pentirsi di aver aperto questo secondo discorso e si fermò. Poi ricominciò: «Quei due erano sempre insieme, amavano le stesse cose, avevano una passione comune per i cani. Poi, qualche anno prima che tu nascessi, avvenne qualcosa di brutto. Di molto brutto.» S'interruppe per un attimo. «E le loro strade si separarono per sempre.»

«Cosa successe?»

«Non dovrei essere io a parlartene. E non lo farò. Barnaba mi ha fatto giurare che non ne avremmo più fatto cenno. E così è stato. Anche se... lo conosco, non ha mai smesso di pensarci. Quando sarà pronto, sarà lui a raccontarti tutto. Lo farà, non temere.»

«Ho capito» disse Frida, ma in realtà era ancora più confusa di prima.

«Tua madre non ti hai mai accennato nulla?»

«No, anche se ho provato più volte ad avere risposte. Mi ha sempre detto che ero troppo piccola per capire. Poi, a un certo punto, ho smesso di fare domande. Mio padre, invece, mi ha risposto come te, più o meno. Anche a lui la mamma ha fatto giurare di non parlarne mai; lo avrebbe fatto lei quando si fosse sentita pronta...»

Zia Cat stese la sua mano su quella della ragazza e le fece sentire la sua presenza.

«Mi mancano terribilmente, zia.» Frida si sorprese di questa confessione. Da dove erano uscite quelle parole? Da quale breccia dentro di lei si era insinuato fuori quel pensiero che doveva restare imprigionato?

«Lo so mia cara, lo so, credimi» disse la zia, commossa.

«Vorrei vederli almeno per un'ultima volta. Certo, è un pensiero stupido...» La mano della zia strinse quella della nipote per risponderle che no, non lo era. Poi Frida continuò: «Non ho nemmeno avuto la possibilità di salutarli. Non ho potuto dir loro addio. Guardarli ancora un momento negli occhi». Ormai la diga era aperta.

Zia Cat sciolse i nodi agli occhi e le lacrime scorsero come ruscelli sulle sue morbide guance.

«Magari ci riuscirai.»

«Che vuoi dire?» chiese Frida guardandola stupita.

«Da qualche parte, oltre l'arcobaleno, il cielo è azzurro e i sogni impossibili diventano realtà, no?» rispose zia Cat, come recitando dei versi.

«*Il Mago di Oz*!» esclamò al colmo dello stupore Frida, riconoscendo la canzone più famosa del film.

«Sì, *Il meraviglioso Mago di Oz* è anche il mio libro preferito» disse sorridendo la zia mentre si asciugava le lacrime. Poi continuò, fissando i suoi occhi in quelli nerissimi della nipote: «Non sappiamo cosa ci sia oltre la nostra realtà, Frida. Non è detto che non esista *qualcos'altro*.»

La ragazza restò silenziosa. Stava cercando di capire cosa le volesse dire la zia con quelle parole.

«Intendi... fantasmi?»

«No, non fantasmi. Ma chissà, da qualche parte oltre il cancello...» disse la donna, indirizzando alla nipote un occhiolino di complicità.

Quella stessa notte Frida si alzò di soprassalto nel cuore delle tenebre. Un incubo dai contorni sfumati le aveva mozzato il fiato e accelerato il battito. Sentiva la gola stretta in una morsa polverosa, arida come un campo dopo una lunga siccità. Doveva bere, ma l'esperienza spaventosa sul prato e il ricordo di quella nebbia terrificante (per non parlare della voce spettrale proveniente dalla quercia) la schiacciavano a letto. Era terrorizzata, e non era una condizione normale per lei. Non era mai stata una bambina incline alla paura, a maggior ragione quando era cresciuta. Fin dai primi ricordi che conservava della sua infanzia era sempre stata allergica ai racconti della buonanotte classici. Troppo sereni. La annoiavano. Era quasi come starsene in classe a una lezione di matematica con il professor Mertana, l'uomo più antiquato e barboso della galassia (o almeno di quella cui apparteneva il pianeta Terra).

Lei amava le storie forti, quelle in cui c'era da tremare, quelle in cui l'eroina deve affrontare mostri e tranelli. La madre sapeva come accenderle la fantasia e farle sentire la tensione. Le raccontava di terre fantastiche, di mondi dietro il nostro mondo, di pericoli veri. Altro che lupi in vestaglia nascosti nei letti della nonna e streghe spacciatrici di mele soporifere!

Ma lì, a Petrademone, era tutta un'altra faccenda. Quello che aveva vissuto la notte precedente era stato reale. Ed era successo a lei. Non al personaggio di una fiaba.

Frida continuava a lisciarsi la lunga treccia nella quale aveva raccolto i capelli corvini e che aveva chiuso con un fiocco bianco, come faceva sempre fin dal suo quarto compleanno. Era combattuta tra il desiderio di estinguere il fuoco di quella sete che le bruciava la gola e la paura di dover affrontare un'altra esperienza spaventosa. Guardò verso la quercia attraverso la finestra. Quell'albero maestoso era come una calamita.

Con la coda dell'occhio, però, notò che in un altro angolo del prato c'era qualcosa che subito il suo cervello registrò come anomalo. Al lato opposto dell'albero secolare, non lontano dai recinti dei cani perduti, si sollevava dall'erba un finto pozzo in pietra viva – finto perché, in effetti, non c'era nessuna profonda cavità che affondava nel terreno: zio Barnaba lo aveva costruito qualche anno prima per tenerci i frisbee, le palline e i rami secchi usati per far giocare i border collie, e poi guinzagli, collari e così via. Eppure, da quel pozzo ora Frida vedeva levarsi qualcosa.

Si alzò dal letto, tremante. Nella stanza non c'era nessun rumore, nemmeno il ticchettio fastidioso della sveglia sul comodino. Gli orologi erano fermi. Tutti, persino quello da polso, digitale, che ora giaceva solitario sulla scrivania. Frida sentì chiaramente lo stomaco annodarsi. Si avvicinò alla finestra per essere sicura di quello che stava vedendo. Non si era sbagliata: dall'imboccatura del pozzo si alzava un filo sottilissimo che teneva legato a mezz'aria un aquilone giallo. Un semplicissimo aquilone giallo, eppure talmente assurdo da farle sentire il cuore scalciare in gola. Bussare nelle tempie. Fremere nelle gambe.

Si allontanò dalla finestra e si gettò sul letto, ma il tuffo non la portò a sentire la morbida consistenza delle lenzuola, del materasso, del cuscino.

Si ritrovò, invece, a faccia in giù nell'erba bagnata ai piedi della quercia.

Si rialzò subito, presa da un panico che le strozzava l'urlo custodito in gola. Un urlo che avrebbe avuto bisogno di far risuonare con tutte le sue forze e che invece restò lì, inespresso. Come ci era arrivata alla quercia? Ancora una volta, la sua mente razionale le venne in aiuto per cercare di dare una spiegazione laddove sembrava impossibile.

"E se soffrissi di sonnambulismo?" si disse Frida. "So che possono succedere fatti ben più strani di questo." La spiegazione la tranquillizzò, finché non le venne in mente l'aquilone nel pozzo. Si voltò di scatto verso il cilindro di pietre. Non c'era traccia di quell'ala gialla. Che lo avesse sognato?

"Sì, deve essere andata così. Un altro incubo" pensò. Corse verso il patio e, visto che la paura spesso rende goffi, inciampò in una piccola buca nel terreno (sicuro lascito di un cane di casa, dalla tendenza a emulare le talpe) e finì con le mani e le ginocchia per terra. Dalla rotula sinistra vide sgorgare un rivolo sottilissimo di sangue. Niente di preoccupante, ma lei detestava sentirsi imbranata. La ferita era più grave per l'amor proprio che per la pelle.

Una nuova sorpresa l'attendeva quando cercò di ritornare in casa. Lo scuro era bloccato dall'interno. Sen-

35

tì di nuovo vacillare la mente e le certezze. Se la portafinestra della sala da pranzo era chiusa, da dove era uscita lei? E come?

I suoi pensieri vennero interrotti da un rumore che la obbligò a voltarsi. Era come un fruscio, uno strappo nell'aria, uno stropicciamento di carta crespa. Lo conosceva, quel suono, lo aveva sempre associato a scene piacevoli e giocose. Non questa volta, però. Girandosi vide infatti quello che si aspettava: l'aquilone era di nuovo sul pozzo e si dimenava allegramente, come in una danza infantile coreografata dal vento leggero che soffiava sulla tenuta.

Frida arretrò allora verso il portoncino di casa, muovendosi come un gambero. Passo dopo passo, si ritrovò spalle al muro. Non riusciva a staccare gli occhi dall'aquilone che piroettava nel buio mentre il filo si perdeva nella cavità del pozzo. Immaginò un artiglio che lo teneva stretto, nascosto nelle profondità. Rabbrividì al pensiero. Quella nuova paura stava prendendo a schiaffi la sua innata curiosità e per niente al mondo sarebbe andata verso il pozzo a vedere cosa stava succedendo e da dove partiva quella cordicella striminzita.

Prese a strisciare contro il muro, palpandolo all'indietro alla ricerca del pomello. Se lei non era uscita nemmeno da lì, la porta doveva essere chiusa come tutte le notti, ma avrebbe comunque tentato di aprirla. Trovò la maniglia sferica, però come previsto non si girava. Il suo cuore prese a martellare ancora di più, quando, improvvisamente, l'aquilone si fermò, restando innaturalmente ritto nell'aria. Era come un fiore dallo stelo rigido. Infine si alzò in volo, staccandosi…

Dall'artiglio?

… dal pozzo e cominciando a volare come un palloncino a elio, orfano del bambino che fino a un attimo prima lo portava a spasso. L'aquilone si alzò fino a impigliarsi tra i rami della grande quercia. Frida si voltò verso la casa, sempre tenendo stretta la maniglia. Non appena diede le spalle al prato, al pozzo, all'albero secolare, vide però che la sua mano non stringeva più il pomello d'entrata, ma la maniglia della sua stanza da letto!

Era nella sua camera, nessun dubbio. Si guardò intorno come se vedesse quel posto, che aveva lasciato solo qualche minuto prima, per la prima volta. Per la paura, la pelle d'oca le fiorì su tutto il corpo. Si girò di nuovo verso la porta. Basta, doveva dire ai suoi zii quello che stava succedendo. Ma quando tentò di aprirla si rese conto che era chiusa a chiave.

Non ebbe il tempo di pensare a nulla, né di gridare o prendere a calci la porta.

Sentì come un alito freddo soffiarle sulla sua nuca e prima che si voltasse per vedere cosa fosse, una voce alle sue spalle le sussurrò: *Dormi e dimentica*.

I GEMELLI E IL CANE PIGLIAMOSCHE

Tommaso e Gerico Oberdan abitavano in città, ma durante le vacanze estive la famiglia (loro due più i genitori) raggiungeva la nonna nel borgo di Orbinio, il capoluogo dei Monti Rossi, nonché il paese più vicino alla tenuta di Petrademone.

I due erano ragazzi fuori dall'ordinario, cominciando dal loro tratto più caratteristico: erano praticamente la stessa persona, tanto si somigliavano. Da sempre erano "gemelli al quadrato", come lo stesso Tommy diceva a chi, guardandoli, notava meravigliato la loro perfetta specularità. In realtà, con gli anni – ne avevano compiuti quattordici da poco – era diventato leggermente più facile distinguerli. Gerico era più atletico e muscoloso, grazie alla sua passione per lo sport, mentre Tommy allenava più che altro il cervello: leggeva, studiava e coltivava un amore altalenante per il disegno. Insieme erano una coppia formidabile e complementare.

A Orbinio i gemelli erano due piccole celebrità grazie a una serie di prodezze, alcune delle quali finite anche sui giornali locali. Per esempio, un paio di estati prima avevano impedito un furto in appartamento. Era accaduto durante la festa patronale; un paio di ladri si erano intrufolati nella casa di una loro vicina (la signora Bice Lotti, storica maestra delle scuole elementari). I gemelli se n'erano accorti durante una delle solite "perlustrazioni in bicicletta" e avevano escogitato un piano. Erano entrati di soppiatto nel giardino e avevano amplificato, con un megafono costruito lì per lì da Gerico, l'abbaiare del loro cagnetto, Pipirit, tanto da farlo sembrare quello di un rottweiler. I delinquenti se l'erano data a gambe urlando dalla paura come due scolarette.

La verità è che Tommy e Gerico erano assetati di avventure. Il loro santo protettore doveva essere Indiana Jones. Avevano visto il primo film sul celebre archeologo-avventuriero solo quattro anni prima, e all'uscita dal cinema erano così esaltati da non riuscire a dormire per tutta la notte successiva. Erano rimasti svegli a raccontarsi e a rivivere le scene più emozionanti della storia.

"Indiana" però non era il vero nome del personaggio interpretato da Harrison Ford, il quale si era scelto per soprannome quello del cane che aveva da ragazzo. Come lui, anche Tommy e Gerico avevano un compagno a quattro zampe da cui non si separavano mai. Era a tutti gli effetti il terzo membro della squadra. Il fratello minore. L'unico amico fidato.

Pipirit era un cane di taglia piccola, razza Jack Russel. Era un folletto a quattro zampe, capace tanto di balzi olimpionici quanto di dormite prodigiose, dolcissimo con i suoi amici a due gambe, ma permaloso e attaccabrighe con gli altri cani. Sempre alla ricerca di prede (in mancanza d'altro, aveva ucciso un numero impressionante di pantofole a casa), non disdegnava di catturare un buon divano. Una contraddizione a pelo duro.

Il nome lo avevano scelto poco dopo la sua entrata in casa Oberdan. In quel periodo i gemelli stavano sviluppando una grande passione per l'ornitologia, la scienza che studia gli uccelli. Avevano decine di libri illustrati sul tema e passavano intere giornate a sfogliarli.

Il piccolo Jack Russell aveva rivelato sin da subito un talento naturale per la caccia agli insetti. Le mosche, in particolar modo. Era infallibile. Un giorno era saltato sulla testa della nonna dei gemelli e con una mossa degna di un ginnasta olimpionico aveva preso al volo un insetto che si era avventurato nella loro cucina. La nonna aveva gridato impaurita, mentre i ragazzi non avevano smesso di ridere per ore. Gerico lo aveva paragonato a un pigliamosche, una specie di passero che ha un'abilità straordinaria nel tendere agguati agli insetti, catturandoli al volo con infallibile maestria.

«Non possiamo chiamarlo Pigliamosche» aveva detto Tommy.

«Perché no? Sarebbe unico.» Non si capiva mai se Gerico fosse serio o scherzasse.

«Idiota, ma che razza di nome è Pigliamosche per un cane?!»

«A me piace» insistette Gerico.

«A maggior ragione è un pessimo nome, visti i tuoi gusti.»

La specialità dei gemelli Oberdan era il battibecco.

«Va bene, allora chiamiamolo come un tipo di pigliamosche. Il pipirit. Era su quel libro francese di ornitologia che ci ha regalato la mamma a Natale» disse Tommy.

Si accordarono per quel nome che sembrava calzare a pennello a quel cagnolino scatenato che saltava, correva, mordeva, giocava come se avesse una batteria inesauribile sotto la pelle.

Lo portavano in giro con il suo collare blu, ma mai con il guinzaglio. Spesso lo piazzavano nel cestino delle bici che usavano per andare dappertutto e lui sfrecciava con la lingua a penzoloni tra i denti e il vento tra le orecchie. Pipirit era un cane libero, eppure non si sarebbe mai allontanato dai gemelli. Si metteva nei guai solo per catturare mosche, api e calabroni. O altre prede particolarmente appetibili.

Da una settimana, però, Tommy e Gerico non si vedevano più in giro. Erano rintanati in casa da quando anche Pipirit era svanito nel nulla.

Il cagnolino di solito dormiva sul letto di Gerico. Si alternava tra i due fratelli con una puntualità che aveva dell'incredibile, stando a turno una notte con ognuno. Una mattina, Gerico si era svegliato con la sensazione che qualcosa non quadrasse: Pipirit solitamente si girava e rigirava nel sonno, invece durante la notte le lenzuola erano rimaste quiete. Messosi a sedere sul letto, il ragazzo si era guardato intorno. Il cane non c'era.

I gemelli avevano cominciato a chiamarlo, dapprima senza farsi prendere dal panico. Avevano riflettuto, pensato, analizzato. Non si erano precipitati subito in strada. Conoscevano bene il loro amico: non sarebbe andato da nessuna parte senza di loro. Era successo qualcosa. Qualcosa collegato al "Mistero dei cani perduti", come l'avevano definito alcuni giornali locali.

Tommy e Gerico erano convinti che le sparizioni fossero connesse all'inquietante episodio cui avevano assistito un paio di settimane prima. Qualcosa di talmente assurdo da non poter essere raccontato a nessuno perché nessuno li avrebbe creduti.

Era un pomeriggio glorioso di giugno, uno di quelli che solo l'estate sa regalare. Luce limpida, temperatura che scalda la pelle il giusto, aria profumata dagli ultimi glicini fioriti, la scuola ridotta al silenzio dalle vacanze. Il giorno perfetto per un'avventura nei boschi. Gerico e Tommy erano arrivati a Orbinio da una decina di giorni ed erano liberi. Così avevano indossato i loro cappellini da baseball con il marchio di Indiana Jones e inforcato le loro fedeli biciclette.

Pipirit era nel cestino di Tommy. Gerico li seguiva qualche metro dietro. Avevano preso il sentiero che dalle Pratarelle portava all'Eremo dei Dolenti, proprio nel cuore dei Monti Rossi. Quei monti erano chiamati così perché vi erano state combattute delle battaglie talmente cruente fra i Sabini e gli Umbri da tingere di sangue le alture.

L'Eremo dei Dolenti era la meta preferita dei gemelli. Si trattava di una piccola chiesa isolata e ormai decrepita, poche mura cadenti immerse nella vegetazione della montagna. Su quel luogo si raccontavano leggende terrificanti, ma loro non ci avevano mai creduto e andavano spesso lì, nonostante i divieti dei genitori. Erano ruderi pericolanti, eppure proprio per questo i gemelli ne erano affascinati. Che avventura è senza rischio e senza ribellione?

Quel pomeriggio Pipirit era stato molto nervoso sin dal momento in cui avevano cominciato la salita. Arrivati a metà percorso, mentre solcavano il bosco ceduo dove il sentiero si faceva più impervio, Tommy aveva bucato la ruota anteriore e per poco non era finito contro un albero. Pipirit aveva fatto un balzo per mettersi in salvo. Gerico era scoppiato a ridere, invece il cagnolino non aveva reagito come il suo solito, saltellando e abbaiando allegro. Si era accorto di qualcosa e aveva cominciato a ringhiare verso una macchia di alberi più fitta. Tommy lo aveva richiamato, ma lui aveva abbaiato sempre più istericamente. Poi era partito a razzo verso un obiettivo noto solo a lui.

I due gemelli si erano gettati all'inseguimento. Lo sentivano abbaiare. Presto però la luce del giorno aveva cominciato a calare e dall'orlo del pomeriggio era spuntato il tramonto. I due gemelli erano stanchissimi. Non avevano paura, però erano preoccupati. Dovevano tornare a casa. I genitori li avrebbero puniti per bene, stavolta.

Quando avevano tirato fuori le loro immancabili torce, si erano accorti di essere arrivati all'Eremo, anche se da una strada che non avevano mai percorso prima. Gerico continuava a chiamare Pipirit. Silenzio. Poi un rumore di fogliame. Sempre più vicino, sempre più distinto. E infine il cagnetto era saltato fuori da dietro una roccia ed era balzato tra le braccia di Tommy, che lo aveva afferrato al volo con un sospiro di sollievo.

La felicità del momento, però, era stata brutalmente infranta da un evento che avrebbe cambiato per sempre le vite dei gemelli. Il fascio della torcia di Gerico aveva superato per un attimo Pipirit, finendo su un arco intatto dell'Eremo, laddove un tempo c'era il portone della chiesetta. Lì, tra la vegetazione cresciuta disordinatamente, era apparsa una figura magrissima, alta, spaventosa.

Misurava circa tre metri, o forse di più. Indossava un completo nero attillato e le lunghe braccia toccavano quasi le ginocchia. Non c'era nulla di elegante in quel vestito, che nemmeno la cravatta contribuiva a rendere meno inquietante. L'aspetto inamidato contrastava troppo con la faccia ripugnante. Anzi, sarebbe più giusto dire con l'*assenza di una faccia*. Era un ovale liscio dal tetro color grigio cenere senza occhi, senza orecchie, senza naso. Solo uno squarcio stretto si apriva laddove di solito prende posto una bocca.

Gerico si era sentito gelare la pelle dal terrore. Era riuscito a sibilare solo la sua consueta esclamazione: «*Wahnsinn*!». Tradotto dal tedesco: follia!

Tommy se l'era quasi fatta sotto dallo spavento. Pipirit era stato l'unico ad ardere di coraggio – o, per lo meno, l'unico dei tre a non essersi imbalsamato per la paura.

Abbaiava come un ossesso e si stava facendo scoppiare il cuore dalla foga.

Quella creatura altissima era apparsa nei loro occhi per un istante, ma non sarebbe mai più uscita dai loro ricordi.

«Lo Smilzo» aveva sentenziato Tommy con un filo di voce, ancora immobile. I suoi piedi sembravano aver messo radici.

«Wahnsinn!» aveva sussurrato ancora Gerico, incapace di dire altro. Poi si era ripreso. «Allora è vero, lo Smilzo esiste!»

«Prendiamo la tua bici e scappiamo» aveva suggerito Tommy con una voce incredibilmente calma e senza staccare gli occhi dal punto esatto in cui era comparso l'essere misterioso.

Tommy aveva piazzato Pipirit tra le mani di Gerico, che aveva invitato (anche se il suo somigliava più a un ordine) a posizionarsi dietro di lui sulla bici; poi aveva cominciato a pedalare come non mai. Nonostante il buio. Nonostante il sentiero di montagna. Nonostante gli alberi. E se non erano caduti, rischiando di rompersi l'osso del collo, era stato solo per pura fortuna.

Non si erano detti nulla durante tutto il tragitto: in cuor loro sapevano di aver visto qualcosa che aveva a che fare con il Male. Quello puro, quello delle favole e delle antiche leggende.

Eppure non avevano visto tutto. La luce non aveva catturato il momento in cui quello squarcio che doveva essere una bocca si era dischiuso come una ferita non ricucita per vomitare una nuvola di minuscoli insetti alati, come piccolissime zanzare silenziose.

Non appena erano cominciati a sparire i cani, per Tommy e Gerico era stato chiaro chi ne fosse responsabile. E poi quel mostro immondo aveva portato via anche il loro Pipirit.

Non si sarebbero dati pace finché non avessero scoperto come recuperarlo.

Intanto, dalla scomparsa del piccolo Jack Russel la loro casa era sprofondata in un silenzio pesante: il dolore per l'assenza del cagnolino si era stabilito dagli Oberdan come un ospite sgradito e sfacciato.

Il giorno dopo la sparizione del loro compagno di avventure, Tommy e Gerico, senza nemmeno bisogno di parlarne, avevano rimosso i poster di Indiana Jones dalle pareti della loro stanza. Non era più tempo di giochi infantili, di avventure immaginarie. Bastava uno sguardo alla ciotola vuota o alla pantofola sventrata ai piedi dei loro letti per ricordare ai due fratelli che adesso si faceva sul serio. Da loro sarebbe dipesa la vita dell'amatissimo Pipirit.

UN CUORE DI SETA
PIENO DI SEGATURA

Frida si risvegliò stretta nella morsa di un mal di testa strano e aggressivo. Aveva avuto un sonno agitato, incubi notturni della peggiore specie. Qualcosa che aveva a che fare con il pozzo, ma non ricordava cosa.

Quando scostò le lenzuola si accorse che erano leggermente macchiate di sangue all'altezza delle ginocchia. Guardò meglio e notò un'escoriazione proprio sulla rotula destra. Come se l'era procurata? Era sicura che la sera precedente non ci fosse nulla. Dopo la doccia, però, aveva già smesso di pensarci.

Si rintanò per tutta la giornata nella sua camera, disturbata da un indistinto senso di malessere che le passò solo poco prima di mettersi a tavola per la cena.

Cena che fu decisamente silenziosa. Frida si limitò a fissare le verdure nel piatto, piuttosto che mangiarle; l'appetito era un bagaglio troppo ingombrante per passare attraverso quel cunicolo che era diventato il suo stomaco, nonostante la cucina vegetariana di zia Cat (zio e nipote non mangiavano carne) fosse davvero squisita.

Tenere vivo il dialogo fra loro tre era come accendere un fuoco con la legna bagnata. Zia Cat, comunque, non si lasciò scoraggiare dalla difficoltà dell'impresa e sul finire del pasto la conversazione si ravvivò.

Barnaba si pulì con il tovagliolo la barba sottile intorno alla bocca. «Domani vado a Orbinio per la spesa. Vuoi venire con me?» propose a Frida.

Zia Cat si illuminò. «Che splendida idea! Così puoi fare un giro per il paese. Certo, è piccolo...»

«È un buco» puntualizzò Barnaba.

La moglie lo fulminò con lo sguardo mentre continuava come se non fosse stata interrotta: «...però è molto carino. Sai, è stato anche inserito nella classifica dei borghi più belli d'Italia».

Frida alzò lo sguardo dal piatto per dire qualcosa, una cosa qualunque. Il silenzio le risultava decisamente più comodo. Si ritrovò gli occhi degli zii puntati addosso. Urgeva una risposta.

Barnaba arrivò in suo soccorso.

«Lo so che non fai salti di gioia all'idea di uscire, ma ti prometto che faremo in fretta. E sei libera di restare in auto, se proprio non ti va di andare a zonzo per lo *splendido* borgo.» La sottolineatura dell'aggettivo ne rimarcava l'ironia.

«Va bene» si arrese Frida. Non avrebbe mai potuto dire di no a suo zio. Barnaba esercitava su di lei un potere cui non riusciva a opporsi. La sua era una forza gentile, senza aggressività o arroganza. Un Mago di Oz davvero meraviglioso, senza le sue falsità.

Zia Cat esultò. «Oh, bene! Allora preparo la lista della spesa.» Poi, rivolgendosi alla nipote: «Tu invece prendi tutto ciò che vuoi».

La ragazza annuì. Anche Barnaba lo fece. E le inviò un

nuovo sorriso che si aprì negli occhi di Frida come un fiore prezioso.

«Tranquilla, non partiremo troppo presto domattina» aggiunse lo zio, e Frida ebbe l'impressione che le avesse velocemente ammiccato. Lui aveva notato la difficoltà della ragazza a dormire la notte. «Facciamo colazione, lascio uscire i vecchietti e andiamo.»

«Sempre che tu riesca a stanare Birba dalla nostra stanza. Ormai le piace pensare di essere la padrona di casa» disse zia Cat.

«Lei *è* la padrona di casa» affermò Barnaba.

Poi lo zio si alzò dalla sedia per avviarsi verso la portafinestra. Ogni volta che si metteva in piedi, la casa sembrava rimpicciolire. La sua altezza e la sua presenza riempivano lo spazio.

«Vado a fare la mia perlustrazione» annunciò.

Zia Cat annuì carezzandogli un braccio. Morgana si risvegliò istantaneamente e con un piccolo balzo, ormai senza l'agilità di un tempo, si diresse verso la portafinestra per accompagnare il suo capobranco umano. Merlino invece era già fuori che aspettava a testa bassa.

«Povero Merlino» commentò zia Cat, «ormai è quasi del tutto cieco.»

«Davvero? Non me n'ero accorta» disse Frida, onestamente sorpresa.

«Eh, sì, ma è un cane speciale. Non ha bisogno degli occhi per vedere.»

Frida non era sicura di aver capito, però guardò Merlino sparire nella notte accanto a Barnaba con un nuovo rispetto.

«Cara, se vuoi vai su in camera, ci penso io qui» le disse zia Cat.

«Ti do una mano a mettere a posto e lavare i piatti, non sono stanca.»

«No, davvero. Sono quattro cose. E mi rilassa starmene

qui sola a rigovernare. Tu vai a letto. Può darsi che ci sia anche una sorpresa per te.»

«Una sorpresa?»

«Su, vai.»

Frida si alzò da tavola con tale foga che quasi rovesciò a terra la sedia.

Appena tornata in camera, notò immediatamente il pacchetto sul suo letto. Si sedette e accese la lampada sul comodino. Dalla forma capì che si trattava di un libro. L'aria si riempì del suono fragrante di carta stropicciata mentre Frida liberava il volume dalla confezione preparata dalla zia.

Il meraviglioso Mago di Oz di Lyman Frank Baum. La copertina era piuttosto sgualcita e la parte inferiore del dorso leggermente strappata. Lo rigirò tra le mani. Voleva godersi ogni istante di quel dono. Lentamente. Sfogliò le pagine a ritroso: quando arrivò alla prima bianca dopo la copertina notò qualcosa e il suo cuore fece un capitombolo.

Nello stesso momento a Orbinio, nella loro stanza, i due gemelli non smettevano di architettare piani per recuperare Pipirit. Alla scrivania, Tommy disegnava quello che avevano visto in mezzo al bosco. Aveva talento e lo schizzo era di impressionante realismo: tratti leggeri e sfumati per le ombre si alternavano a linee decise, neri marcati e contorni senza sbavature. Lo Smilzo era su quel foglio e faceva paura anche così.

Gerico si avvicinò a Tommy, affacciandosi oltre le sue spalle per vedere il disegno: «Davvero utile quello che stai facendo. Quindi, secondo te, stendiamo lo Smilzo a colpi di schizzi e caricature?» fece, ironico.

«Fossi in te, farei poco lo spiritoso, Ge. Te l'ho detto centinaia di volte che disegnare mi aiuta a concentrarmi. Tu che stai facendo, invece? Ti stai pompando i bicipiti per farlo svenire al tuo cospetto?»

«Povero fesso! Ecco cosa sto facendo.» Gerico sollevò la sua arma. «Sto mettendo a punto un nuovo tipo di fionda potenziata, con un mirino super preciso.»

Tommy sollevò la matita dal foglio e la lasciò cadere sul tavolino. Si avvicinò incuriosito al gemello, la bocca spalancata.

Gerico si gonfiò d'orgoglio. «È una fionda modificata di mia invenzione.»

«E perché me la fai vedere solo adesso?»

«Volevo essere sicuro che fosse pronta. E poi, tu eri occupato con i tuoi *capolavori*.»

Tommy era così stregato da quell'oggetto da sorvolare anche sull'ironia di suo fratello. «Ma cosa ci hai messo?»

«Ventiquattro cuscinetti a sfera. Due bulloni a testa arrotondata da sette centimetri. Tre staffe di alluminio. Ma il vero colpo di genio è qui» indicò l'elastico al centro. «Ne ho aumentato l'estensione per avere molta più tensione. C'è un sistema di carrucole e di contrappesi per stabilizzare quando si prende la mira.»

«Allora qualche briciola di intelligenza è avanzata pure per te» lo provocò bonariamente il fratello.

«Con questo lo impalliniamo per bene, quel seccaccio!» esclamò euforico Gerico, e concluse: «Dobbiamo solo testarla».

«Andiamo a riprenderci il nostro Pipirit» sentenziò Tommy rigirandosi tra le mani la fionda nuova di zecca.

Una dedica. Ecco cosa c'era su quel volume dall'aria vissuta. E Frida la stava leggendo per la ventesima volta consecutivamente. Scritta con una bella grafia in cui le lettere si rincorrevano oblique, attaccate le une alle altre come tenendosi per mano, c'erano queste parole:

Per aiutarti a non smarrirti nel lungo inverno di Petrademone, ecco il libro che cercavi tanto. Prezioso come te, Cat.

La tua Margherita

Era un regalo di sua madre alla cognata e amica. Frida accarezzò le parole, seguendo il gesto della mamma che dava vita alle lettere.

E pianse.

Finalmente. Dopo mesi. I cardini arrugginiti erano saltati e le porte delle sue emozioni si erano spalancate. Le lacrime che spingevano poterono liberarsi. La ragazza chiamò a bassa voce la mamma mentre arrivavano anche i singhiozzi. Era uno di quei pianti che portano l'acqua alta dentro il petto. Che invadono tutto, che sommergono ogni pensiero, che prendono in ostaggio anche il respiro. Frida mormorò parole frantumate dalle onde delle lacrime.

Poi corse giù dalle scale e irruppe in cucina. Aveva il libro in mano, così stretto da sbiancare le nocche. Vide zia Cat. Si fissarono. La ragazza le mostrò il volume. Avrebbe voluto dire qualcosa, ma anche il semplice "grazie" le moriva in gola. Allora non poté fare altro che gettarsi verso la zia e stringerla in un abbraccio. Uno di quelli che parlano più di qualsiasi discorso ben articolato.

La donna lo ricambiò e le accarezzò la testa. «Piccola mia...» disse, anche lei sopraffatta dalla commozione.

L'orologio segnava otto minuti dopo la mezzanotte. Frida aveva dato fondo al torrente di lacrime che, uscendole dagli occhi, l'aveva lasciata vuota. Provava una sensazione di inedita leggerezza, come se il pianto l'avesse purificata delle scorie che si erano depositate in lei, giorno dopo giorno, dall'incidente. Si era messa a letto e aveva aperto il libro per seguire ancora una volta i passi di Dorothy sulla via di mattoni gialli verso Oz.

Era così presa da quella storia, ormai così familiare, che non si accorse della presenza nella sua stanza di Birba. Quando la notò con la coda dell'occhio – ferma accanto al letto, gli occhi immobili su di lei – la ragazza gridò dallo spavento.

«Birba! Ma che ci fai qui?!»

Il cane continuava a fissarla. Frida sporse una mano e la carezzò. L'animale si avvicinò ancora di più. Annusò il libro, e la ragazza sorrise. E poi, con uno scatto a sorpresa, la border collie afferrò il volume tra i denti.

«Ma che fai, sei impazzita? Mollalo subito!» Le parole le uscirono stridule dalla bocca.

Birba, però, non sembrava intenzionata a distruggere il libro. Lo stringeva in bocca come se fosse una preda che si aspetta pazientemente muoia per dissanguamento.

«Ti prego, piccola, lascialo. Ti prego.» Frida provò con le buone, ma il risultato fu lo stesso: l'animale teneva stretto il libro tra le fauci e la fissava senza muoversi.

Poi, senza un motivo apparente, lo lasciò cadere per terra e si mise seduto con lo sguardo allegro di chi ha compiuto la propria missione.

Frida le accarezzò la testa e disse: «Brava ragazza».

Sul tappeto, il volume giaceva aperto. Frida lo raccolse e lesse qualche riga. Era la parte in cui il Boscaiolo di Latta si fa ricevere dal Mago di Oz.

«*Sono venuto per il mio cuore*».

«*Benissimo*» *rispose l'ometto.* «*Ma per poterti mettere il cuore al posto giusto dovrò farti un buco nel petto. Spero di non farti male.*»

«*Oh, no*» *rispose il Boscaiolo.* «*Non sentirò proprio niente.*»

Frida pensò che sarebbe stato molto meglio così, non sentire più niente. Comunque lei adorava quella parte, e anche se aveva una felpa con lo Spaventapasseri, il suo personaggio preferito era proprio l'uomo di latta.

Quel passaggio lo ricordava bene, però lo rilesse a voce alta per il puro piacere di farlo

Così Oz tirò fuori un paio di forbici da lattoniere e praticò un piccolo buco quadrato nel torace del Boscaiolo di Latta, sulla sinistra. Poi si diresse a un armadio e ne estrasse un grazioso cuore fatto interamente di seta e pieno di segatura.

Un cuore di seta pieno di segatura... che immagine suggestiva. Ogni volta scopriva un dettaglio di quel libro che la incantava. Come avrebbe mai potuto ringraziare zia Cat per quel regalo?

Si risedette sul letto per continuare la lettura. Birba non si muoveva di lì, anzi, quando Frida provò a girare la pagina, il cane con una zampa le impedì di farlo. La ragazza riprovò ancora e ancora, però ogni volta l'animale glielo impediva.

«Ma che ti prende?!» le chiese spazientita.

Chiuse il libro turbata, mentre la vecchia border collie dall'aria regale la fissava senza mai distogliere lo sguardo.

Frida respirò a pieni polmoni. Cercava di riflettere. Il cane le si avvicinò con un piccolo guaito.

«Che c'è, Birba?» le chiese sottovoce mentre accoglieva il muso della cagnolina sulle sue gambe. «Hai paura anche tu? O mi vuoi dire qualcosa?»

Rilesse l'ultimo brano: il cuore era conservato in un armadio. E se il cane le stesse suggerendo proprio quello? Come leggendole nel pensiero, l'animale emise un altro guaito e stavolta girò la testa verso un punto della stanzetta sulla destra, dove c'era una credenza piena di oggetti. Frida strinse gli occhi in una fessura, concentrandosi per capire.

Si alzò di scatto dal letto – non poteva restarci un secondo in più. La curiosità era una molla sempre carica dentro di lei.

«Vuoi che cerchi qualcosa lì dentro?» chiese alla cagnolina. Senza attendere la sua risposta, andò verso la credenza. Birba si mise a terra con la testa tra le zampe. E schioccò un abbaio. Uno solo. Pareva che volesse esortarla a non fermarsi. O era un avvertimento?

Frida osservò il mobile. Era una credenza antica, di quelle in legno color noce e gambe a sciabola. Dietro i vetri la solita abbondanza di oggettini d'argento, bambole e altre quisquilie ornamentali a forma di border collie che tanto piacevano a zia Cat. I cassetti e le ante inferiori erano tutti chiusi a chiave, ma Frida aprì ognuno di quegli scomparti, visto che le piccole chiavi erano nella serratura. Trovò ovunque scartoffie, pareva che non ci fosse nulla di interessante.

Riportò lo sguardo alle ante di vetro. Ed ecco che qualcosa saltò fuori. Non ci aveva fatto caso prima perché tra tutti quegli oggetti era facile non prestarvi attenzione. Sentì un brivido dietro la nuca.

Un cuore di seta rosso scuro. Con un contorno di merletto.

Lo prese dalla vetrina con un gesto lento, cauto.

Era più grande della sua mano e aveva un'imbottitura, visto che risultava morbido al tatto. E mentre lei stringeva quel cuore in mano sentiva il suo, al sicuro nel forziere della cassa toracica, battere così forte che pareva volesse uscirne.

Frida lo mostrò a Birba, eccitata. Il cane rispose con un altro secco abbaio. La ragazza si mise a osservare quell'oggetto rigirandoselo tra le mani e notò che aveva una zip sul retro.

«Che dici, lo apr...» stava dicendo alla cagnolina, quando si fermò di botto. L'animale non era più lì. Quel cane aveva la straordinaria capacità di apparire e sparire senza fare il minimo rumore.

Frida sollevò le spalle e, senza indugiare oltre, aprì la cerniera. Uno sbuffo di segatura le scivolò sulle mani. Per il resto notò la classica imbottitura dei cuscini. Infilò la mano alla ricerca di altro.

Non si era sbagliata. C'era uno spesso foglio piegato in quattro, ben nascosto nel centro. Lo tirò fuori facendo leggermente forza. Con sua enorme sorpresa, scoprì che si trattava di una fotografia sbiadita: un border collie dalle orecchie ritte e dallo sguardo fiero. Le ricordava vagamente Ara, il capobranco, il cui ritratto campeggiava nel salotto in una cornice più grande delle altre.

Frida aguzzò la vista. Il cane aveva una macchia di pelo bianco sulla punta dell'orecchio sinistro. Girò la foto. C'erano cinque parole scritte a penna.

Erlon. Sarai con me, per sempre.

ARRIVA LA TEMPESTA

Fecero esattamente come avevano programmato. Dopo colazione, zio e nipote salirono sul pick-up di Barnaba e lasciarono Petrademone.

Era la prima volta che Frida entrava in una macchina di quel tipo e il cassone dietro la impressionò molto. Si sentiva come in uno dei film americani che guardava con il padre.

Non disse nulla della fotografia ritrovata la notte prima; voleva parlarne prima con zia Cat. Si era sorpresa di non averla trovata in cucina al risveglio.

«È andata a far visita alla sorella in città» Barnaba aveva liquidato la faccenda.

Frida non sapeva che zia Cat avesse una sorella, ma in fin dei conti lei non sapeva praticamente nulla della sua famiglia adottiva.

Il cielo sopra Orbinio era pesante. Cumuli di nuvole scure facevano intuire che la pioggia stesse marcendo nelle loro pance gonfie. Minacciose, scavalcarono le montagne e presto circondarono tutto il paese.

«Arriverà un temporale con i fiocchi» disse Mario avvicinandosi al finestrino del pick-up che Barnaba aveva appena parcheggiato. Lo zio di Frida guardò il cielo e annuì.

«Vieni a prendere un caffè?» gli chiese l'amico dal volto bonario.

«No, grazie. Vado a fare la spesa dai Lazzari e ritorno alla tenuta.»

«I Lazzari?» domandò Frida.

«Vedo che tuo zio non ti ha ancora raccontato nulla del paese. Sbaglio, Barnaba?»

«I proprietari del market sono la famiglia Lazzari, tutto qui» rispose secco lo zio.

Mario salutò la ragazza e l'amico e se ne andò via fischiettando. Il suo era il caratteristico buonumore che ci si sarebbe aspettati da un tipo del genere.

Il paese dava un'impressione di pulizia, ordine e silenzio. Orbinio sembrava essere ancora sotto le lenzuola, eppure l'orologio segnava già le dieci.

«Qui è sempre così. Dicono ci sia più vita sulla Luna» disse Barnaba a Frida mentre scendevano dal pick-up. Dalle viscere del cielo uscì il ruggito di un tuono. «Dobbiamo sbrigarci prima che arrivi davvero la tempesta.»

Entrando nel minimarket, Frida capì dov'erano finiti tutti.

«Ecco come si diverte la gente del posto» sussurrò Barnaba al suo orecchio. A Frida piaceva il carattere legnoso dello zio e il suo aguzzo senso dell'umorismo.

Nel piccolo supermercato era difficile perfino muoversi, tanto era affollato. Quello era l'unico vero negozio in cui fare la spesa nei dintorni e in estate Orbinio si riempiva grazie ai parenti in visita ai famigliari arroccati su quelle montagne.

«Ci vorrà un bel po', temo» disse Barnaba.

«Non preoccuparti, va bene. Non ho nulla da fare.»

«Se vuoi, puoi farti un giro...»

In effetti, un po' d'aria non le sarebbe dispiaciuta. Le mancava il respiro in quel posto.

«Sicuro?»

«Sì, ma non allontanarti troppo. Resta qui nella zona vecchia. Nel caso finissi prima io, ti aspetterò al pick-up. È proprio lì di fronte, vedi?» Barnaba lo indicò. Frida annuì e giusto mentre riapriva la porta del negozio fu fermata dall'ultimo avvertimento dello zio: «Se dovesse cominciare a piovere, c'è un ombrello in macchina».

«Non ce ne sarà bisogno. Resto qui intorno.»

Per le strade acciottolate Frida non incontrò anima viva, tranne un gatto dal pelo arancione che la fissò con i suoi occhi lucenti e così profondi da metterla a disagio, prima di scomparire oltre un muretto con un balzo atletico.

La ragazza camminava guardandosi intorno curiosa. La colpiva il colore caldo delle abitazioni e le finestre abbellite da vasi di fiori rossi. Dalla stradina principale si diramavano tanti vicoli sempre più stretti, come i rami di un grande albero. Alcuni portavano verso l'alto, altri scendevano.

A un certo punto vide un cartello con il fondo giallo: AL CASTELLO. Non sapeva ce ne fosse uno nei paraggi. Ma, a ben guardare, non sapeva quasi niente di quella zona. Decise di seguire le indicazioni. Bisognava prendere una delle stradine che salivano.

Il castello le si presentò davanti all'improvviso. Era decisamente imponente. Il muro di cinta da cui svettavano le torri era tutto merlettato e i bastioni davano l'idea di una roccaforte difficilissima da espugnare. Mentre si dirigeva verso il portone principale, il cielo esplose in una miriade di gocce pesanti. Non era la solita pioggerella d'avviso. La tempesta arrivò di schianto. E colse Frida impreparata.

La ragazza corse a cercare un riparo – la piccola tettoia in legno di un portone a pochi metri dal castello. La pioggia scrosciava violenta mentre lampi e tuoni bucavano l'aria a intervalli regolari. Lei non amava i temporali.

Non dimenticare gli abbracci di tuo padre mentre il cielo diventava grigio e i tuoni ti squassavano le orecchie. Non dimenticare i piccoli disegni che faceva sui fogli di carta che poi attaccava ai vetri come a posizionare dei guardiani contro l'assalto dei fulmini. Non dimenticare il suo sorriso di sole nei giorni di pioggia.

Doveva tornare al pick-up dello zio per non farlo preoccupare, ma non aveva un ombrello e non sapeva quale strada prendere. L'unica era chiedere a qualcuno. C'erano solo due nomi sul citofono di quella casa. Il primo tentativo fu sufficiente. Famiglia Oberdan. A rispondere fu una voce di donna.

«Sì? Chi è?»

«Salve, signora, mi chiamo Frida. Mi scusi per il disturbo, sono sotto la pensilina di casa sua perché piove a dirotto e non ho l'ombrello. Mio zio mi sta aspettando al minimarket e non so come arrivarci.»

«Non ho capito bene: ti serve un ombrello o hai bisogno di indicazioni?»

«Credo tutte e due le cose. Non conosco il paese.»

«Posso chiederti chi è tuo zio?»

Frida fece così conoscenza con la proverbiale tendenza a ficcanasare dei locali.

«Barnaba Malvezzi di Petrademone.»

«Ah.» Un silenzio, poi la signora Oberdan riprese a parlare con un tono decisamente più gentile: «Ora ti faccio portare giù l'ombrello da uno dei miei figli, cara. O preferisci salire? Posso offrirti un succo di frutta».

«Grazie mille, signora, ma dovrei essere già da mio zio. Sono in ritardo.»

«Va bene, aspetta solo un momento e saluta Barnaba da parte mia. Io sono Annamaria.»

Mentre aspettava, Frida rifletté che il repentino cambio di tono della donna, improvvisamente gentile, aveva qualcosa di sinistro.

Quando si aprì il portone, la ragazza si trovò di fronte a quella che sembrava un'immagine duplicata.

«Wahnsinn! Una straniera in carne e ossa» esclamò il primo clone vedendola.

«Passeggiata romantica sotto la pioggia?» furono le parole dell'altro.

Frida, ancora sbalordita dalla loro somiglianza, riuscì solo a dire: «Il temporale mi ha sorpreso all'improvviso». Si pentì subito di aver replicato con un'ovvietà del genere.

«Dài, ti accompagniamo noi, conosciamo un po' di scorciatoie per il minimarket» disse il primo ragazzo, e intanto si presentò come Gerico, allungando la mano. E così fece Tommy. Quelle strette sancirono l'inizio di un'amicizia che avrebbe superato prove inimmaginabili.

La pioggia colpiva gli ombrelli come se cercasse un varco per arrivare ai loro corpi. I due gemelli ne condividevano uno per lasciare l'altro a Frida.

«Come ti trovi alla tenuta?» le chiese Gerico, più diretto del fratello.

«Diciamo che mi sto ambientando» rispose lei con una frase di circostanza.

«Sei qui per le vacanze?» insistette Gerico.

«No, sono qui per restarci. Credo.»

I due gemelli si guardarono. Gerico stava per approfondire l'argomento, ma Tommy gli puntò un gomito tra le costole. Lui era più sensibile e aveva capito al volo che si stavano addentrando in una zona delicata. Meglio cambiare argomento.

«Che dice Barnaba dei suoi cani?» chiese Tommy, dando per scontato che la ragazza sapesse tutto.

«Non ne parla mai, ma continua a cercarli. Va in perlustrazione ogni giorno. Anche voi sapete di queste sparizioni...»

«Abbiamo perso il nostro cane» intervenne Gerico. «È scomparso anche lui.»

«Da questa parte» indicò Tommy. «Tagliamo un bel po' di strada.»

Imboccarono un vicolo che scendeva sulla destra.

«Di che razza è il vostro?» chiese Frida.

«Jack Russel. Bellissimo. Si chiama Pipirit.»

«Suona simpatico.»

Gerico la prese per un braccio. Si fermarono. Nel silenzio che seguì, un tuono s'intromise fra di loro strappando l'aria e un urlo a Frida.

«Possiamo confidarti un segreto?» le chiese Gerico. Tommy guardò il gemello come si farebbe con un insetto mai visto prima.

Frida invece lo fissò negli occhi. Non ci fu bisogno di risposta.

«Io e mio fratello sappiamo chi c'è dietro questa storia.»

«Davvero? Chi?» La curiosità di Frida emerse dalle profondità come un delfino in cerca di ossigeno.

«La domanda non è "chi" ma "cosa"» rispose Gerico sollevando il dito indice con una posa da detective dei fumetti.

Ancora silenzio, tranne il rumore della pioggia battente.

«Vuoi dirmelo o devo indovinare?» chiese poi Frida.

«È una storia lunga e tu sei in ritardo. Se vuoi, possiamo rivederci uno dei prossimi giorni e ti raccontiamo tutto. Ci stai?»

«Io non esco molto dalla tenuta e non saprei come...»

«Non preoccuparti, a questo pensiamo noi» intervenne Tommy.

Quando Frida giunse al pick-up scortata dai due gemelli, trovò Barnaba già seduto al posto di guida. Lo zio uscì subito, ringraziò i ragazzi e fece salire Frida in auto. Il temporale stava ancora scuotendo il cielo con la sua furia, e la ragazza notò che lo zio era zuppo.

«Perdonami» riuscì a dire con un filo di voce, sentendosi più piccola che mai al suo cospetto. Barnaba respirò a fondo, le mani strette sul volante e un'espressione molto seria in volto. Poi si voltò verso di lei. «Va bene. Non preoccuparti. L'importante è che ora sei qui. Ti ho cercato per un po', sai?»

«Scusami, davvero. Non volevo allontanarmi, è solo che... ho visto il castello... e poi improvvisamente...»

«Non fa niente, ma meglio non raccontarlo a zia Cat. Okay?»

Frida accettò con un timido cenno del capo.

I giorni successivi trascorsero senza particolari avvenimenti. La ragazza cominciava ad abituarsi alla quotidianità di Petrademone e ne apprezzava il fascino anche con la pioggia. Quello che sembrava un temporale estivo si rivelò, infatti, una perturbazione lunga tre giorni.

A lei piaceva vedere la lunga distesa del prato attraverso i vetri su cui restavano incastonate le gocce di pioggia. Le piaceva l'odore dell'erba bagnata. Le piaceva il senso di protezione di quella casa dall'arredamento caldo e antico, anche se quando guardava verso il pozzo sentiva riaffiorare una leggera inquietudine, come se tra quelle pietre fosse rimasto impigliato un ricordo, ma non riuscisse a liberarlo.

Le piaceva il ritmo delle giornate scandito da precisi rituali: il pranzo e la cena sempre agli stessi orari, la pappa per i cani, i libri di filosofia che Barnaba leggeva in salotto, aiutare zia Cat a pulire le verdure o darle una mano nei piccoli servizi domestici.

Per la prima volta da tempo la ragazza sentiva di essere utile e ogni tanto le sembrava addirittura di avere, di nuovo, un motivo per alzarsi la mattina. Ma soprattutto aveva la sensazione di non essere compatita, come invece le accadeva quotidianamente da quando era rimasta orfana. E lei era stanca di essere trattata come una specie di fiorellino delicato da proteggere sotto una serra.

Dopo cena si ritirava nella sua stanza. Lì c'era anche una TV, ma non l'aveva mai accesa. Preferiva dedicarsi ai libri e soprattutto alla scrittura per la scatola dei momenti: le schegge di ricordo erano diventate una massa che cresceva giorno dopo giorno, e Frida si stupiva per la propria capacità di riportare alla luce memorie all'apparenza insignificanti. Era il suo modo per non far svanire i visi dei suoi genitori. I loro odori. La loro voce.

Quello che più di ogni altra cosa, però, le occupava la mente in quei giorni era il mistero della foto che aveva trovato nel cuore di seta. Quando aveva chiesto spiegazioni a zia Cat, lei le aveva risposto che non aveva nessuna idea di come quel cuscinetto fosse finito nella sua credenza. Forse l'aveva comprato anni prima in un mercatino dell'antiquariato. C'era stato un periodo in cui li frequentava tantissimo.

Alla domanda se conoscesse il cane della foto, la zia aveva risposto, senza la minima esitazione, di no. Ma era stata proprio l'immediatezza della risposta a non convincere Frida. Meglio però non insistere, tanto in quel momento non ne avrebbe cavato nulla di più.

L'unica certezza era l'attrazione che quella foto esercitava su di lei. Ne era ossessionata. Ne conosceva ogni minimo dettaglio e la portava con sé a letto, infilandosela ogni notte sotto il cuscino.

L'ANGELO È QUI FUORI

La perturbazione che aveva portato pioggia e tempeste in tutta la zona fu spazzata via da un provvidenziale vento di tramontana. Uno schiaffo di aria fredda alle nuvole.

Il vento e il sole non furono, però, gli unici arrivi a Petrademone. Un giorno i gemelli si presentarono al cancello della tenuta di buon mattino. Poiché non c'era citofono, utilizzarono i campanelli delle loro bici. L'allegro trillo attirò l'attenzione dei cani che stazionavano sul prato – in particolare di Merlino, il quale, abbaiando in risposta, avvisò i padroni.

Quella mattina zia Cat era rimasta a letto perché non si sentiva molto bene. «Niente di preoccupante» aveva detto a Frida, ma era meglio che non si stancasse troppo. Barnaba era occupato con la raccolta della legna, che sarebbe servita nel lungo e freddissimo inverno a Petrademone. Così era toccato a Frida percorrere il vialetto di brecciolini per andare a vedere chi fosse al cancello.

La sorpresa fu inferiore alla gioia di vederli. Inforcavano le loro bici e indossavano due T-shirt molto simili. Cambiava il colore, ma il soggetto della stampa era lo stesso: la scritta IO SONO IL GEMELLO INTELLIGENTE. Quando Frida vide le magliette non riuscì a reprimere un sorriso.

«Lo sappiamo, sono troppo forti» disse Gerico.

«"Forte" non è esattamente l'aggettivo che avevo in mente» rispose Frida

«Un regalo di nostra nonna. Ha un *sense of humor* molto *british*» intervenne Tommy.

«Vale a dire che andrebbe rinchiusa» fu la volta di Gerico, che poi continuò: «Ma noi l'adoriamo. Se non ci fosse lei, la nostra famiglia sarebbe divertente e interessante come un documentario di tre ore sulle spugne di mare».

«Che ne dici? Ci fai entrare o stiamo qui a raccontarti vita, morte e miracoli degli Oberdan fino a farti svenire di noia?»

«Ah, sì, scusate... entrate pure» disse Frida aprendo ancora un po' il cancello. Mentre si avviavano verso casa attraversando il prato, i tre ragazzi chiacchierarono come se si conoscessero da sempre.

«È una vita che volevo chiederlo a Barnaba: perché la proprietà si chiama Petrademone?»

«Forse perché anche il monte lì vicino si chiama così? Che ne dici, mente acuta?» intervenne Tommy, sarcastico, indicando la cima che si ergeva proprio alle loro spalle.

«Sì, questo lo so, ma perché...» controbatté il gemello.

«Perché qui anticamente c'era il comune di Petra Demone. Da qui fino alla cima del monte. Zio Barnaba dice che lassù nell'antichità si praticava il culto di Giove Cacuno» spiegò Frida.

«Ovvero Giove delle cime» puntualizzò Tommy.

«Sei un insopportabile secchione» commentò Gerico.

«Insopportabile per la tua ignoranza» rispose Tommy.

«Quando arrivarono i cristiani pensarono fosse un

luogo pagano abitato da creature infernali» continuò Frida passando sopra alle interruzioni e raccontando un po' svogliatamente, come chi recita informazioni mandate giù a memoria. «Per questo lo chiamarono "pietra del demonio". *Petra Demonis*. Fine della spiegazione.»

«Wahnsinn!» esclamò Gerico.

I gemelli praticamente si autoinvitarono per colazione. Zia Cat fu felice di averli come ospiti, anche se si sentiva debole e, chiedendo scusa più volte, preferì tonare a letto. Ci pensò Frida a mettere in tavola marmellata di visciole fatta in casa, pane tostato, burro, latte e vari succhi di frutta. Barnaba passò soltanto a salutarli – trasportava su una carriola un cumulo enorme di fascine di legno. I suoi muscoli erano tesi e gonfi. Guardandolo, l'unica parola che veniva in mente era: "forza".

«Ehi, perché non vieni con noi alle Pratarelle? Dobbiamo provare la mia nuova arma» propose Gerico a Frida mentre imburrava la terza fetta di pane.

«Se continui a mangiare in quel modo, sarà la pancia la tua nuova arma» lo punzecchiò Tommy.

«Non ti rispondo nemmeno.»

«Di che arma stai parlando?» chiese la ragazza, incuriosita.

«La fionda *compound*.»

«Cioè?»

«La devi vedere. Ma non qui.» Tommy abbassò la voce a un sussurro. «Se ci beccasse Barnaba, dubito che farebbe i salti di gioia.»

Le Pratarelle erano un piccolo altopiano con una vista mozzafiato sulle valli che si aprivano di sotto. Uno spiazzo d'erba enorme in cui gli occhi, pur incontrando mucche e cavalli al pascolo, si perdevano. Vi si accedeva dalla proprietà di Barnaba percorrendo uno stretto sentiero e oltrepassando un piccolo cancello metallico. Frida ci era già stata una volta, ma ora – con quell'aria tersa e il cielo sgombro di nuvole – era un'esperienza nuova.

Dopo un po' i tre ragazzi raggiunsero l'abbeveratoio in pietra, l'unica costruzione umana in mezzo a quel trionfo di natura incontaminata, dove le orchidee selvagge e una miriade di farfalle, in particolare le bellissime podalirio, dalle zebrature nere, crescevano libere.

«Qui va benissimo» sentenziò Tommy.

Il gemello estrasse allora da un sacco una fionda dall'aspetto micidiale. Frida non amava le armi, ma dovette ammettere che quella aveva un certo fascino. Tommy tirò fuori da un altro zaino cinque lattine vuote, che dispose sul bordo dell'abbeveratoio. Si procurarono delle pietre che potessero andar bene come proiettili e cominciarono.

Il primo a tirare fu Gerico. Prese la mira e colpì in pieno una lattina rossa e bianca, che saltò all'indietro e finì nell'acqua. Con un ghigno di soddisfazione sul volto, esultò facendo un balletto che attirò l'attenzione di alcune placide vacche al pascolo. Tommy alzò gli occhi al cielo, mentre Frida guardò la scena con una muta indifferenza.

«Hai un'espressione davvero interessata, lasciatelo dire, proprio come quelle mucche!» la prese in giro Gerico.

«Mi stai dando della mucca?» chiese indispettita la ragazza.

«No, intendevo... Vabbè. Dài, prova tu.»

Frida scosse la testa. I ragazzi insistettero. Alla fine lei cedette più per mettere un punto fermo a quell'insistenza che per un'autentica voglia di farlo.

Quando impugnò la fionda provò però l'eccitante sensazione di avere qualcosa di pericoloso tra le mani; di poter liberare la sua rabbia contro qualcosa. Si concentrò. Mise in tensione l'elastico e chiuse un occhio per mirare alla lattina. Quando lo rilasciò, il proiettile colpì con tale precisione e forza la lattina da squarciarla in due. Le mandibole dei gemelli precipitarono giù dallo stupore.

«WAHNSINN!» esclamò, una volta recuperata la posizione normale della bocca, Gerico.

«La fortuna del principiante» si schermì Frida, come a volersi scusare di tanta maestria.

«Ammettilo, non è la prima volta che tiri» disse Tommy.

Frida sollevò le spalle. Era davvero la prima volta. Gerico raccolse una pietra regolare e la mise nel palmo aperto della ragazza.

«Riprova.»

Frida provò a lasciar perdere, ma i gemelli furono irremovibili. Volevano vederla di nuovo in azione, e in effetti lei sentiva ancora una sensazione di completezza con le dita serrate intorno all'impugnatura. Aveva il controllo del suo corpo e di quell'arnese. Prese la mira di nuovo. Tirò l'elastico modificato da Gerico, sentendo la tensione della fionda in tutto il braccio. Il suono della gomma stirata era come il verso di un animale pronto a lanciarsi sulla preda.

La pietra fece volare via la seconda lattina a una decina di metri dall'abbeveratoio.

I ragazzi erano pietrificati.

«Tu sei la dea del tiro alla fionda!» esclamò Gerico, e si gettò ai suoi piedi con un gesto teatrale.

«Smettila... non fare l'idiota» gli disse Frida.

«Non potrebbe nemmeno se volesse. Genetica» intervenne Tommy, non meno ammirato del fratello dal talento della ragazza. E non era finita.

Frida tirò ancora e ancora. Sette tiri, sette incredibili centri.

Passato mezzogiorno, il sole cominciava a martellare sulle loro teste. Il caldo si era divincolato dalla morsa del vento e ora stava diventando insopportabile. I ragazzi trovarono riparo all'ombra di un filare di abeti, dove si stesero sul soffice manto d'erba che ricopriva tutte le Pratarelle.

«Allora, mi volete dire cosa sta succedendo ai cani?» chiese Frida. «Siete venuti per questo, no?»

Fu Tommy a rispondere: «Noi pensiamo... cioè, abbiamo visto...».

«Lo Smilzo» terminò la frase Gerico.

«Chi?» Frida si puntellò sui gomiti e guardò in faccia i gemelli, perplessa.

«Non è un "chi", una persona. Cioè, non è umano» le spiegò Tommy, che si era fatto molto serio.

«Non è umano?» Frida non riuscì a fare altro che ripetere quelle parole, aggiungendo un punto interrogativo.

«È difficile spiegarti. So che adesso ci reputerai pazzi» continuò Tommy.

«Per quello non preoccuparti, lo penso da quando vi ho conosciuti.»

«Forse è meglio se ti mostriamo una cosa» intervenne Gerico. «Tommy, tira fuori il tuo quaderno.»

Il ragazzo passò a Frida il suo taccuino. Un quadernetto dall'aspetto elegante, con la copertina di pelle nera e i fogli senza righe. Frida lo sfogliò. Lo smilzo era ritratto praticamente su tutte le pagine. In contesti diversi, con stili diversi, in colori acquarellati e in un bianco e nero senza sfumature. L'immagine più paurosa era quella della creatura che teneva tra le sue lunghe dita due cuccioli di cani e spalancava la bocca nell'atto di divorarli. Frida era ipnotizzata dalla vividezza di quei disegni.

«Non capisco, ragazzi. Insomma, volete dirmi che questa... cosa... esiste davvero?»

«Girano molte storie su di lui. Ne abbiamo lette tante io e Tommy. Ma non ci avevamo mai creduto. Prima.»

«Poi lo abbiamo visto con i nostri occhi. Lassù...» disse Tommy, indicando un punto sui Monti Rossi. Poi continuò, cercando le parole giuste per risultare credibile: «Eravamo all'Eremo dei Dolenti. Anche se era praticamente buio, siamo sicuri fosse lui.» Gerico annuiva, ma fu il fratello a raccontare: «Come dicevo, ci sono tantissime storie su questo... non so come definirlo...».

«Mostro?» suggerì Frida.

«Ha tanti nomi, ognuno lo chiama in un modo diverso. Chi pensa sia un demone, chi un uomo deforme...»

«Credici, Frida, lo abbiamo visto con i nostri occhi!» La voce di Gerico aveva assunto un tono quasi implorante.

«E perché pensate che sia collegato alla sparizione dei cani?»

«Non ne siamo certi, ma sarebbe una coincidenza troppo grande, no? Lui appare e i cani cominciano a svanire nel nulla» rispose Gerico.

Scese il silenzio tra di loro. Non quello ingombrante che imbarazza chi non sa che dire, bensì quello carico di pensieri privati.

«Anch'io ho visto qualcosa di strano in questi giorni.» Frida sentì che quella era la sua occasione per togliersi dal cuore il peso delle stranezze successe a Petrademone. I ragazzi morivano dalla voglia di sapere e lei raccontò loro tutto quello che era avvenuto. Tutto tranne l'aquilone e il pozzo, e così pure gli spostamenti insensati tra il prato e la sua stanza perché di quello non aveva più memoria, se non vagamente.

Tommy e Gerico non dissero una parola: ascoltavano come imbambolati, pendendo dalle sue labbra. La ragazza si soffermò sulla nebbia azzurra che aveva avvolto ogni cosa. Su quello strano fruscio di sottofondo che accompagnava il diffondersi della foschia. Sul gelo che le aveva stretto il corpo in una morsa. E soprattutto su quella voce che le aveva intimato di stare lontana dall'albero. Una voce antica e spettrale, ma che non sembrava malvagia (più ci pensava e più ne era convinta, anche se sul momento era quasi svenuta dallo spavento).

«Wahnsinn!» esclamò alla fine Gerico.

«Che dici se diamo un'occhiata più da vicino alla grande quercia?» propose Tommy.

All'ora di pranzo i tre ragazzi erano nella tenuta, accanto al maestoso albero che da quasi cinque secoli vegliava su quelle terre.

Studiarono la cavità sul fianco destro del tronco, rivolta verso il recinto vuoto di Beo. Esaminarono per bene il buco, e scoprirono che non era né profondo né ampio. Risultava invece bruciato all'interno. Frida disse che era stato un fulmine a incendiare quella parte – per poco non era morto tutto l'albero, divorato dalle fiamme. Almeno, questo era quanto le aveva raccontato Barnaba.

Gerico salì sull'altalena e cominciò a volteggiare spingendosi sempre più in alto. Tommy scosse la testa in segno di disapprovazione e disse al fratello: «Se vuoi, ti do una spinta. Mi piacerebbe taaanto vederti sfracellare al suolo».

«Sei solo invidioso perché avresti una fifa blu a provare» lo rimbeccò Gerico.

«Ho altro da fare che regredire allo stato infantile.»

«A dire il vero, io sto riflettendo, non regredendo.»

L'altalena sfrecciava avanti e indietro con un movimento pendolare piuttosto inquietante.

«Tra poco decolli, Geri» disse un po' preoccupata Frida.

«Quando hai finito di riflettere facci un fischio, oppure dacci un segno sbattendo con la testa contro un ramo. Ma picchia forte, così ti sentiamo» sghignazzò Tommy.

Dalla portafinestra di casa uscì Barnaba, che gridò verso i tre: «È quasi pronto il pranzo. Che fate, rimanete anche voi, ragazzi?»

«Non abbiamo avvisato casa» rispose Tommy.

«Chiamo io Annamaria.»

«Grazie, Barnaba. Se la mamma dice di sì, restiamo volentieri.»

L'uomo annuì. In quel momento Birba e Merlino uscirono sul patio. Avevano il muso un po' stropicciato di chi si è appena svegliato da un lungo sonno. Birba si stiracchiò. Merlino invece andò a bere nella grossa ciotola metallica subito dietro l'angolo della casa, dove c'era la zona della cucina esterna e il "capanno delle cianfrusaglie", come lo chiamava zia Cat.

Visto che Gerico non dava cenno di voler scendere dall'altalena, Tommy e Frida decisero di fare una breve passeggiata per la tenuta. Gerico si limitò a guardarli imboccare il viale.

«Perché lo Smilzo dovrebbe prendere i cani?» chiese Frida camminando accanto a Tommy e rigirandosi tra le dita lo stelo di un margheritone dai petali gialli.

«Non ne ho idea. A essere sincero, secondo le credenze popolari lo Smilzo rapisce perlopiù i bambini» rispose Tommy. Poi si fermò.

«Che c'è?» gli chiese Frida

«Voglio mostrarti una cosa.» Il ragazzo si sfilò dalle spalle lo zaino che aveva sempre con sé. Lo poggiò sul prato e ne estrasse il suo taccuino. Lo sfogliò fino a una pagina scritta con una grafia molto precisa e pulita.

«Ecco qui, ho tradotto e trascritto un articolo da un giornale tedesco...»

«Tu parli tedesco?» domandò ammirata Frida.

«Un po', mio padre è nato a Francoforte e vuole che parliamo anche la sua lingua, ma è una rottura.»

«Ah, ecco perché tuo fratello dice sempre quella parola!»

«Lascia stare Gerico. Lui è il gemello stupido.» Poi tornò a guardare il taccuino. «Ecco qui. Risale al 1702. Non è proprio precisa, la traduzione, ma diciamo che rende bene il senso. Ascolta.» Il tono di Tommy si fece più serio e basso, come se stesse entrando nell'atmosfera della lettura. «"Il mio bambino, il mio Lars... è andato. Preso dal suo letto. L'unica cosa che abbiamo trovato era un brandello di cotone, una stoffa molto morbida e spessa. Lars è entrato in camera mia proprio ieri, urlando a squarciagola: 'L'angelo è qui fuori!'. Gli ho chiesto di cosa stesse parlando, e mi ha raccontato una storia senza senso su un certo Grossmann."» Tommy si fermò un attimo e guardando Frida disse: «*Grossman* sta per "uomo alto" in tedesco.» Quindi riprese a leggere. «"Mi ha anche riferito che andando in giro nel boschetto vicino al nostro paese aveva trovato una delle nostre mucche morta, appesa a un albero. Non ho dato peso a quello che diceva. Lars è un bambino molto fantasioso. Però adesso è sparito. Dobbiamo trovarlo prima che sia troppo tardi. Mi dispiace, figlio mio, avrei dovuto ascoltarti. Che Dio mi perdoni."» Tommy lesse tutto d'un fiato, interpretando alla perfezione i sentimenti impressi nella carta.

«Questa è la lettera della madre, inviata al giornale locale perché la pubblicasse. È una delle più antiche testimonianze su quello che io e Gerico chiamiamo lo Smilzo.» Tommy chiuse il taccuino e lo ripose nello zaino.

«Cosa avete intenzione di fare?» gli chiese Frida.

Tommy la guardò, poi rispose: «So che è tutto incredibile, ma abbiamo deciso di dargli la caccia. Non riesco a rassegnarmi all'idea di aver perso Pipirit e il pensiero di non rivederlo più... Dobbiamo fare qualcosa, capisci? Nessuno muoverà un dito per i nostri cani».

«Hai ragione, è tutto così pazzesco, e non so se...»

«Se non l'avessi visto con i miei occhi dubiterei anch'io dello Smilzo, però anche la tua nebbia azzurra e la voce proveniente da un albero erano altrettanto pazzeschi, no?» la provocò il ragazzo.

Ci fu una pausa. Un fossato di silenzio in cui caddero i loro pensieri. Frida non aveva raccontato del modo in cui aveva trovato la foto di Erlon. Un'altra situazione perlomeno strana.

«Cosa dobbiamo fare, secondo te?» chiese infine.

«*Dobbiamo*? Allora ci stai?» chiese sorpreso Tommy.

«Credo di non avere altra scelta, ci sono già dentro a questa situazione…» Avrebbe voluto aggiungere che non aveva nulla da perdere. Non aveva paura di quello che poteva succederle. E c'era una *forza* invisibile e inspiegabile che l'attirava verso quella storia.

«Io un'idea ce l'avrei, ma è molto rischiosa.» Tommy era evidentemente gasato al pensiero di avere dalla loro parte Frida, qualcuno che credesse alla loro ipotesi così apparentemente assurda.

Di colpo si sentirono toccare alle spalle e trasalirono – Frida emise addirittura un urlo, soffocato dalla mano che andò automaticamente a tappare la bocca.

«Lo vedi che sei un imbecille!» esclamò Tommy a Gerico. Il fratello si era avvicinato di soppiatto alle loro spalle con l'intento, ben riuscito, di spaventarli. E ora se la rideva allegramente.

«È pronto in tavola. Barnaba ci ha chiamato» tagliò corto poi.

IL VECCHIO DROGO

«Io non entro in acqua, potete scordarvelo.» Tommy era irremovibile.

Il lago Fraturno era profondo e lui non sapeva nuotare.

«Lascialo perdere, Frida, il mio fratellino è allergico all'acqua. E si sente.» Gerico si pinzò il naso con le dita, come a dire che il gemello non aveva confidenza nemmeno con quella del lavandino.

Frida si immerse. Il silenzio di quelle acque torbide la stringeva in un pugno, ma era piacevole starsene quasi immobili, in verticale, dentro quel lago. Il tempo le scivolava addosso, come farina tra le dita. Aprì gli occhi e vide danzare una galassia di pulviscolo dorato nel verde universo in cui galleggiava.

Poi udì un grido. Uno strappo.

«Aiutooooo! Oddiooooo!»

La ragazza emerse come un proiettile dalla superficie elastica del lago e vide sulla riva Tommy spanciato dalle risate, mentre Gerico si teneva la gamba con una faccia deformata dal terrore. Frida corse verso di loro, per quanto le permetteva il viscido strato di alghe e sabbia limacciosa sotto i piedi. Gerico sembrava un ossesso.

«Che succede?» gridò la ragazza, al colmo dello spavento.

«Sta morendo vampirizzato» disse Tommy tra le risate che gli impedivano quasi di parlare. «Una sanguisuga!»

«Aiuto! Toglietemela dalla gambaaa!» sbraitava Gerico.

Frida recuperò la compostezza: una sanguisuga, solo una sanguisuga. Guardò la gamba di Gerico e individuò la bestiaccia sul collo del piede.

«Stai calmo! Ci penso io. Non ti muovere così, che è peggio.»

«Ti prego, Frida, aiutami» la implorò Gerico, privo della sua solita baldanza.

La ragazza si inginocchiò accanto a lui. «Lasciami vedere dov'è la testa.»

«Perché, vuoi pettinarla?» e Tommy proruppe in un'altra risata fragorosa.

«Devo trovare la ventosa della bocca» spiegò, rivolgendosi a Gerico.

«Oddio, che schifo» intervenne Tommy, che si era posizionato accanto a lei come l'assistente del chirurgo durante un'operazione.

«Non voglio guardare» squittì Gerico, schermandosi gli occhi con un braccio.

«Calmo, Ge. Non è nulla. Non ti succede niente.» Frida gli parlava mentre "operava". Con una mano aveva tirato delicatamente la pelle vicino alla piccola bocca dentata e con l'altra aveva fatto scivolare l'unghia al di sotto. «L'importante è non strapparla di colpo. Sennò la ventosa ti resta attaccata alla pelle. Pronto?»

Non gli diede il tempo di rispondere. Con un movimento deciso fece volare via il grosso verme nero.

«Wow!» esclamò Tommy. «Ora puoi guardare, mammoletta. Il mostro non c'è più» e rise ancora.

Gerico sbirciò da sotto il braccio e sorrise compiaciuto.

«Tu sei un mito, lo sai, vero?» disse a Frida.

Lei lo guardò impassibile. «Non esageriamo. Sai quante ne ho viste! Mio padre era un biologo marino...» A queste parole, che restarono sospese nell'aria, Frida si rannuvolò. E Tommy lo notò subito.

I laghetti dei Monti Rossi brillavano nello splendore di quella giornata di luglio. I ragazzi erano arrivati di buon mattino al più grande dei due, che si apriva dentro un'incantevole conca, contornata da un anello di pioppi altissimi. Frida aveva spalancato gli occhi per accogliere nel suo sguardo la meraviglia di quegli alberi a punta, che si riflettevano nello specchio d'acqua.

Gerico e Tommy raggiunsero la loro amica, che adesso passeggiava a capo chino lungo la riva curva.

«Che succede?» le chiese Gerico.

«Nulla» si schermì Frida. Ma la risposta non convinse i gemelli.

«Davvero, ne puoi parlare» disse Tommy. Poi si affrettò ad aggiungere: «Se ti va, naturalmente».

Una libellula grande come un elicotterino planò sulla superficie del lago e proseguì il suo volo trasparente. Frida la seguì con lo sguardo fino a che non sparì nella vegetazione. Si sedette su un tronco d'albero spezzato.

«Si tratta dei miei genitori» esordì. I ragazzi erano diventati seri, come capitava raramente di vederli. Un velo di silenzio era sceso tutto intorno a loro, come se anche la Natura avesse teso le orecchie per sentire la storia di Frida.

«Sono morti in un incidente d'auto. La mattina del 4 novembre, una domenica. Dovevamo andare a trovare i nonni, i genitori di mio padre. Andavamo spesso a pranzo

da loro nel fine settimana. Quando ero piccola mi piaceva, ma crescendo mi sembrava solo una gran rottura...»

«Non dirlo a noi. Abbiamo il primato per i nonni più
pallosi della Terra. La cosa più selvaggia che fa nostra
nonna è invertire ogni tanto l'ordine in cui stira cami-
cie e pantaloni» scherzò Gerico, cercando di far sorridere l'amica.

Frida fece un cenno con la testa. Era il meglio che riuscisse a fare. Poi continuò: «Quella mattina non avevo
voglia di alzarmi dal letto. Pioveva a dirotto. Lampi, tuoni e tutto il resto. Mia madre venne in camera mia e provò a farmi uscire dalle coperte, però io finsi di non sentirmi bene, non volevo andare. Mio padre comparve sulla
porta, mi sorrise e disse a mia madre di lasciarmi dormire, a patto che prima del loro ritorno cucinassi qualcosa
per cena. Il papà mi conosceva così bene. Sapeva che ero
un disastro in cucina, ma non importava. Voleva darmi
la possibilità di imparare. "Non si impara se non si sbaglia" diceva sempre.»

Frida era un fiume in piena. Aveva aperto le para-
tie del suo cuore e ora lasciava scorrere fuori quello
che aveva contenuto nelle sue profondità per gli ultimi otto mesi.

«Li salutai distrattamente. Non ricordo cosa dissi di
preciso, ma forse niente più di un semplice "ciao". E fu
l'ultima volta che... » Il pianto sgorgò silenzioso e inatteso,
arrivando a bagnare le parole che come spugne si inzup-
parono di lacrime fino a diventare troppo grosse per uscire dalle labbra. Gerico la strinse in un abbraccio.

«Non potevi saperlo, Frida. Non potevi sapere che non
li avresti più rivisti» disse Tommy in un soffio.

Lei cercò di ricacciare dentro le lacrime.

«Non posso perdonarmi di non essere andata con loro. Se
lo avessi fatto... se non fossi stata così egoista... saremmo
partiti da casa più tardi e quel maledetto camion non si

sarebbe piantato senza motivo proprio davanti all'auto di mio padre.» Il pianto riprese, ma i suoi amici erano intorno a lei per accogliere quella cascata di dolore che andava liberata.

Era quasi ora di pranzo. La loro destinazione era la Locanda della Vecchia Scola, proprietà di un cugino dei gemelli. Frida, Gerico e Tommy presero il ripido sentiero che dai margini del lago saliva alle Rovine dell'Aone, i ruderi di un piccolo castello risalente al quattordicesimo secolo. I fratelli si fermarono qualche minuto per condividere con la ragazza il fascino di quelle pietre antiche e le leggende che lo popolavano.

Arrivarono alla locanda dopo una bella passeggiata, gli stomaci che brontolavano. Seduti su una panca, mentre consumavano il pranzo, intavolarono la discussione su come dare la caccia allo Smilzo e recuperare i cani scomparsi.

«Tu sei tutto matto!» esclamò a un certo punto Gerico rivolto al fratello, picchiandosi l'indice contro la tempia. «Ti ricordi che papà e mamma ci hanno sempre proibito di avvicinare il Vecchio Drogo, vero? Ti ricordi che il papà ci ha detto che se solo lo nominiamo ci sequestra le bici, la TV, i fumetti e ci impedisce di uscire di casa per un mese?»

«Lo ricordo bene, Gerico. Stai calmo, che ti fai venire un ictus così.»

«Chi è il Vecchio Drogo?» chiese Frida.

L'idea di Tommy era di scambiare quattro chiacchiere con Dino Drogo, detto appunto "il Vecchio Drogo". Raccontò a Frida, con l'eccitazione che si riserva alle leggende, di quell'uomo dall'aspetto quasi secolare. Non si sapeva con esattezza quanti anni avesse, di certo non meno di settanta. Portati male. Era un tipo sinistro e, secondo molti, pericoloso. Viveva a Villa Bastiani con il figlio Vanni, un uomo sulla quarantina, ma con il cervello di un bambino.

«Per chiamare "villa" quel posto ci vuole coraggio» precisò Gerico.

«Infatti era ironico» ribatté Tommy.

«Perché?» chiese Frida

«Lo vedrai con i tuoi occhi» disse Tommy.

La villa in passato aveva goduto di un certo splendore. Era nata come clinica privata per volere di Attilio Bastiani, medico molto apprezzato e decisamente ricco che viveva a Mercile. Poi la clinica aveva chiuso e l'edificio era stato abbandonato al suo destino.

Da una decina di anni il Vecchio Drogo aveva preso possesso della costruzione, arrivato non si sa bene da dove e perché. Lui e il figlio non avevano fatto altro che accelerare il processo di decadimento del posto e tutti in paese si tenevano ormai lontani da lì.

«Si dice che il Vecchio Drogo abbia commesso i peggiori crimini» intervenne Gerico. «Ecco perché nostro padre ci proibisce di avvicinarci.»

«Ma non capisco... Perché dovremmo parlare con lui?» chiese Frida a Tommy.

«Esatto, perché dovremmo? Sentiamo, genio» rincarò la dose Gerico.

«Innanzitutto, molto di quello che si dice sul suo conto sono pettegolezzi di paese. Anche di noi dicono che siamo strani.»

«Voi *siete* strani» puntualizzò Frida. I gemelli fecero una smorfia divertita.

«Comunque, tutti sanno che il Vecchio Drogo ha conoscenze in materie, diciamo così, *particolari*. Occultismo, satanismo, magia nera... Si dice che sia stato buttato fuori dall'esercito per questo. Era un ufficiale.»

«Un simpaticone, insomma» intervenne Gerico.

«È l'unico che può aiutarci. L'unico a cui possiamo parlare dello Smilzo senza rischiare di ritrovarci con una camicia di forza» obiettò Tommy.

«Quando pensavi di andarci?» chiese Frida.

«Non dargli corda, non andremo da nessuna parte» disse Gerico.

«Oggi.»

«Oggi?!»

Barnaba era immerso nella lettura, seduto su una poltrona accanto al letto della moglie. La salute della donna era molto peggiorata negli ultimi due giorni. Era pallida e passava il grosso della giornata tra le lenzuola, in un continuo dormiveglia agitato da tremiti e sudori.

L'uomo indossava dei piccoli occhiali che davano al suo volto un'espressione più dolce, nonostante la barba crescesse ispida e senza una forma precisa. Il suo sguardo si alternava incessantemente tra le pagine del libro e sua moglie.

Era seriamente preoccupato. Cat aveva sofferto fin dall'infanzia di un'anomalia cardiaca che l'aveva costretta a un intervento quando aveva diciannove anni. Da allora era stata bene, ma era più vulnerabile a malattie come la febbre reumatica. Il dottor Sordini, che l'aveva visitata il giorno precedente, temeva potesse trattarsi proprio di una forma grave di quell'infezione, anche se un po' anomala dato che mancavano sintomi comuni come i dolori alle articolazioni. Però ogni paziente è a sé, aveva considerato il medico. Comunque, i tremori potevano indicare che l'infiammazione era arrivata anche al cervello, quindi per precauzione aveva prescritto antibiotici e tanto riposo, sperando che la malattia non intaccasse il cuore già provato.

Villa Bastiani era una costruzione spettrale, immersa in una vegetazione disordinata e maleodorante. Aveva le apparenze di uno scatolone a tre piani, di cui l'ultimo sventrato.

Al primo piano c'erano quattro finestroni dalle imposte sempre chiuse – gli infissi in legno erano intaccati dalle intemperie e dall'incuria. Al piano terra si contava lo stesso numero di finestre, ma tutte dotate di sbarre. Tra la prima e la seconda finestra, guardando da sinistra, c'era un grande portone in metallo verde.

Uno spiazzo di terra battuta e cemento spaccato dall'erba circondava l'edificio; poi cominciava una specie di foresta informe che pareva assediare la costruzione.

Un alto muro di cinta abbracciava l'intera proprietà, interrotto solo da un maestoso cancello di ferro arrugginito con grosse lance a punta in cima e motivi floreali a decorarlo. Era stato un bel cancello in passato. Un passato lontanissimo.

Affacciati a quelle sbarre c'erano i tre ragazzi, arrivati lì in bici. Tommy aveva convinto Frida e Gerico a seguirlo e ora stavano scrutando l'interno del giardino incolto per capire come agire.

Il frinire assordante delle cicale riempiva l'aria con un canto dissonante e monotono che dava alla testa. Frida non aveva mai sentito niente di tanto potente. Era come se fosse stato organizzato il raduno mondiale della cicala, con gran successo. Per il resto, la villa sembrava deserta.

«Vedete un campanello da qualche parte?» sussurrò Tommy.

«Secondo te, il Vecchio Drogo e quel mentecatto del figlio sono tipi da campanello?» sentenziò Gerico.

«Un modo dobbiamo pur trovarlo per farci aprire.»

In quel momento Frida spinse leggermente un'anta del cancello che, cigolando rumorosamente, si aprì. I gemelli si voltarono di scatto verso la ragazza.

«Che c'è?! Non avete detto che dovevamo entrare?» chiese lei in tono candido.

«Guarda come si fa, pivello!» puntualizzò Gerico a Tommy. «Sei sempre la numero uno, Fri Fri.»

«Non chiamarmi così, per favore.»

Non dimenticare che tuo padre ti chiamava Fri Fri quando ti portava sulle sue grandi spalle in giro a vedere il mondo. Non dimenticare la sensazione di solletico alla pancia che ti dava sentirti chiamare in quel modo. Non dimenticare la dedica sul Vecchio e il mare *che lui ti regalò quella volta in cui fosti costretta a letto con l'influenza: "Alla mia Fri Fri, che non ha paura della febbre perché sa che ci sarò sempre io a tenerle la mano ogni volta che ne avrà bisogno".*

Il papà le aveva fatto una promessa che non aveva potuto mantenere. Frida scosse la testa per scrollarne via quel pensiero.

«Intesi, solo Frida. O "lady Frida", se preferisci» disse Gerico, alzando le mani in segno di resa.

«Andiamo» li incalzò Tommy.

I tre ragazzi si mossero circospetti lungo il viottolo, guardandosi in giro. Mentre camminavano lentamente verso il tetro edificio, sentivano sotto le scarpe uno sgradevolissimo suono, come il crepitio di fiori secchi tra le dita.

«Oddio, cosa sono? Insetti?» disse Gerico.

Sembravano gusci giallastri di piccoli animali. Tommy ne prese uno in mano. Era la riproduzione di un insetto trasparente, con due zampette anteriori ben visibili e un addome molto simile a quello delle api. Alla vista di quella stranezza Gerico emise un verso di disgusto.

«Butta via quello schifo!»

«È un guscio di cicala» affermò Tommy.

«Si chiama "esuvia".» La voce che pronunciò quelle parole sembrava provenire da una grotta profondissima. Era una voce roca e grave, simile a un ruggito.

I ragazzi si voltarono e si trovarono di fronte un uomo avvizzito che era l'immagine della parola "sudiciume". Altissimo e magro come un chiodo arrugginito, in lui tutto ero lurido: dagli abiti cenciosi fino alle unghie così nere che sembrava avesse appena finito di spalare carbone. La barba folta, ispida e giallastra, copriva quasi per intero la faccia, e ciò che restava nella bocca erano le macerie di una dentatura. Gli occhi emergevano di un azzurro chiarissimo – gelido come un inverno senza sole – da sotto la capigliatura biancastra e stopposa, che cresceva folta e senza forma.

Era il Vecchio Drogo. E accanto a lui c'era un uomo dal mento sproporzionatamente lungo e un'espressione lontanissima dall'intelligenza. Vanni, il figlio, si presentò strascicando le parole nella bocca che si muoveva in maniera disarticolata: «*Aivuse amaihc is*».

I DUE MONDI

Il termometro segnava 39,5 gradi. La febbre era salita vertiginosamente e Cat respirava a fatica. Barnaba si muoveva per la stanza come un felino in gabbia. Il dottor Sordini sarebbe arrivato da lì a una decina di minuti, un quarto d'ora al massimo, ma intanto lui cosa poteva fare?

Le parlava, però Cat non rispondeva – forse non ne aveva la forza, forse non capiva. Sudava e tremava, tra gli ansimi. Intorno al letto, come una corte silenziosa, si erano radunati i tre cani superstiti. Merlino era seduto accanto alla sponda con la testa poggiata sui piedi della donna, mentre Morgana e Birba vegliavano su di lei stando accovacciate a terra ma con gli occhi fissi sulla padrona.

Quando arrivò il dottor Sordini i cani non gli ringhiarono né abbaiarono, come invece erano soliti fare. Lo lasciarono entrare sollevando appena il muso dalle zampe. Merlino andò ad annusarlo, prima di tornare alla sua posizione.

«Dobbiamo portarla in ospedale, Barnaba» disse il medico dopo aver auscultato il cuore della donna.

«È così grave, Pietro?»

«Sento un soffio: credo che l'infezione reumatica abbia portato a una lesione della valvola mitrale, ma senza accertamenti più precisi è difficile dirlo. Si potrebbe curare con un ciclo di antibiotici forti, però nel caso di Caterina, che ha già sofferto di cuore, rischiamo che la lesione provochi una stenosi valvolare, cioè che il cuore cominci a pompare meno sangue nel corpo, capisci?»

«Certo. Chiamo subito un'autoambulanza.» Poi, rivolgendosi dolcemente alla moglie: «Non preoccuparti, amore mio, ora ti porteremo dove ti cureranno e ti faranno stare meglio. Avevi detto che volevi staccare un po', no?» cercò di scherzare Barnaba, e le depositò un tenero bacio sulle labbra aride per la febbre alta.

Lei aprì gli occhi e lo guardò riconoscente, poi con un filo di voce disse: «Barnaba... Frida è come sua madre».

Quell'uomo aveva occhi come braci ardenti. Quando ti guardava, il Vecchio Drogo non lo faceva semplicemente per osservarti.

«Quella che hai in mano e che tu, povero ignorantello, chiami "guscio di insetto", è un'esuvia, cioè un involucro ninfale.» Il Vecchio si avvicinò ancora di più ai tre ragazzi, che erano letteralmente impietriti. Più andava verso di loro, più intenso diventava il puzzo che emanava. Era talmente nauseabondo che Frida dovette sforzarsi di non vomitare.

Dietro di lui Vanni (che la gente chiamava semplicemente "il Matto") li incalzò con quella che appariva una domanda. «*Iuq etaf ic asoc?*»

I ragazzi lo guardarono e poi si guardarono a vicenda, sperando che uno di loro avesse capito qualcosa. Fu Tommy a prendere coraggio.

«Signor Drogo...»

«*Tenente* Drogo» lo corresse quello, fulminandolo con lo sguardo.

«Oh, mi scusi, tenente. Siamo entrati...»

«Senza permesso» lo interruppe ancora l'uomo.

«*Ossemrep aznes*» gli fece eco il Matto, che sembrava ancora più aggressivo del padre.

«Sì, ci scusi, senza permesso, è vero... ma abbiamo visto il cancello aperto e non abbiamo trovato campanelli.»

«Non mi serve un campanello, non aspetto visite.» Pausa. «Di solito.»

«*Atisiv anussen.*»

«Sta' un po' zitto, maledizione!» Drogo ringhiò contro il figlio e un silenzio assoluto cadde su quel giardino. Anche il canto assordante delle cicale cessò di colpo. Vanni si mise a sedere per terra, affondando la testa tra le braccia e le ginocchia come un bambino messo in punizione.

Il Vecchio Drogo si girò di nuovo verso Tommy. «Continua» gli ordinò senza gentilezza.

«Signorsì, tenente. Dicevo che siamo entrati senza permesso – e non finiremo mai di scusarci per questo – solo perché volevamo parlarle. Abbiamo delle domande a cui solo lei può rispondere.» Tommy deglutì nervosamente.

L'uomo non rispose, ma li fissò con quegli occhi gelidi e infuocati allo stesso tempo.

«I vostri genitori sanno che siete qui?»

«No» rispose Tommy e subito se ne pentì, perché gli parve di aver visto come uno scintillio in fondo agli occhi del Vecchio. "Ora sa che nessuno ci cercherà qui, se dovesse farci qualcosa" pensò svelto il ragazzo.

«Non dovreste essere qui.» Quella del Vecchio era una minaccia, più che una semplice affermazione.

«Ha ragione, tenente» intervenne Gerico e, afferrando il braccio del gemello, si affrettò ad aggiungere: «Infatti ora ce ne andremo e non torneremo a darle fastidio. Mai più».

«Non così in fretta, bamboccio.» Drogo afferrò l'altro braccio di Tommy. La stretta era come una morsa di ferro, e il ragazzo sentì la lama delle unghie lunghissime penetrargli nella pelle. Ma fu un attimo, poi il Vecchio mollò la presa.

Il cancello alle loro spalle si richiuse. Il rumore arrivò a Frida e ai gemelli come una condanna. Vanni non era più dove sedeva un attimo prima. Aveva chiuso lui.

La tenuta di Petrademone era rimasta vuota come non capitava da anni.

Barnaba era in autoambulanza con zia Cat; le teneva la mano senza lasciarla mai, la carezzava e le sussurrava parole di conforto per farla sorridere. Se le fosse successo qualcosa... No, non voleva pensare a questo.

Intanto andava con la mente ai tre cani rimasti soli a casa. Doveva tornare in tempo per prendersene cura. E poi c'era Frida cui pensare. Negli ultimi giorni l'aveva trascurata per stare vicino alla moglie, era vero, ma confidava nella nipote. Era una ragazza in gamba e ora aveva fatto amicizia con i gemelli Oberdan: quei due sapevano sempre come cavarsela, lo avevano dimostrato più di una volta.

Nonostante ciò, con Cat in ospedale, per Barnaba la situazione non sarebbe stata facile da gestire. L'unica soluzione possibile, nonché la più odiosa, era racchiusa in un nome. Astrid.

«Abbiamo qualcosa per lei, tenente» si affrettò a dire Tommy.

Il Vecchio Drogo strizzò un po' gli occhi per scrutare il ragazzo.

«Cosa?» chiese brusco.

Tommy tirò fuori dallo zaino un sacchetto di plastica, di quelli per la spesa. Dentro c'era un pacco. Il Vecchio afferrò la borsa con le sue dita lunghe e contorte come rami di ulivo. Tirò fuori il pacchetto e lo aprì. Era pieno di sangue e conteneva un pezzo di carne. Ma non un pezzo qualsiasi: un cuore.

In paese tutti sapevano della sua predilezione per la carne cruda, e in particolare per le interiora. O meglio, per le frattaglie. Domenico, il macellaio – detto anche "Tiggì" per la sua abilità nel diffondere anche la più piccola notizia – aveva raccontato a chiunque passasse per il negozio che ogni settimana doveva far recapitare a Villa Bastiani lingua di bovino, fegato, milza, intestino, rognone, cervella e talvolta cuore.

«Cuore di vitello!» esclamò con entusiasmo il Vecchio, come se si trattasse di una vera ghiottoneria.

«Non è stato facile trovarlo» intervenne Gerico, che aveva riacquistato una certa fiducia.

Frida aveva tentato in tutti i modi di opporsi a quel macabro regalo, ma Tommy era riuscito a convincerla: «Mi dà il voltastomaco, credimi, però potrebbe essere l'unica maniera per ingraziarcelo. Andare a Villa Bastiani non è esattamente come fare una qualsiasi visita di cortesia. E non mi viene in mente altro da portargli. Non possiamo certo presentarci con un vassoio di dolcetti».

Drogo richiuse il sacchetto sanguinolento e lo fece dondolare con la mano scheletrica.

«Vi siete meritati la mia attenzione, entrate.» Ancora una volta i ragazzi scorsero uno sprazzo di malvagità baluginare in quegli occhi. Poi l'uomo gridò verso un punto alle loro spalle: «Vanni, dove sei? Vieni subito qui!».

Il figlio emerse da dietro una siepe ormai quasi secca. Si avvicinò al padre e gli afferrò un gomito per farlo chinare un po', poi gli disse qualcosa all'orecchio. Il Vecchio annuì.

Villa Bastiani da dentro era ancora più inquietante che da fuori. Persino la luce se ne teneva alla larga, nonostante fosse ancora giorno. L'aria era appesantita da un puzzo pesante di decomposizione e i pavimenti a scacchi bianchi e neri erano ricoperti di sporcizia – una terra promessa per ogni lurido animaletto strisciante che si nutrisse di resti. Frida strinse la mano di Tommy. Aveva paura. Il ragazzo invece sentì un calore sconosciuto divampare dentro di sé. Guardò la ragazza e sorrise per tranquillizzarla. I tre percorsero in silenzio per qualche manciata di secondi il corridoio dietro il Vecchio ed entrarono in un'ampia stanza che si rivelò essere una cucina.

Vanni invece restò indietro e non entrò. Frida lo vide proseguire oltre con il suo penoso passo trascinato. Recitava una specie di cantilena in quella sua lingua incomprensibile: «*Odnavirra ats orgam li odnavirra ats orgam li odnavirra ats orgam li...*»

Il Vecchio Drogo si lasciò cadere in una poltrona sfondata che stava in un angolo dell'ampio locale. I ragazzi restarono in piedi, guardandosi attorno con una sensazione di pericolo imminente. Il soffitto della stanza era altissimo come le finestre, ma gli scuri quasi del tutto chiusi lasciavano entrare una luce debole, smorta.

«Che aspettate, sedetevi!» Anche l'ospitalità non rientrava tra le qualità dell'uomo.

I tre obbedirono. Frida notò una grande varietà di coltelli attaccati a un supporto accanto alla grande cappa. Al pensiero del loro possibile utilizzo ebbe un brivido. Fu però la loro lucentezza – forse l'unico sprazzo di pulizia in mezzo a tutto quel lerciume – a colpirla. Drogo si accorse del suo sguardo.

«Bella collezione, vero, signorina?»

Frida non seppe cosa rispondere. L'uomo l'attraversò da parte a parte con la lama del suo sguardo infuocato e poi, dopo un tempo che le sembrò infinito, si rivolse ai gemelli.

«Veniamo al punto: cosa diavolo volete da me?»

«Che ne sa dello Smilzo, tenente?» Tommy era andato dritto al punto.

«Chi sarebbe lo Smilzo?» chiese il Vecchio, che sembrava sinceramente stupito di quella domanda. Tommy rischiò il tutto per tutto mettendosi a raccontare per sommi capi quello che stava succedendo a Orbinio: i cani spariti, la visione dello Smilzo, l'idea che se n'erano fatti loro. Non fece però cenno a Petrademone, come prima gli aveva chiesto Frida.

L'uomo ascoltò a occhi chiusi, tanto che quando Tommy ebbe finito di parlare fu impossibile capire se fosse sveglio o meno. Il ragazzo guardò verso Gerico, ma anche lui non poté far altro che alzare le spalle.

Fu in quel momento che vennero fuori da sotto la poltrona del Vecchio due gatti malridotti e dall'aspetto poco socievole. Fecero scorrere i loro occhi giallo agata sui tre ragazzi prima di balzare sulle gambe rinsecchite del loro padrone, che finalmente sembrò risvegliarsi – sempre ammesso che dormisse. L'uomo accarezzò il pelo dei due felini.

«Ha sentito quello che le ho detto, tenente?» indagò Tommy

«Oltre che ingenuo, sei anche maleducato» disse con una calma allarmante il Vecchio Drogo. «Questi sono Conato e Logoro» aggiunse riferendosi ai gatti. Il primo in particolare, un europeo dal pelo rosso vivo, aveva un che di sinistro. Frida era sicura di averlo già visto, ma non riusciva a ricordare dove e in che circostanza.

Gerico si permise di dire: «Davvero or-originali come nomi».

Drogo voltò il suo sguardo verso di lui e lo tenne lì fisso. Il ragazzo si pentì di quello che aveva detto.

Poi l'uomo rise – una risata gracchiante, senza nessuna allegria. Mentre ricominciava a parlare, continuò a coccolare Conato. «Vi siete addentrati in un terreno a dir poco scivoloso. Ficcanasare in una storia come questa potrebbe procurarvi molto dolore, giovanotti.»

«Non stiamo *ficcanasando*, abbiamo perso il nostro cane. E vogliamo ritrovarlo, anzi, *dobbiamo* ritrovarlo!» intervenne accorato Tommy. Frida lo guardò ammirata e persino il Vecchio Drogo sembrò colpito da tanta audacia. Infilò la lunga unghia di un mignolo nell'orecchio e quando la estrasse si guardò la punta come a voler ispezionare il reperto.

«Disgustoso» disse a voce bassissima Frida. Ma quello che venne dopo fu ancora più raccapricciante. Il gatto sulla destra, Logoro, gli leccò l'unghia.

«Quello che voi chiamate Smilzo, ragazzetti ignoranti, è un Magro Notturno» disse Drogo, guardando dritto negli occhi Tommy. «I Magri sono creature antichissime e potenti. Creature senza anima, senza nulla che ricordi nemmeno lontanamente la natura umana. Sono esseri che abitano ai confini dei due mondi e sono affamate, affamate *eternamente*.» L'ultima parola fu scandita con lentezza. «Per vostra fortuna, non possono passare in questo mondo, a meno che qualcuno non li evochi.»

Le facce dei ragazzi avevano un bel punto interrogativo stampato sopra.

«I due mondi? Quali mondi?» chiese Tommy.

Il Vecchio si alzò e le sue ossa scricchiolarono. I gatti balzarono a terra e guizzarono altrove.

«Cercherò di essere il più chiaro e semplice possibile. Non è roba alla portata dei vostri cervellini.»

«Questo lo vedremo.» Tommy aveva un tono sicuro.

Il Vecchio Drogo si fermò per fissarlo. Poi inspirò rumorosamente.

«Oggi gli scienziati cercano gli altri mondi nello spazio, tra le stelle, con telescopi sempre più potenti e satelliti di ultima generazione, ma gli antichi, pur senza tutti questi mezzi, avevano scoperto già tutto. Ci sono porte dentro questo mondo che conducono ad altre terre. A un altro mondo, che i suoi abitanti chiamano Amalantrah. È così vicino che possiamo toccarlo, basta trovare il cancello giusto. E la chiave per aprirlo.»

«Ma no, non può esistere niente del genere!» sbottò Gerico.

«TACI» ringhiò il Vecchio, e la parola echeggiò nella stanza, come in cerca di uno spiraglio per fuggire. «Che vuoi saperne tu? Amalantrah esiste eccome e presto tutti quanti faranno la sua conoscenza. Credetemi, non sarà piacevole!» Le sue parole adesso erano cariche di rabbia.

Tommy cercò di riprendere in mano la situazione, che sembrava aver preso una brutta deriva.

«Tenente, scusi mio fratello, non voleva mancarle di rispetto» cercò di blandire il Vecchio, che camminava avanti e indietro nella cucina come un predatore ferito. «Vada avanti. Cos'ha a che fare il Magro Notturno con la sparizione dei cani?»

«Non vi servirà a nulla saperlo. Prenderanno *tutti* i cani e li porteranno nella Caverna alla Fine del Tempo. Nessuno potrà fermarli. E quando il numero della profezia sarà raggiunto, allora sì... allora sì che ne vedremo delle belle.»

«La profezia?»

«Esatto, ma non ho voglia di sprecare il mio tempo con dei ragazzini. Tutto il giorno a bighellonare con le vostre stupide bici e a rimbambirvi davanti alla tv.»

«Si sbaglia, signore» intervenne Frida, e nelle sue parole c'era un tono di sfida. Era una *nuova Frida* quella che aveva parlato, una Frida che avrebbe ripreso le redini della propria vita e non si sarebbe fatta mettere i piedi in testa da nessuno.

«Davvero, signorinella?»

«Sì, tenente. Ci metta alla prova, ci racconti della profezia» continuò lei, risoluta. *Doveva* sapere.

Il Vecchio Drogo diede loro le spalle e cominciò a declamare dei versi con una voce così grave che le vibrazioni fecero tremare l'aria.

Per mille e mille anni
il cane infernale dormirà riottoso,
sognando vendetta e vasti danni,
sbranando e ruggendo al risveglio furioso.
Col sangue canino di centomila virgulti
si cospargerà il nero e tetro manto
e spezzerà le pesanti catene dell'insulto
levando nei due mondi l'infinito pianto.

A questo punto il tenente si voltò verso il suo pubblico sbalordito. «Avete bisogno di spiegazioni?» Non attese la risposta. «La grande bestia incatenata si libererà quando il suo pelo sarà ricoperto dal sangue dei vostri giovani cani. E allora aprirà il varco per Shulu il Divoratore e sarà la fine di tutto.»

Pronunciò le ultime parole con una punta di amarezza, poi si voltò di nuovo verso la finestra.

Il silenzio calò nella stanza come il sipario dopo una recita. Gerico e Tommy si scambiarono uno sguardo, mentre Frida non staccava il suo dalla schiena del Vecchio. Le sue labbra si aprivano e chiudevano impercettibilmente, come se stesse ripetendo qualcosa.

In quel momento il figlio di Drogo entrò in cucina con tutta la velocità che gli consentiva il piede zoppo. Passò oltre i ragazzi e scoccò un'occhiata interessata a Frida. La ragazza lo seguì a sua volta con lo sguardo: aveva percepito che il figlio non era fatto della stessa pasta del padre. Non sapeva perché mai avesse avuto un simile pensiero, ma quello sguardo fugace era stato come una pietra lanciata in uno stagno. Nel cuore di Frida si stavano formando piccole onde circolari.

Vanni parlò all'orecchio del padre. Questi annuì con

un'espressione contratta sul volto e raccolse il sacchetto con il cuore di vitello.

«Tu resta qui, Vanni. Intrattieni i nostri ospiti. Non farli muovere, non ho ancora finito con loro... Sai, non vorrei deluderli, visto che si sono presi la briga di venire fino a qui per parlare con me» disse il Vecchio Drogo con un ghigno sottile a fior di labbra.

Il figlio annuì e il Vecchio uscì dalla stanza, lasciando i tre ragazzi inchiodati alle sedie.

ICIMA

Barnaba compose il numero di Astrid, ma riattaccò prima che all'altro capo rispondessero. Stava usando un telefono pubblico dell'ospedale e non c'era nessuno in attesa dopo di lui, quindi poteva prendersi del tempo. Solo la disperazione lo spinse a ricomporre quel numero.

«Pronto?»

«Ciao, Astrid, sono Barnaba.»

Pausa.

«Caterina non sta bene, vero? Se hai sollevato quella cornetta per chiamarmi deve trattarsi di questo.» La sua voce era una pietra affilata.

«Sì, è stata ricoverata poco fa, sono all'ospedale di Poggio Antico. Il dottor Sordini dice che si tratta di febbre reumatica e... teme per il suo cuore.»

«Ho sempre pensato che mia sorella avesse il cuore debole. In tutti i sensi.» Pausa. «Comunque se l'è cercata.

Sapete come la penso sul vivere in quel posto dimenticato da Dio. Umido e malsano.»

«Che ironia, ti stavo per chiedere proprio di venire a darmi una mano in questo posto insalubre... Frida, mia nipote, si è da poco trasferita a casa nostra e io in questo momento non riesco a stare dietro a tutto.»

Un altro silenzio.

«Caterina mi ha detto di tua nipote. Avete preso una decisione avventata, tirar su una ragazzina non è come allevare degli stupidi *cani*.» Lo spregio con cui pronunciò l'ultima parola era chiaro.

«Allora tu e Miriam riuscite a venire o no? Te ne sarei... grato.» Barnaba stava facendo uno sforzo disumano per trattenersi.

Astrid fece una nuova pausa che grondava antipatia, un'antipatia che sapeva contraccambiata dal cognato.

«Verremo. Mia figlia ne sarà contenta. Non so perché, ma lei ha un'insana passione per Petrademone.»

«Forse perché è una ragazza sensibile.» L'uomo cercò altro da dire. «Andrà d'accordo con Frida.»

Il silenzio sospeso e carico di tensione durò tanto a lungo che Barnaba stava per riattaccare.

«Caterina mi ha detto anche dei cani. In effetti era ora che *alleggerissi* un po' l'allevamento.» Quello era stato davvero un colpo basso. L'uomo stava per ringhiarle contro. Stringeva talmente forte tra le dita il filo del telefono da farsi venire le nocche bianche.

«Ci sei ancora?» chiese Astrid con un tono falsamente vellutato.

«Sono qui.»

«Arriverò domani mattina, ma sappi che resterò in quel buco tra le montagne solo alle mie condizioni. Voglio che si faccia come dico io in casa. Non tollererò la solita confusione di quel posto, che la mia povera sorella ha sempre sopportato suo malgrado.»

"Dio mio, fa' che non la impicchi alla grande quercia" pregò tra sé Barnaba.

«A domani» riuscì solo a dire. Chiuse la conversazione, ma restò con la cornetta del telefono in mano. Si sentiva soffocare. Astrid in casa sarebbe stata una vera e propria sciagura, ma che alternative aveva?

Vanni sembrava più a disagio dei ragazzi. Non sapeva dove posare lo sguardo. Il Vecchio Drogo mancava da più di dieci minuti e il guardiano che aveva lasciato non sembrava particolarmente pericoloso, ma la sua stazza e la sua imprevedibilità tenevano i ragazzi guardinghi.

«Proviamo a filarcela?» propose Gerico, sussurrando.

«E come, *genio*?» sibilò Tommy di rimando. «Frida, tu che dici?»

La ragazza però non ascoltava. Era concentrata su qualcosa.

«Frida…» provò a richiamarla Tommy con più decisione, ma lei lo zittì con un gesto della mano. Guardò Vanni e scandì con lentezza una fila di lettere che suonavano così: «*Icima iout omais*».

Gerico e Tommy la guardarono con la fronte corrugata. Vanni, invece, alzò la testa e spalancò la bocca. La fissò con quello stupore eccitato che i bambini riservano ai giocattoli la mattina di Natale o la prima volta che si trovano davanti a una gabbia dello zoo abitata dal loro animale preferito. Prese a battersi con una mano la testa mentre muoveva l'altra come una farfalla impazzita.

Frida continuò: «*Aznats aut al imartsom*».

Vanni emise un grido di contentezza.

«Ha capito la sua lingua» disse Tommy, incredulo, al fratello.

«Wahnsinn!» ribatté in estasi Gerico.

Vanni si muoveva per la cucina come un robot caricato a molla. Poi si avvicinò a Frida e le toccò la mano. Gliela strinse. Lei lo lasciò fare. I due fratelli stavano per correre in suo aiuto, ma lei disse: «Calmi, va tutto bene».

Vanni la tirò con gentilezza, voleva che la ragazza lo seguisse. Gerico e Tommy fecero per alzarsi, però l'altro indirizzò loro un grido disumano: «*IMREF ETATS!*» e lo ripeté con voce arrochita dalla rabbia.

Frida intimò loro di restare dov'erano. Adesso doveva tranquillizzarlo.

«*Icima omais, olliuqnart*» gli disse. E funzionò.

«*Icima...* amici.» Tommy disse tra sé e sé. «Parla al contrario!» Ci era arrivato anche lui.

Vanni trascinò gentilmente la ragazza fuori dalla stanza. I gemelli restarono dov'erano.

Barnaba prese un tè al distributore automatico, in attesa che il dottore uscisse dalla stanza di Cat. Continuava a risentire la frase della moglie: "Frida è come sua madre". Cosa intendeva? Era solo un pensiero reso sconnesso dal delirio febbrile? Barnaba pensò a sua sorella. Gli sembrava assurdo che non ci fosse più. A ben pensarci, però, sua moglie aveva ragione: Frida gli ricordava sempre di più Margherita. Non fisicamente. C'era qualcosa nello sguardo della figlia che brillava della stessa luce materna.

Il dottore uscì in quel momento, strappandolo alle sue considerazioni. Il medico era perplesso, gli disse che lo stato di prostrazione di sua moglie non poteva essere imputato alla febbre reumatica, come si pensava. A dire il vero, dagli accertamenti non risultava niente di chiaro, ma di sicuro non c'era segno dello streptococco ipotizzato dal medico condotto. Forse si trattava di un virus. Forse di un'infezione. Intanto però le medicine non facevano effetto e la temperatura restava allarmante.

I gemelli non ne potevano più di restare seduti in attesa.

«Basta, Tom, io vado.»

«Ah, sì? E dove? Lasciamo sola Frida con quel pazzo scatenato e ce ne andiamo?»

«Appunto. Non possiamo lasciarla sola con Vanni. Io provo a cercarla.»

«Dove credete di andare?» Il ruggito del Vecchio li sorprese. Era sull'uscio della cucina.

I ragazzi quasi gridarono dallo spavento. Drogo avanzò piano e si guardò intorno come un predatore che ha fiutato la cena. Sembrava ancora più sudicio e magro di quando era uscito dalla stanza, una decina di minuti prima.

«Dov'è la ragazzina?» chiese sputacchiando. Gerico e Tommy notarono del sangue sulle sue dita. Non risposero, ma con una rapida occhiata si dissero che era arrivato il momento di scappare da quel posto. Però avrebbero dovuto sfuggire dalle grinfie dell'uomo. E trovare Frida.

«DOV'È LA RAGAZZINAAA?» Il suo urlo fece tremare i vetri della casa. Ci fu un rumore di passi in corridoio. Il suono di una fuga. Il Vecchio Drogo lo sentì e si voltò in quella direzione.

«Ora!» gridò Tommy.

I gemelli scattarono, passando accanto al Vecchio e spintonandolo per precipitarsi fuori dalla stanza, verso l'uscita. Una volta in corridoio, gridarono con tutto il fiato che avevano il nome di Frida, ma a rispondere ci fu solo l'eco delle pareti che trasudavano muffa e malvagità.

I due ragazzi decisero allora di dirigersi verso l'interno della casa, immersa nel buio, quando l'uomo, inferocito, uscì dalla porta della cucina. Non l'avrebbero mai oltrepassato, quindi i due fecero dietrofront e corsero nella direzione contraria. I loro corpi allenati e giovani si rivelarono un bel vantaggio adesso che dovevano macinare distanza. Arrivarono al portone. Il tenente era indietro di una decina di metri.

«E Frida?» ansimò Tommy.

«Sarà fuggita di sicuro. Non possiamo tornare indietro, prima usciamo di qui e poi vedremo cosa fare» rispose in fretta Gerico.

Spalancando il portone corsero nel giardino, o meglio, in quello che una volta era stato un giardino e adesso invece era un ammasso informe di vegetazione incolta.

«Da che parte?» chiese spaventato Gerico.

Il Vecchio Drogo uscì a sua volta con il suo passo faticoso. Gridò qualcosa di indistinto, ma sicuramente non una frase di cortesia.

«Di là» disse Tommy.

Sfrecciarono come forsennati nella macchia, incuranti dei rovi che frustavano le caviglie e dei rami che graffiavano le braccia. Riconobbero il cancello da cui erano arrivati. Ma ora avrebbero dovuto affrontare un nuovo problema: era chiuso.

«Maledizione, non si apre!» disse Gerico scuotendo le inferriate.

Un rumore di foglie smosse alla loro destra li investì. Il Vecchio Drogo doveva aver preso una scorciatoia. Gerico rimpianse amaramente di non avere la sua fionda. Erano pronti a scappare sulla sinistra, quando dai cespugli sbucò Frida.

Nel petto dei ragazzi esplose il sollievo.

Che presto si affievolì, perché dietro di lei videro correre, con la sua andatura strascicata, Vanni. La preoccupazione dei gemelli però durò un attimo, perché dai gesti e dall'espressione della ragazza capirono subito che quell'uomo-bambino non la stava inseguendo, tutt'altro, pareva "fare squadra" con lei.

Arrivati al cancello, Vanni estrasse dalla tasca un mazzo di chiavi.

«Sbrigati, Vanni, sbrigati» lo incitò Frida tremante. Non aveva il tempo di formulare l'invito al contrario. Lui guardò i gemelli perplesso, rallentando la sua ricerca. Frida gli mise una mano sulla spalla e gli disse: «*Ici-*

ma». L'uomo sorrise con quella sua espressione straluna-
ta, e finalmente trovò la chiave che entrava liscia nella
serratura. La fece scattare.

Il Vecchio Drogo comparve il quel momento e il suo
gridò lacerò l'aria tutt'intorno. «Che fai, maledetto
mentecatto?!»

I ragazzi sgusciarono fuori dal cancello e corsero senza
guardarsi indietro. I gemelli inforcarono le due bici e Frida si piazzò dietro Tommy, poi si voltò in tempo per vedere il Matto che richiudeva il cancello e il padre, rabbioso e forsennato, che gridava ingiuriando il povero Vanni
e lo colpiva con uno schiaffo in piena faccia. Il suo ululato di dolore si dissolse nell'aria mentre fuggivano da Villa Bastiani.

IL LIBRO E LO SPECCHIO

Nella stanza dei gemelli le luci erano soffuse, come se la penombra potesse creare un'atmosfera di maggiore segretezza e smorzare il volume delle loro voci. Quello che si stavano dicendo Tommy, Gerico e Frida non doveva uscire dalla porta. Ciò che avevano vissuto alla villa era la loro avventura, la loro missione. Loro e di nessun altro.

«Per favore, ripeti per bene cos'hai visto» Tommy disse a Frida, che si torturava le mani in grembo per provare a sciogliere la tensione accumulata durante la spaventosa visita a Villa Bastiani.

«Ve l'ho già detto e ridetto!» si ribellò.

«Ti prego, è importante» insistette il ragazzo. Gerico intanto si era steso sul piano superiore del letto a castello e faceva rimbalzare una pallina da tennis contro il soffitto.

«Vuoi piantarla una buona volta?!» gli disse Tommy.

«Mi aiuta a concentrarmi.»

«Che ne dici di tenere il cervello spento, come fai di solito? Quando pensi rompi e basta.»

«*Mors tua, vita mea*.»

«Wow! L'hai letta sul *Topolino*?» lo schernì ancora Tommy, prima di rivolgersi a Frida: «Allora...»

Lei sbuffò, ma alla fine si arrese: «Accanto alla cucina c'era una stanza chiusa e subito dopo Vanni mi ha fatto entrare in una specie di grande biblioteca».

«Dov'era il libro?»

«Sul tavolo al centro. Te l'ha già detto, signor detective dei miei stivali!» intervenne Gerico con indolenza.

«Sssh, fa' parlare lei» lo rimbeccò il fratello.

«Sì, era aperto su un leggio appoggiato sopra un tavolino, al centro della stanza. Vanni sorrideva e mi ha portata a vederlo. Come se fosse un tesoro.»

«Voleva far colpo su di te. Hai visto come ti guardava, il piccioncino?» commentò Gerico dall'alto del suo letto, senza smettere di palleggiare.

«Idiota» dissero in coro Frida e Tommy. Gerico sorrise senza perdere il ritmo con la pallina da tennis.

«Sei sicura che non ci fosse scritto niente? Non poteva essere un libro vuoto» fece Tommy.

«Non lo so. Le pagine che ho visto erano bianche. Avevo appena cominciato a sfogliarlo, quando Vanni si è spaventato e siamo scappati. Non ho avuto modo di guardare molto, tranne quella copertina...»

«Giusto, la copertina. Ripetimi com'era fatta» Tommy raccolse il suo taccuino per prendere appunti.

«Non ho mai visto niente del genere. Sembrava corteccia. Quando ci ho passato la mano sopra ho sentito che era... calda e ho udito una specie di respiro uscire dal buco in mezzo. E quel buco... Non so come spiegarvi, era come... come... come una piccola bocca.»

«*Il Libro delle Porte di Amalantra*» disse Tommy.

«Sì, il titolo era quello, *Il Libro delle Porte di Amalantrah*, con una H finale.»

«Ah, vabbè, se c'era la H cambia tutto...» disse sghignazzando Gerico.

«Non potevi rimanere alla villa? Il Matto adesso avrebbe un degno compagno di giochi!» scattò Tommy.

Gerico fece un sorriso finto come una pianta di plastica.

«Non chiamarlo così, ti prego» disse con voce incrinata Frida.

«Sì, scusa, hai ragione. Speriamo che il Vecchio Drogo non gli abbia fatto del male per causa nostra.» Nella stanza calò un silenzio greve. A spazzarlo via ci pensò la ragazza.

«Dobbiamo tornare là, non possiamo lasciarlo solo con quel demonio» disse Frida, sorprendendo i due gemelli.

«Sì, è quello che pensavo anch'io» la spalleggiò Tommy. «E dobbiamo mettere le mani su quel libro. Sono convinto che abbia un ruolo in tutta questa storia.»

«Ma dobbiamo prepararci bene, sennò da lì non ne usciamo vivi» sentenziò Gerico. I motivi per cui volevano tornare erano diversi, però la risolutezza era la stessa.

Quando bussarono alla porta, i gemelli dissero all'unisono: «Va' via, mamma!».

Lei non osò entrare, e da dietro il legno disse: «Ha chiamato Barnaba, tra dieci minuti viene a prendere Frida».

«Okay, okay» rispose Tommy. Si sentirono i passi della donna allontanarsi.

Tommy guardò la pagina degli appunti davanti a sé e disse: «Ricapitoliamo. Quello che noi abbiamo sempre chiamato "lo Smilzo" in realtà, secondo quello che ci ha riferito il Vecchio, è un Magro Notturno: creatura pericolosissima che passa dal nostro mondo all'altro, Amalantrah, solo se evocato».

«Quindi la prima domanda è: chi l'ha chiamato?» intervenne Gerico.

«Esatto. Ti senti bene, Gè?»

«Perché?»

«Hai fatto una domanda intelligente.»

Frida abbozzò un sorriso. Poi Tommy riprese: «Tra i nostri due mondi c'è una sorta di cancello. E serve una chiave per aprirlo. Il punto è: dove trovarla? E poi, è una chiave vera e propria oppure no? Potrebbe trattarsi anche di una formula, un rito...»

«Una persona?» chiese Frida

«Esatto, potrebbe essere addirittura una persona. Dobbiamo scoprirlo.»

«Almeno sappiamo che sono state quelle schifose creature incravattate a prendere Pipirit!» disse rabbioso Gerico.

«E i cani di Petrademone» puntualizzò Frida.

«Sì, e non si fermeranno. I Magri hanno un obiettivo: rapire un certo numero di cani per portare a compimento la profezia.»

«A ricordarsela, quella profezia...» E Gerico lanciò di nuovo la pallina.

«Io la ricordo» Frida li sorprese ancora una volta.

«Dici davvero?»

«Il segreto è ripetere. Intendo dire che per ricordare, devi ripetere...»

Gerico fece una smorfia, come per dire: "Hai capito, la ragazzina!".

Frida prese il taccuino di Tommy e gli sfilò la penna dalle dita. Scrisse di getto la profezia così come la ricordava. «Ecco qui» disse infine, restituendoglielo.

«Per me il Vecchio è tutto suonato. Ve la faccio io una profezia: quello finisce in manicomio con il figlio entro Natale.» E Gerico continuò a martellare il soffitto con la pallina.

«Se il mondo fosse giusto, in quel manicomio dovresti esserci anche tu adesso» replicò il fratello, esasperato.

Quando Frida entrò nel pick-up dello zio si accorse subito che qualcosa non andava. Barnaba, senza tanti giri di parole, le riferì il peggioramento di zia Cat e il ricovero in ospedale.

«È tanto grave?»

«Non si sa. Anche i medici sono stati vaghi, ma stanno facendo tutto il possibile.»

Il furgoncino partì rumorosamente verso Petrademone. Frida si sentiva stordita – pochi giorni alla tenuta e già si trovava su una giostra di avvenimenti incredibili. E ora la zia era ricoverata in ospedale. "Se c'è un Dio da qualche parte, ultimamente deve avercela con me" pensò.

«Da domani verranno a stare con noi la sorella di zia Cat, Astrid, e sua figlia Miriam. Ha la tua età, più o meno.»

Mentre Frida incassava l'informazione avvertì una morsa stringerle lo stomaco. «Come sono?»

Il volto di Barnaba fu attraversato da una strana smorfia prima che lui si affrettasse a rispondere: «Miriam è una ragazzina molto intelligente e dolce. E *sfortunata*, direi».

«Perché?»

«Diciamo che Astrid non è esattamente la madre che ogni figlia sogna. Ma, soprattutto, Miriam non può parlare.»

«È sordomuta?»

«No, ha avuto un problema alla nascita, però ci sente benissimo.»

Frida annuì. Non sapeva cosa aspettarsi da quella novità, ma era certa di due cose: zia Cat le sarebbe mancata terribilmente e l'arrivo di Astrid le suscitava un presentimento molto negativo.

Una volta giunti a Petrademone, mentre lo zio armeggiava con il pesante lucchetto del cancello, Frida sprofondò nei ricordi di quella giornata assurda. Fu in quel momento che vide qualcosa nello specchietto retrovisore. Dapprincipio pensò si trattasse di un abbaglio, uno di quei fenomeni per cui si *crede* di aver visto qualcosa che in realtà non c'è.

Quando però focalizzò lo sguardo sullo specchietto retrovisore, che inquadrava la parte di strada illuminata dai rossi fanalini posteriori del furgoncino, ne fu sicura. Era un border collie. Entrambe le orecchie ritte. Fiero, attento, la coda sollevata come quella di uno scorpione.

Erlon, il misterioso cane della fotografia!

Lo avrebbe riconosciuto tra migliaia. Si voltò subito per osservarlo meglio, ma la strada era deserta. Riandò con lo sguardo allo specchietto retrovisore: nulla.

Barnaba salì al posto di guida e condusse il pick-up dentro la tenuta.

«Che hai?» le chiese lo zio.

«Niente, perché?»

«Sei così pallida.»

«Sono solo stanca, è stata una lunga giornata.»

«A proposito, dove sei stata?»

La domanda la colse impreparata. Provò ad aprire la bocca per rispondere con una nuova bugia, ma non riuscì a escogitare nulla. Lo sguardo penetrante dello zio stava facendo divampare un incendio sulle sue guance. Alla fine disse: «Niente di che, in giro per i boschi con i gemelli».

Lo zio la guardò sospettoso, e Frida si sentì vulnerabile. Poi, per fortuna, Barnaba annuì e schiacciò l'acceleratore, lasciandosi il cancello alle spalle.

Nella sua camera, Miriam, la figlia di Astrid, era seduta davanti allo specchio e si pettinava i lunghi capelli color rame. Erano di un rosso che splendeva anche nella penombra della stanza. Tutto in lei era aggraziato, dagli occhi verde topazio alle piccole lentiggini che sembravano tocchi di pennello messi ad arte sul viso. Nel vederla si aveva l'impressione che un ritratto rinascimentale si fosse animato.

Passarsi la spazzola tra i capelli era una sua abitudine quando doveva prendere una decisione o aveva bisogno di riflettere. A volte lo faceva per ore, com'era il caso di quella notte. Era inquieta perché il mattino dopo sarebbe andata a Petrademone, ed erano anni che mancava da quel posto. Da quando i suoi avevano divorziato, per la precisione: la madre odiava la casa della sorella.

"Mamma odia tutto, a dire il vero" disse dentro di sé. Si chiedeva spesso che suono avrebbe avuto la sua voce uscendo dalla bocca. Dentro la testa sembrava possedere una bella sonorità.

Aveva sognato di tornare a Petrademone una settimana prima, ma non era stato piacevole. Per fortuna, con il passare dei giorni, i contorni già sfumati di quell'incubo dalle tinte fosche si erano fatti ancora più indistinti. Ne era rimasta solo la traccia di un'emozione negativa e le parole che sua nonna (morta da qualche anno) le diceva mentre lei si stava svegliando: «Il libro parla solo a chi sa ascoltare. Il libro parla solo a chi conosce le parole».

Le era già capitato di sognare avvenimenti che poi si sarebbero realizzati poco dopo nella realtà, e già questo la turbava, ma a terrorizzarla davvero era un incubo ricorrente che da circa un mese tornava con prepotenza quasi ogni notte. Aveva provato a disegnarlo, però non aveva abbastanza talento per riprodurlo fedelmente. C'era come un'ombra pulsante dentro una specie di caverna, che respirava come se avesse una bocca. Un respiro roco e malvagio. A volte apparivano anche degli occhi, rossi e luminosi. Quasi sempre lei si svegliava nel momento in cui fissava quello sguardo, tanto era agghiacciante la visione. Altre volte, invece, l'incubo si riempiva di un clangore di catene. Catene enormi. Strattonate, tirate, sferraglianti.

Miriam aveva già preparato la valigia e aveva deciso di

portare con sé l'oggetto a cui teneva di più: l'antico specchio *makyo* che la nonna materna le aveva regalato per il suo decimo compleanno. Poco prima di morire.

La nonna lo aveva preso in Giappone, dal più famoso (e si diceva l'ultimo rimasto) creatore di specchi magici al mondo, Yamamoto Akihisa. La parte anteriore era di un bronzo così lucido da riflettere perfettamente l'immagine e il retro era decorato con un disegno molto semplice: un cane lanciato nella corsa e sotto, capovolto, un grande albero dalla chioma maestosa. La "magia" di quegli specchi consisteva nel fatto che quando un fascio di luce particolarmente intenso veniva indirizzato sulla loro superficie per poi riflettersi su un muro bianco, si potevano vedere i motivi sul retro.

Miriam conservava lo specchio di Yamamoto in una bella scatola verde con decorazioni orientali e lo teneva sotto chiave. Di solito non lo portava mai con sé per paura di perderlo, invece questa volta sentì che doveva farlo. Era come se lo specchio stesso glielo chiedesse espressamente.

LA SECCA STREGA DELL'OVEST

Astrid e Miriam arrivarono in un azzurro mattino di luglio, alle otto spaccate. A differenza del cielo, sgombro di nuvole, l'umore di Astrid era già temporalesco. La sua faccia era tutta spigoli e cavità, tanto che se qualcuno avesse provato ad accarezzarla si sarebbe ferito la mano. I capelli grigi erano raccolti in uno chignon rigidissimo, gli occhi nascosti da grosse lenti da sole e le labbra strette dal costante livore fin quasi a scomparire. Il primo pensiero di Frida fu: "Questa donna può avere solo due possibili stati d'animo: arrabbiata e furibonda".

Ferma nel salone di casa con la valigia in mano, Astrid chiese: «Posso sapere dove sistemare questa valigia senza ritrovarmela cosparsa di peli e altro lerciume?». Le parole erano offensive, secche e taglienti. Le somigliavano in tutto.

«Dalla pure a me, la porto nella stanza degli ospiti. C'è solo un letto matrimoniale, ma presumo che Miriam voglia dormire in camera con Frida» disse Barnaba, che aveva giurato a se stesso di resistere per il bene della nipote.

La donna gli consegnò la valigia, decretando: «Mia figlia dorme con me».

Miriam era accanto a lei e sorrideva mortificata. Frida provò pena per quella ragazza bella come una giornata di maggio, ma soffocata da quella grigia serata di novembre che era sua madre. Le era già capitato di conoscere coetanee con madri così rigide e autoritarie da tenere al guinzaglio le proprie figlie anziché lasciarle libere di camminare al loro fianco. Bastava guardare come Miriam cercava costantemente lo sguardo di approvazione materno per capire il rapporto tra di loro. La repulsione di Frida per la donna fu immediata. E bastò uno sguardo di Astrid per farle capire che di sicuro l'antipatia a pelle era ampiamente ricambiata.

Miriam mimò invece con le labbra: "Piacere di conoscerti" e strinse con calore la mano alla coetanea. Frida accennò soltanto un sorriso: per quanto gli ultimi dieci giorni a Petrademone avessero sciolto lo strato superficiale del suo ghiacciaio, restava ancora difficile per lei provare un'autentica empatia.

«Bene, ora ci sistemiamo un attimo e poi cominciamo. Miriam, vai a disfare la valigia e torna subito qui. Meglio non perdere tempo. L'estate non durerà in eterno.»

«Cominciare a fare cosa?» chiese stupita Frida.

«I compiti, cos'altro?» rispose secca la donna. «Immagino che fino a ora te la sia goduta qui, ma presto dovrai tornare a scuola e non è il caso di oziare tutto il giorno. Vero, Miriam?»

La figlia annuì immediatamente.

Godersi quel soggiorno? Frida sentì il sangue ribollirle dentro, ma si trattenne dal replicare. Si sentiva ancora ospite in quella casa e non voleva mettere suo zio in difficoltà.

Prima che Miriam uscisse dal salone, la madre la fermò dicendole: «E non dimenticare di lavarti le mani. Tutto quello che tocchi qui non è esattamente *pulito*».

Tommy e Gerico stavano già lavorando al loro piano. La prima fase consisteva in almeno una settimana di appostamenti per osservare le abitudini del Vecchio Drogo e quindi trovare il momento migliore per intrufolarsi a Villa Bastiani. Quella mattina erano dunque pronti a inaugurare la loro prima "giornata da spie", come la definì Gerico. Fecero un rapido controllo dell'attrezzatura: bici, binocoli, panini con burro e marmellata di fragole, un paio di etti di prosciutto, due fette generose di formaggio, una quantità spropositata di cracker e patatine in busta, un paio di bottiglie d'acqua, taccuini per gli appunti e, come disse Tommy, «una vagonata di pazienza».

Il sole aveva già il fiato rovente. Si prevedeva una di quelle giornate in cui l'asfalto arriva a rammollirsi. Pedalarono lungo la strada serpeggiante fino a Mercile, quindi s'inoltrarono nella stradina secondaria che portava a Villa Bastiani. Nascosero le bici e si appostarono sul piccolo poggio da cui potevano sorvegliare abbastanza agevolmente il giardino selvatico e la facciata principale dell'ex clinica.

Da lì annotarono tutti gli spostamenti che Drogo fece durante la giornata, fino al tramonto. Risultò che il Vecchio non lasciava spesso la casa, e questo non li sorprese. L'unico elemento interessante lo registrarono alle 16:02, quando l'uomo uscì con un sacco sulle spalle e rientrò alle 17:04. Un'ora e due minuti dopo. Oltretutto, al ritorno sembrava provato, e la sua andatura era quella di chi ha fatto uno sforzo enorme.

Quello che li stupì, però, fu l'assenza di Vanni. Non si era mai visto attraverso le opache finestre che si affacciavano sulla facciata principale dell'edificio.

Gerico ipotizzò che il padre lo avesse ucciso, fatto a pezzi e infilato in quel sacco, per poi seppellirlo nel retro della casa.

Tommy lo bloccò subito: «Vedi troppi filmacci, Gè».

Del tutto controvoglia, Barnaba dovette lasciare Frida e i cani soli con la Secca (il nomignolo che da anni aveva affibbiato ad Astrid e aveva condiviso con Frida prima di uscire). I poveri Merlino, Birba e Morgana vennero subito cacciati da casa e costretti a stare fuori.

«Quello è il posto delle bestie: nella natura. Non certo tra salone, cucina e camera da letto, vecchi e inutili sacchi di pulci» aveva detto Astrid prima di metterli alla porta, non senza rischiare un morso sul polpaccio. In effetti, fra i tre border collie e la donna non c'era una gran simpatia: i cani avevano ringhiato non appena se l'erano trovata di fronte. Un ringhio sommesso e profondo, di allerta.

A Frida andò pure peggio. Dopo aver passato un paio d'ore a studiare matematica sotto lo sguardo obliquo della donna, aveva dovuto occuparsi di alcune faccende domestiche: rassettare la sua camera e spolverare i mobili del salone. Intanto Miriam si stava dedicando della pulizia dei vetri, che Astrid definì «sporchi in maniera oscena».

Arrivò l'ora di pranzo e ben presto la tavola si trasformò in un campo di battaglia. Astrid aveva preparato cotolette di pollo con insalata verde. E Frida, da vegetariana qual era, rifiutò di mangiare la carne.

«Ragazzina, ascoltami bene: questi capricci da paladina degli animali sono fuori luogo. Sei poco più di una bambina e in quanto tale hai bisogno di ferro e di una persona adulta che ti dica cosa mangiare. Visto che adesso ci sono io a capo di questa baracca, MANGERAI QUELLO CHE IO PREPARERÒ!» le ultime parole le erano uscite di bocca con un tono da sergente dell'esercito.

Miriam si girò verso la madre e, usando solo il labiale, le disse qualcosa che Frida non capì. Riuscì però a intuire qualcosa dalla risposta della donna: «Tu non t'immischiare. Mi basta già la ribelle di casa, non mi serve anche un avvocato che la difenda».

La ragazza manifestò la sua obiezione a gesti.

«Non osare più contraddirmi, Miriam, altrimenti starai chiusa in camera a fare i compiti fino alla fine dell'estate.»

La ragazza abbassò la testa e prese a tagliare la carne. Frida aveva bisogno della sua alleanza, ma Astrid stava prendendo il comando assoluto e sua figlia non era in grado nemmeno di scalfire il suo dominio.

«Ora mangia» disse Astrid a Frida, recuperando la calma.

Lei la guardò e ribatté: «Io non li mangio i tuoi animali morti».

La faccia della donna si riaccese subito di rabbia, il viso le si contrasse e fu scosso da un tremito. Quella di Frida era una dichiarazione di guerra a tutti gli effetti, e Astrid era pronta alla battaglia.

Frida vide in quella donna arcigna la malvagia Strega dell'Ovest del regno di Oz. Non si sarebbe meravigliata se le avesse scatenato contro un esercito di scimmie volanti. Ed era certa che nelle sue vene non scorresse del sangue. Chissà se sarebbe bastato un secchio d'acqua per annientarla...

Fissando la ragazza, Astrid posò lentamente forchetta e coltello accanto al piatto e disse: «Bene, Frida». Si alzò e andò a mettersi alle sue spalle. Poi, con una mossa fulminea, le afferrò i polsi e la forzò a tagliare la carne come se fosse un burattino.

Miriam gridò senza emettere un suono: «LASCIALA!» Lo si poteva leggere sulle sue labbra.

Si sentì perfettamente, invece, l'urlo di Frida: «Toglimi le mani di dosso, brutta strega!».

La ragazza lottò finché riuscì a liberarsi e a scaraventare il piatto a terra, rompendolo in mille pezzi. La cotoletta atterrò sul pavimento e restò lì come il corpo del reato.

«COME OSI?!» Astrid gridò così forte che anche i tre cani si misero sull'attenti davanti alla portafinestra, cominciando poi ad abbaiare come forsennati. «FILA SUBITO IN CAMERA TUA!» le ordinò schiumando d'ira.

Frida non se lo fece dire due volte. Corse alle scale senza voltarsi, mentre la donna le gridava dietro: «Ti assicuro che mangerai quello che dico io, piccola vipera».

Arrivata nella sua camera, la ragazza sbatté la porta tanto forte da far gemere i muri e si gettò sul letto. Era una rabbia asciutta la sua, pompata dal petto che andava su e giù. Doveva calmarsi e solo una cosa avrebbe potuto rasserenarla. Tirò fuori da sotto al letto la scatola dei momenti e lesse qualcuno dei biglietti. Quei "non dimenticare" avevano il potere di carezzare la sua anima e distenderla. Ne scrisse uno nuovo.

Non dimenticare quando con la mamma faceste un dolce per il papà. Non dimenticare il cioccolato che schizzava ovunque e la mamma che ti permetteva di leccarti le dita per pulirti dalla panna. Non dimenticare quella ciotola con i fiori che...

In quel momento sentì bussare alla porta. Era improbabile che fosse la Secca, quindi non esitò a dire: «Avanti». Infatti era Miriam. Aveva con sé la lavagnetta che le serviva per comunicare, quella che teneva sempre alla cintura grazie a una catenella, e la sua espressione più dolce.

Si affrettò a scrivere: «Scusa, non volevo disturbarti».

Frida buttò nella scatola il foglietto incompiuto e la ripose al suo posto.

«Tranquilla. Non mi hai disturbato. Solo che non ti avevo sentito arrivare.»

«Anche i miei passi sono muti :-)» scherzò la ragazza.

Frida sorrise, poi Miriam scrisse ancora: «Perdona mia madre, è fatta così».

Non voleva ferirla, ma non poté fare a meno di rispondere: «È fatta male, allora».

«Non è abituata a essere contraddetta.»

«Dovrà abituarcisi.»

Miriam scrisse qualcosa, ma non ne parve soddisfatta. Cancellò. Ci ripensò un attimo, scrisse di nuovo e cancellò ancora. Alla fine si decise per un semplice: «Sono dalla tua parte».

Frida le fece cenno di sedersi accanto a lei.

«Non è che ti mette in punizione se sa che sei venuta qui?» le chiese.

Lei scrisse con quei suoi gesti precisi e velocissimi. Frida non aveva mai visto nessuno tirar fuori parole da una penna (o da un gessetto, in questo caso) con tanta rapidità.

«Si è ritirata nella sua stanza. Ha una delle sue emicranie.»

La nuova Frida gioì: se lo meritava. "Persone del genere dovrebbero patire le pene dell'inferno", pensò con quella parte di sé che non aveva paura di provare odio e risentimento. Provò a zittire l'inquilina irriverente e gelida che abitava i suoi pensieri più profondi, ma si rese conto che in fondo ne aveva bisogno: con la zia era ormai guerra aperta.

Anche Tommy stava combattendo una dura battaglia: quella contro il Magro che aveva rapito Pipirit e gli oltre cento cani solo in quella zona. E lo faceva alla sua maniera: studiando. Era nella sua stanza, mentre la notte ormai aveva chiuso le tende.

Sulla scrivania erano sparsi tutti i quaderni, gli appunti, i ritagli di giornale sulla vicenda dei cani spariti, le interviste pubblicate e quelle che lui stesso aveva fatto a tutte le persone che conosceva e che avevano perduto il loro amico a quattro zampe. Sul taccuino degli appunti aveva elencato ciò che fino a quel momento aveva stabilito.

Le sparizioni interessavano tutte le razze indistintamente, meticci compresi.

Nessun cane rapito aveva più di dieci anni.

Le scomparse avvenivano dopo il tramonto.

Nessuno aveva sentito abbaiare o aveva trovato il minimo indizio.

Quello che non gli tornava erano i luoghi dei "rapimenti". Aveva scattato personalmente un po' di foto presso le persone che conosceva negli spazi dove presumibilmente erano spariti i cani, e aveva ritagliato dai quotidiani tutte le immagini che sempre più spesso, ormai, pubblicavano. Gli animali che si dissolvevano nel nulla erano diventati una notizia molto seguita perché il fenomeno si stava allargando dappertutto. Anche i telegiornali nazionali cominciavano a parlarne.

Fissava da un paio d'ore quel mosaico scomposto di immagini alla ricerca di un comune denominatore, quando ebbe una rivelazione. Inizialmente non fu sicuro della propria intuizione, poi montò in lui una strana euforia. Sentì un brivido dietro la nuca. Erano passate da qualche minuto le due di notte e il gemello ronfava come al solito, ma Tommy non poteva aspettare il mattino dopo e così andò a svegliarlo sedendosi sul suo letto e scuotendolo per una spalla.

Gerico spalancò gli occhi, quindi scalciò, si rituffò fra le lenzuola e cercò di scaraventare giù dal letto il fratello, per poi ricacciare la testa sotto il cuscino. Tommy, però, non si fece scoraggiare, e alla fine lo stanò e lo trascinò alla scrivania.

«Se è una delle tue solite brillanti *trovate* giuro che ti stacco la testa» lo minacciò Gerico con la voce impastata di sonno.

«Guarda tu stesso: vedi qualcosa che accomuna tutte queste immagini?»

«Ti prego, Tom, non mi ricordo nemmeno come mi chiamo, figurati se posso...»

«In tutte le foto c'è uno specchio. In *tutti* questi posti c'è un maledetto specchio!» disse Tommy battendo con la mano su una delle foto.

Gerico guardò. La rivelazione del gemello aveva squarciato il velo sui suoi occhi.

«Wahnsinn... hai ragione!» Prese altre foto nascoste sotto al mucchio e anche in quelle trovò specchi dalle svariate forme.

«Ma cosa vorrà dire?» chiese.

«Non lo so ancora, però è un inizio» replicò Tommy, eccitato.

IL SIGILLO

Nei giorni che seguirono, la battaglia tra Frida e Astrid divenne sempre più aspra. La zia cucinò carne ogni volta. E ogni volta Frida rifiutò di mangiare. La donna minacciò di andar via se lei non si fosse piegata al suo volere, allora Barnaba cercò di farla ragionare ricordandole il brutto periodo che stava affrontando la ragazza.

La donna si fece rigida come una stalattite, ma represse la sua furia e accettò di restare a una condizione: non avrebbe più cucinato nulla per la ragazza e non voleva vederla a tavola mentre lei e Miriam avrebbero consumato i pasti.

Per Frida questa fu tutt'altro che una punizione. Stare in compagnia di Astrid era l'ultimo dei suoi desideri, così era Barnaba a cucinare per sé e per lei.

Miriam sgattaiolava nella camera di Frida ogni volta che poteva, di solito durante le emicranie quotidiane della madre. Puntuale come un impiegato solerte, ogni pomeriggio poco prima delle quattro Astrid si rintanava nell'oscurità della sua stanza e chiudeva la porta a chiave. Ne usciva solo dopo un paio d'ore.

Le mattinate di Frida e Miriam trascorrevano studiando. Nel salone-biblioteca di Barnaba la Secca aveva creato un angolo studio e sovrintendeva, come un rapace che controlla il suo nido, alle attività delle due ragazze. Il suo bersaglio preferito era indubbiamente Frida, che caricava di esercizi complicati e noiosi, senza mai rivolgerle un complimento quando li portava a termine.

Frida non riusciva a sopportare quel suo sguardo gelido sempre addosso. Ovunque andasse lei era lì, che la scrutava con occhio da rapace. Una volta, mentre era in bagno a lavarsi i denti, guardando nello specchio si era accorta che la Secca era appena fuori della porta, appostata nel buio con lo sguardo che scintillava di curiosità.

Miriam, dal canto suo, eseguiva tutto con diligenza e pendeva dalle labbra della madre. Una sua parola positiva era capace di portarla sulla luna; un rimprovero o un silenzio invece la precipitavano nello sconforto più totale. Le sue emozioni affioravano nude in superficie e per Frida erano ingestibili. Una volta che l'altra aveva pianto lacrime cocenti, lei era restata impassibile, mostrandosi forte e inattaccabile anche se dentro di lei si era scatenata la furia di una tempesta.

Era successo quando aveva mostrato alla sua nuova amica la scatola dei momenti e le aveva permesso di leggere quello che aveva scritto fino ad allora. Era la prima volta che occhi diversi dai suoi si posavano su quelle parole. Miriam aveva pianto a dirotto. Erano due ragazze ferite dalla vita in modo diverso e in modo diverso rispondevano al proprio disagio.

«Non ho mai letto niente di più commovente in vita mia. È bellissimo quello che stai facendo» aveva scritto Miriam con gli occhi annebbiati dalle lacrime.

Miriam, dal canto suo, fece ammirare alla sua nuova amica il suo specchio makyo. Un pomeriggio, prima che la Secca si risvegliasse dal suo sonno stronca-emicrania, spensero tutte le luci nella stanza di Frida e, indirizzando il fascio di una torcia elettrica sulla superficie riflettente dello specchio, videro comparire sulla parete bianca le ombre del cane e dell'albero rovesciato.

«Non ti sembra la grande quercia di Petrademone?» disse Frida al colmo della meraviglia.

«Hai ragione, non ci avevo fatto caso» scrisse in risposta Miriam. «Pensi significhi qualcosa?»

«Fino a due settimane fa non lo avrei mai notato, ma... da quando sono qui non mi stupisco più di nulla.»

Miriam corrugò la fronte. «In che senso?»

«So che posso fidarmi di te, Miriam. Quello che sto per raccontarti deve restare tra di noi. E ti prego, non pensare che sia impazzita. D'accordo?»

Miriam la guardò preoccupata, ma annuì e le strinse le mani tra le sue.

Frida trasportò la cugina nel racconto fantastico di tutto quello che le era accaduto nella tenuta senza omettere nulla. Senza risparmiarle particolari. Miriam non ascoltava solo, era totalmente rapita. E non dubitò per un secondo della sua sincerità, anzi, durante il racconto intervenne spesso con la sua lavagnetta, scrivendo domande sempre più curiose.

«Dove sono ora i gemelli?» chiese alla fine.

«Bella domanda» rispose Frida. «Tua madre non mi permette di vederli. Ha chiamato la madre di Gerico e Tommy per proibirle di farli venire qui. So per certo che un paio di volte ci hanno provato comunque, ma al cancello Astrid li ha rispediti indietro dicendo loro di non farsi più vedere in giro da queste parti.»

Miriam si avventò sulla sua lavagna premendo con tale impeto il gesso da sbriciolarlo, poi gettò il moncone sul letto e andò come una furia alla finestra.

«La ODIO quando fa così. Perdonami per quello che ti sta facendo» c'era scritto.

Frida lesse e raggiunse l'amica. «Non scusarti mai più per quello che fa tua madre. Tu non sei lei.»

Anche per i gemelli fu doloroso smettere di vedere Frida. Avevano provato a raggiungerla, anche disubbidendo agli ordini della madre, ma quella terribile donna dai capelli grigi al cancello glielo aveva sempre impedito.

Comunque, non sospesero neppure per un giorno la loro attività di spionaggio a Villa Bastiani. La loro disciplina era degna di due soldati in missione. Avevano trovato la costante che cercavano, e ora per avere qualche chance di recuperare *Il Libro delle Porte* dovevano introdursi nella dimora di pomeriggio. Ogni giorno, infatti, il Vecchio Drogo usciva di casa verso le quattro per dirigersi sul retro e tornare poco prima delle cinque. Purtroppo non potevano appostarsi su quel lato per capire cosa facesse, ma di sicuro niente di buono.

«Abbiamo quaranta minuti per entrare, trovare il libro e uscire di lì» disse Tommy. Erano in camera loro dopo cena, seduti sul tappeto, a confabulare dopo l'ennesima giornata spesa a spiare Villa Bastiani.

«Okay, affrontiamo i problemi uno alla volta. Numero uno: come ci avviciniamo senza essere visti?» chiese Gerico.

«Parcheggiamo le bici nella macchia d'alberi sulla destra, e da lì andiamo a piedi fino al cancello.»

«Io direi di vestirci completamente di verde.»

«Sei serio?» chiese Tommy perplesso.

«Assolutamente sì. Mimetismo, fratellino!»

Tommy lo guardò qualche secondo, soppesando la proposta. «Va bene si può fare. Tanto, male non ci farà. Non è una sfilata di moda.»

«Se lo fosse, dubito che ti farebbero partecipare, con il fisico che ti ritrovi.»

«Ti ricordo che siamo identici.»

«Ti piacerebbe!» Su quell'argomento Gerico lo punzecchiava sempre senza pietà.

«Possiamo andare avanti?» Tommy era spazientito, non aveva tempo ed energie da perdere nei loro soliti battibecchi. «Il primo problema vero è il cancello, che presumibilmente troveremo chiuso. La volta scorsa con Frida siamo stati fortunati, ma non è detto che lo saremo anche questa volta. Meglio entrare da un'altra parte.»

«Stai pensando di scavalcare il muro della proprietà?»

«Sì, utilizziamo l'arpione e la corda, come quella volta che ci siamo intrufolati nel monastero abbandonato a Bagnoregio. Ti ricordi?»

«Stai parlando con chi lo ha architettato, quel piano» precisò Gerico, e aggiunse: «Però dovremmo fare qualche ispezione mirata. Se il muro non ha qualche sporgenza a cui l'arpione si può agganciare, cosa facciamo?».

«Hai ragione, domani cerchiamo il punto migliore da cui salire.»

«Bene. Ammettiamo che siamo riusciti a entrare nella tenuta, come ci infiliamo nell'edificio?»

«Bella domanda. Io un'idea ce l'avrei» rispose Tommy.

«Mi spaventi quando dici così» commentò Gerico guardando il disegno che stava buttando giù il fratello.

Barnaba ormai tornava a Petrademone solo per dormire, e nemmeno tutte le notti. Vegliava la moglie quasi ininterrottamente perché la situazione non dava segno di migliorare, anzi. Frida capiva quanto lo zio stesse soffrendo perché era diventato ancora più silenzioso e trascurato del solito: gli vedeva indossare praticamente sempre gli stessi vestiti, come se non se li togliesse neanche per andare a letto – ammesso che non chiudesse occhio solo qualche ora buttato su una poltrona o un divano. Viveva con Cat da tanti anni e si erano protetti e sostenuti a vicenda ogni giorno della loro esistenza. Ora lui pativa ad assistere la moglie dalla sponda del letto, senza nemmeno la possibilità di scambiare con lei qualche parola.

Quanto a Frida, aveva fatto visita un paio di volte alla zia negli ultimi dieci giorni, ma era stato inutile. Zia Cat aveva dormito per tutto il tempo in cui le era stata accanto. Quella mattina, invece, sarebbe stato diverso.

Frida chiese a Miriam se volesse accompagnarla, ma Astrid lo proibì senza una motivazione precisa. Il dominio sulla figlia era così assoluto che la donna non si degnava di dare spiegazioni per le sue scelte.

Come omaggio alla zia, Frida aveva preparato un mazzo di fiori. Li aveva colti nei prati della tenuta in compagnia di Birba, Morgana e Merlino. Il vecchio cane più che altro vagabondava nell'erba fiutando chissà quali tracce, dato che i suoi occhi erano sempre più deboli.

L'idea era stata di Barnaba, Frida non ci aveva pensato perché non amava particolarmente i fiori. Si era sempre rifiutata di portarli anche sulla tomba dei genitori. Anzi, a dirla tutta, dopo il giorno del funerale non si era più fatta vedere al cimitero. Rifiutava categoricamente l'idea di immaginarli là sotto, papà e mamma, dentro il freddo abbraccio della terra. Erano altrove e lei avrebbe solo dovuto scoprire dove.

Mentre il pick-up percorreva spedito la strada alberata verso l'ospedale ascoltavano la musica diffusa dall'autoradio. Ogni tanto Frida guardava lo zio cercando di decifrare i pensieri che gli si agitavano nella testa, ma sarebbe stato più facile scoprire il futuro leggendo i fondi del caffè.

A un certo punto prese la custodia della musicassetta e se la rigirò tra le mani. Lesse a fior di labbra: «*Nebraska*».

Barnaba percepì il suono delle parole, seppur appena accennate. «Springsteen... Ti piace?»

«Forte» rispose lei.

Barnaba annuì. Cominciò la quarta traccia. La voce sofferta del cantante riempì l'abitacolo. Frida non riusciva a capire se si trattasse di una canzone triste o allegra.

«"Johnny 99"» disse Barnaba.

«È il suo ultimo album?» chiese la ragazza, non perché fosse davvero interessata, ma perché pensava che a suo zio avrebbe fatto piacere parlarne.

«No, però continuo a preferire questo» rispose Barnaba. Frida mosse la testa come a dire che aveva capito. Fine della conversazione. Ma non voleva arrendersi e provò a creare un varco per qualcosa che le stava decisamente più a cuore della discografia di un rocker americano.

«Posso chiederti una cosa?»

«Certo.»

«Cosa ne sai di un cane chiamato Erlon?»

Barnaba non disse nulla, eppure Frida avvertì come il passaggio di una nuvola scura sul volto dello zio. L'uomo ingranò una marcia che fece un brutto rumore e lei sobbalzò.

«Che nome hai detto?» la risposta-domanda di Barnaba puzzava di finto lontano un chilometro.

«Erlon. È un border collie, con una piccola macchia sull'orecchio sinistro.»

«Perché dovrei conoscerlo? Ci sono migliaia di border in giro.»

«Non lo so, ho trovato una sua foto e pensavo...»

«No, mi dispiace, Fri. Non lo conosco.»

Barnaba la guardò e accennò un mezzo sorriso. Ma era uno di quei mezzi sorrisi tristi. Frida li conosceva bene, dovevano essere una specialità di casa Malvezzi. Anche sua madre aveva tutto un campionario di sorrisi malinconici come quelli.

«Non c'è problema, non è poi così importante» lo rassicurò lei.

Lo zio stava mentendo, ne era certa. Lo sentiva fin dentro la spina dorsale. Ma perché?

Intanto l'armonica e la chitarra di Springsteen risuonavano nell'auto portando lontano, fino alle strade assolate di un pomeriggio americano, i pensieri segreti di Barnaba e le domande senza risposta di Frida.

La visita a zia Cat sembrava destinata a essere inconcludente come le altre. La donna era sempre stesa a letto, ancora più pallida della volta precedente. Nella luce fredda della stanza, pareva un cencio abbandonato tra le lenzuola. Frida provò una pena enorme per lei, e capì più profondamente il senso di scoramento del marito. Restarono per una mezz'ora così, senza che nessuno dicesse una parola. Frida seduta su una sedia sotto la finestra, Barnaba accanto alla moglie, tenendole amorevolmente la mano.

Poi lo zio si alzò: «Vado a parlare con il dottore del reparto. Torno presto, questione di qualche minuto. Resti tu con la zia?».

Frida non sapeva che differenza avrebbe fatto stare lì o meno, vista l'inerzia assoluta della donna, ma naturalmente acconsentì.

Barnaba uscì dalla stanza. Sembrava invecchiato di dieci anni: di quell'uomo vigoroso e solido come una roccia che lei aveva conosciuto poche settimane prima era rimasta solo un'esile ombra.

«Frida.»

Cat aveva aperto gli occhi.

«Zia! Ti sei svegliata!»

«Frida, ascoltami bene. Abbiamo poco tempo» parlava a fatica, come se ogni parola fosse un macigno che occorresse estrarre dal fondo di un pozzo.

«Sei in pericolo, tesoro mio. Lo siamo tutti.»

«Non capisco, zia... Vuoi che chiami un dottore?» Frida non sapeva cosa fare o dire. Temeva che la zia, come le aveva riferito Barnaba, delirasse per la febbre.

«Avrei voluto dirtelo prima... ma ora non c'è più tempo. Si tratta di tua madre.»

«Cosa? Cosa c'entra la mamma?»

«Lei aveva il sigillo... lei era... »

«Cosa?»

«Come una sorella per me. *Più* di una sorella. Astrid è un pezzo di ghiaccio, una donna spietata. Sin da piccola ho avuto paura di lei.»

Frida annuì. Sapeva esattamente cosa intendeva.

Poi la donna, con estrema difficoltà, continuò. «Ma non è questo il punto. Tua madre si fidava di me. Mi ha sempre confidato tutto...» Zia Cat si fermò. Sembrava che uscendo dalla sua bocca ogni parola portasse via con sé parte delle ultime sue energie. Ormai era stanca come se avesse fatto uno sforzo disumano. Tirò un respiro ansimante, guardò negli occhi Frida e le afferrò la mano. «Lei aveva il marchio... il sigillo.»

«Zia!» Frida era spaventata e confusa. «Che marchio? Cosa stai dicendo?»

«Cercalo in te, Frida, cercalo in te...»

La donna chiuse gli occhi.

«Zia... zia! Ti prego, non spaventarmi. Mi senti?»

Nulla. Zia Cat si era nuovamente inabissata. Nella mente di Frida formicolava una colonia di domande e di pensieri incontrollabili. Era lacerata dalla curiosità e dallo stupore. E dalla paura. Fu in quel momento che entrò in stanza Barnaba e la trovò a pochi centimetri dal volto della moglie.

«Cos'è successo? Si è svegliata?»

Frida scosse la testa. «Le stavo sussurrando... che... che mi manca.»

Lo zio fece un lieve cenno con la testa. La ragazza avrebbe voluto dirgli la verità, ma Barnaba si sarebbe solo preoccupato ulteriormente interpretando le parole misteriose della moglie come un nuovo delirio.

Più tardi, Barnaba fermò il pick-up a pochi metri da casa Oberdan, come gli aveva chiesto di fare Frida.

«Torno subito» disse la ragazza, uscendo dall'auto per andare a citofonare.

Fu Tommy a rispondere. Frida fu telegrafica, gli disse semplicemente di farsi trovare quella notte al Passetto delle more. Lui sapeva dov'era. Era importante.

«A mezzanotte in punto» gli disse.

«Perché proprio a mezzanotte?» ribatté lui.

«Perché, visto che questa storia è fantastica, facciamo le cose per bene... E poi perché a quell'ora la Secca dorme di sicuro.»

E SE LE CICALE
NON AVESSERO PIÙ CANTATO?

Il Passetto delle more era un piccolo cancello che Barnaba aveva costruito con le sue mani e che permetteva di accedere dalla sua tenuta alla proprietà del vicino, Anselmo Bonifaci. Era un'ampia radura incolta, trapuntata di alberi rigogliosi e cespugli di rovi intricatissimi, ma benedetti, in estate, dalle more più deliziose dei Monti Rossi.

Barnaba aveva più volte provato a comprare quella terra da Anselmo, visto che lui la trascurava completamente vivendo nella Capitale, ma il vicino era una persona cocciuta e non voleva privarsi di quello spazio per il solo motivo di potersi vantare di essere un proprietario terriero. Alla fine Barnaba si era costruito un passaggio da solo e andava nella radura quando gli pareva. Più che altro per raggiungere, con i suoi cani, il bosco di sotto.

L'occhio vacuo della luna quella notte rischiarava lo spiazzo. Un paio di minuti dopo la mezzanotte, i gemelli videro comparire la luce di una torcia attraverso il Passetto.

«Due minuti di ritardo» disse Gerico con una finta faccia inquisitoria.

«Mi sono assicurata che gli altri dormissero profondamente.»

Si salutarono come se tutti quei giorni di separazione non ci fossero stati. Tra di loro le smancerie e gli imbarazzi non avevano cittadinanza. Andarono subito al dunque.

«Ho tante cose da dirvi» esordì Frida, e cominciò a raccontare quanto era successo con zia Cat all'ospedale.

«Questa sta diventando una storia più grande di noi» commentò pensieroso Tommy. Pausa. «Mi piace!» concluse con il sorriso sulle labbra.

«Abbiamo escogitato un piano per recuperare il libro» disse Gerico.

«Ora conosciamo bene tutte le abitudini del Vecchio» aggiunse Tommy.

«Come avete fatto?» chiese la ragazza

«Spiandolo, no?» le rispose l'amico allargando le braccia.

«E di Vanni che mi dite?»

Scossero la testa, e le braccia di Tommy gli ricaddero lungo i fianchi. «Non lo abbiamo né sentito, né visto in tutti questi giorni.»

«Prepariamoci al peggio» aggiunse Gerico con espressione tetra.

Frida sentì una piccola fitta pungerle lo stomaco, ma non c'era tempo per questo. Dovevano prendere il libro.

«Quando andiamo?» chiese.

«Pensavamo fra due giorni, nel pomeriggio. Domani proviamo la scalata del muro di cinta e Gè deve mettere a punto la chiave a urto.»

«E che cos'è?» chiese Frida.

«È una specie di chiave universale, che entra in qualsiasi serratura, specialmente in quelle vecchie. Io e Tommy siamo abbastanza sicuri che possa funzionare con il portone. È impossibile entrare passando dalle finestre, o sono troppo alte o al piano terra sono tutte sbarrate» le spiegò Gerico.

«Siete "abbastanza sicuri"? Quell'"abbastanza" mi preoccupa parecchio» disse Frida.

«Tranquilla, sarà così. È un vecchio portone, non può avere nulla di sofisticato» Gerico liquidò la questione.

«La chiave a urto però non funziona da sola» intervenne Tommy. «Occorre anche un oggetto pesante, quindi porteremo un martelletto di gomma. Il concetto è semplice: inseriremo la chiave a urto nella serratura fino all'ultimo perno. Le serrature a perno e a cilindro sono fatte con una sezione circolare che ruota quando i perni all'interno si allineano e smettono di bloccare il movimento. Ogni piccolo *clic* che si sente nello spingere una chiave in una serratura è un perno che viene sollevato da un dente e che poi ricade nello spazio vuoto sottostante.»

Frida li guardò e commentò: «"Il concetto è semplice"? Avete una strana idea della semplicità».

Gerico andò avanti imperterrito: «Io inserirò la chiave fino a quando rimarrà un solo perno che non è stato ancora sollevato. A quel punto con il martelletto spingerò la chiave dentro» e mimò il gesto come se in quel momento si trovasse davvero davanti alla serratura, «e girerò velocemente la chiave. E il gioco è fatto!».

«Facile davvero, allora, no?» disse Frida

«Veramente no» intervenne Tommy. «Solo se tutte le sezioni del perno superiore vengono sollevate correttamente sarà possibile far girare il cilindretto. Non è detto che ci riusciremo e non è detto che avverrà al primo tentativo.»

«E la chiave potrebbe spezzarsi» aggiunse Gerico.

«Bene, ora mi sento più tranquilla. Grazie, ragazzi!» ironizzò Frida.

«Andrà tutto bene e faremo tre chiavi per essere più sicuri» ribatté Gerico. «Stanotte continuerò a lavorarci.»

«Tu riesci a liberarti per le tre e mezza, dopodomani?» le chiese Tommy.

«Non sarà facile, dovrò inventarmi qualcosa: quella strega mi tiene prigioniera e non mi farà mai uscire solo per una passeggiata. E in più Barnaba a quell'ora è all'ospedale, quindi non posso contare su di lui. E se facessimo mezz'ora dopo? Astrid va a dormire ogni pomeriggio alle quattro in punto.»

«Avremmo troppo poco tempo. È lunga spiegarti perché adesso, ma dobbiamo agire necessariamente tra le quattro e le cinque» disse Tommy.

«Le cinque *al massimo*» rafforzò il concetto Gerico.

«Okay, m'inventerò qualcosa. Alle tre e mezza qui, allora. Adesso scappo. Spero di non avervi messo nei guai facendovi uscire a quest'ora!»

«Siamo nei guai da quando siamo nati» tagliò corto Gerico facendole l'occhiolino.

Mentre Frida riattraversava la radura, sentì ribollire in sé la linfa della vita. Quella storia la stava tirando fuori dalle paludi di dolore in cui negli ultimi mesi era inesorabilmente sprofondata. Correndo sul prato si vide come una farfalla che esce dalla crisalide dopo aver rotto a fatica la corazza del bozzolo, protettiva ma stretta come una prigione. Pensò a sua madre e alle parole di zia Cat. Erano davvero frutto di un delirio? O quel marchio, quel *sigillo* significava qualcosa?

Gerico restò in piedi quasi tutta la notte per completare la sua opera. Creare una chiave a urto è un'operazione che richiede precisione e grande pazienza, e lui – nonostante l'aspetto da sportivo – era dotato sia dell'una che dell'altra. Aveva sistemato una chiave vergine su due morsetti e con la lima stava lavorando agli ultimi avvallamenti fra i denti della chiave stessa, ben attento a non superare la scanalatura orizzontale. Non era la prima volta che ne realizzava una, ma sicuramente questa era di gran lunga la più importante. Bastava un piccolo errore, anche di un millimetro, per far fallire l'intera missione. E allora sì che sarebbero stati tutti nei guai.

Quella stessa notte Frida si spogliò completamente e si mise davanti allo specchio della sua stanza. Si osservò a lungo. Si guardò come non si era mai guardata prima. Il suo corpo stava cambiando e per un attimo ebbe la sensazione di non essere più lei, provando disagio verso quello che le restituiva lo specchio. Ma non era per vedersi crescere che si stava analizzando nel riflesso. Stava indagando. Perlustrava la sua pelle alla ricerca di qualcosa, nemmeno lei sapeva esattamente cosa. Vide solo una strana forma, un segno pallido in fondo alla schiena, sull'anca sinistra. C'era sempre stata quella piccola orma verticale quasi in trasparenza?

Si avvicinò il più possibile allo specchio e si torse per vederla meglio. Con le dita la sfiorò e le parve di sentire uno strano calore in corrispondenza di quel disegno appena accennato.

La mattina dopo, come al solito, Frida e Miriam erano chine sui loro quaderni a studiare. Astrid leggeva un libro, ma staccava spesso gli occhi dalla pagina per controllare a vista le due ragazze, neanche fosse una guardia carceraria.

Non si accorse di nulla, però, quando Frida riuscì ad appallottolare un pezzetto di foglio e, con un lancio preciso, lo fece atterrare sul quaderno spalancato della sua amica. Miriam lo raccolse fulminea e se lo aprì in grembo. La carta crepitò come legna nel camino, tanto che Astrid sollevò lo sguardo e lo puntò sulla figlia. Aveva tutti i sensi sempre all'erta, come un predatore alla disperata ricerca di cibo. Miriam fu brava a dissimulare e riuscì a farla franca. Sul foglietto lesse: «Prima di pranzo trova un modo per venire nella mia stanza. Devo parlarti. È importante». Guardò Frida e le accennò un sì con la testa. L'amica rispose con un sorriso.

Miriam bussò alla porta di Frida poco prima di andare a tavola. Era un momento propizio per sfuggire alla presa della Secca, che mentre cucinava permetteva alla figlia di ritirarsi in camera («Ma non ti azzardare ad andare da *quella*» le ordinava).

«Dimmi. Facciamo presto, altrimenti...» scrisse velocemente sulla lavagnetta, poi disegnò un fulmine, per rimarcare le conseguenze che avrebbe avuto quell'incontro se fossero state scoperte.

«Domani devo andare con i gemelli a Villa Bastiani. Dobbiamo provare a prendere *Il Libro delle Porte*.» Miriam annuì per invitarla a proseguire. «Ho bisogno di te. Devo uscire alle tre e mezza per andare al Passetto delle more, ma non so come liberarmi di tua madre.»

Miriam si fece pensierosa e cominciò a camminare su e giù per la stanza, meditabonda. Improvvisamente si fermò. Frida notò che le sue palpebre battevano a un ritmo più rapido, chiaro segno che la cugina stava valutando un'ipotesi. La ragazza si precipitò sul letto, sedendosi accanto a lei.

Impugnò il gessetto e le sue dita si mossero così velocemente sulla lavagnetta che sembravano elettrizzate. «Forse è folle, ma può funzionare.»

Frida la guardò piena di speranza.

Alle tre e mezza del giorno dopo i due gemelli erano già al punto concordato della proprietà Bonifaci. Trasportavano tutto l'occorrente negli immancabili zaini militari e soprattutto avevano fiumi di adrenalina che scorrevano nelle vene.

Da lontano videro arrivare di corsa Frida, che non smetteva di guardarsi indietro.

Quando la ragazza li raggiunse, Tommy le chiese cosa stesse succedendo.

«Te lo dico mentre andiamo, sbrighiamoci!» rispose trafelata lei, salendo dietro Gerico sulla bici. Sfrecciarono via e presero la via principale, quella che in una ventina di minuti li avrebbe condotti di fronte alla loro meta: Villa Bastiani.

Mentre i gemelli pedalavano come furie, Frida riferì a quale espediente erano ricorse lei e la cugina per eludere la sorveglianza della Secca. Il piano di Miriam aveva funzionato alla grande. La notte precedente le due ragazze si erano alzate verso le due e avevano manomesso tutti gli orologi della casa, portandoli avanti di un'ora. Miriam si era occupata della sveglia e del piccolo orologio da polso che Astrid indossava tutto il giorno e che la sera posava sul comodino nella stanza degli ospiti, che condivideva con la figlia. Frida invece era intervenuta sulla pendola e su tutti gli altri quadranti sparsi per la casa. Per fortuna, aveva potuto agire indisturbata perché quella notte Barnaba si era trattenuto in ospedale dalla moglie.

Alle quattro del pomeriggio Astrid si era recata puntuale nella sua stanza per il quotidiano riposino. «Che strano» aveva detto alla figlia cinque minuti prima. «Oggi mi sento meglio, come se l'emicrania fosse solo un'ombra.» Miriam aveva temuto che decidesse di cancellare il sonno pomeridìano, ma la donna aveva aggiunto: «In tutti i casi, meglio che vada in camera a riposare».

Al di là di questo, Astrid non aveva sospettato minimamente del cambiamento d'orario. Appena aveva chiusa dietro di sé la porta, Frida aveva cominciato a prepararsi per sgattaiolare via. Aveva abbracciato Miriam e, con il cuore in gola, si era messa a correre verso il Passetto delle more: il suo orologio segnava le 15:25, mentre in casa tutte le lancette erano puntate esattamente un'ora dopo.

I tre arrivarono nei pressi della villa puntuali sulla loro tabella di marcia. Nascosero le bici tra gli alberi e proseguirono a piedi. Tommy era il capofila, lo seguiva Frida e Gerico chiudeva il gruppetto. Il giorno prima avevano lasciato la corda con l'arpione nel punto strategico da dove avrebbero scavalcato. Fu Gerico a lanciare il gancio oltre il muro di cinta. Provò la tenuta della corda e constatò che reggeva benissimo.

Tommy si voltò verso Frida e le parlò a voce bassa: «Sei pronta?».

«Credo di sì, ma ho una paura tremenda.»

«È normale, anche noi ne abbiamo» commentò il ragazzo sorridendole.

«Parla per te» lo rimbeccò subito Gerico.

«Chi non ha paura non ha cervello» gli restituì la stoccata Tommy, poi si rivolse di nuovo alla sua compagna di avventura: «Ricordi tutto del piano?».

Frida fece cenno di sì. Tommy l'abbracciò – un gesto improvviso e imprevisto. Gerico esclamò il suo classico «Wahnsinn» in tonalità "stupore", mentre Frida restò lì impalata, poi timidamente ringraziò l'amico.

«E ora andiamo» disse Tommy in modo sbrigativo, girandosi per camuffare il rossore che gli stava arroventando la faccia. Era imbarazzato per quel gesto, non sapeva nemmeno lui come gli fosse saltato in mente di farlo.

Fu il primo ad arrampicarsi. Il muro era alto circa tre metri ma presentava diverse crepe, quindi la scalata fu rapida. Da lassù il ragazzo fece spaziare lo sguardo nella tenuta. Tutto tranquillo. Abbassò la testa e fece un cenno a Frida: ora toccava a lei.

Lei non aveva mai scavalcato un muro, mai usato una corda per arrampicarsi, mai vissuto un'avventura così pericolosa. Sentiva il cuore batterle così forte nel petto che temette potesse schizzarle fuori.

«Non ci riesco. Ho troppa paura» disse a Gerico.

«Un passo alla volta, *meine Dame.*» L'accento con cui i due Oberdan, di tanto in tanto, pronunciavano parole in tedesco era perfetto.

«Metti una mano da questa parte, poi afferra l'altra parte della corda, così.» Gerico le indicò con pazienza come fare e Frida memorizzò le istruzioni. «Le vedi quelle rientranze nel muro, dove manca un pezzo di mattone? Bene, infilaci dentro i piedi uno alla volta. Ti sosterranno. E comunque non preoccuparti, ci sarò sempre io dietro di te a darti una mano. Vedrai, ce la farai.» E le schiacciò un sincero occhiolino.

Frida cominciò la sua scalata. La corda le bruciava tra le mani. Salì lentamente e stette molto attenta a sistemare bene i piedi nei buchi, come le aveva spiegato Gerico. Tommy la incoraggiava dall'alto, tendendo già il braccio verso di lei. Ma quando mancavano meno di un metro alla vetta e pochi centimetri dal mettere la mano dentro la stretta di Tommy, Frida si ritrovò senza un appoggio. Mentre con la punta della scarpa grattava alla cieca la parete, sentì montare la marea del panico.

«Oddio, non trovo il posto in cui mettere il piede, come faccio?» disse con voce tremolante.

«Gè, dalle una mano!» disse Tommy abbassandosi ancora di più verso di lei, che però era ancora troppo in basso.

Gerico aveva solo un modo per poterla aiutare: salire anche lui sulla corda. Ma se l'arpione si fosse disincagliato per l'eccessivo peso?

«Okay, Tom, ma tu controlla la tenuta del gancio. Vediamo se la fune regge.» Doveva salire e rischiare il tutto per tutto, non poteva fare altrimenti. Frida era evidentemente paralizzata dalla paura.

Gerico si arrampicò velocemente. La tensione sulla

corda era notevole e Tommy notò, con preoccupazione, che il muretto su cui l'arpione era incagliato cominciava a sbriciolarsi leggermente.

Quando Gerico raggiunse i piedi di Frida le parlò in tono calmo e deciso. «Rilassati. Ora ci sono qui io.» Frida però non reagiva, pareva pietrificata con la faccia contro il muro. «Apri gli occhi, ma non guardare in basso. Guarda Tommy...»

«Non ce la faccio» gli rispose lei quasi piangendo.

«Lo so, hai ragione, non è un bel vedere» provò a scherzare Gerico per alleggerire la tensione.

«Dai, Frida, Gerico è lì con te. Affidati a lui» la incitò anche Tommy, quando con la coda dell'occhio scorse qualcosa muoversi nel bosco dietro di loro. Fu un attimo e non fu sicuro di quello che vide, ma non gli piacque.

Gerico afferrò il piede destro di Frida e con molta delicatezza lo guidò fino a uno spuntone a pochi centimetri di distanza. Avrebbe potuto trovarlo da sola, ma la paura ormai le aveva azzerato la lucidità.

«Ecco, ora ci sei» la rincuorò.

Finalmente Frida aprì gli occhi, sentendo qualcosa di concreto sotto le scarpe. Vide Tommy sopra di lei, teso nello sforzo di avvicinarsi il più possibile alla sua mano. Si fece forza e si tirò su, poi trovò un punto dove mettere l'altro piede. E poi su, verso la mano di Tommy.

«Ti ho presa!» disse lui afferrandole un polso. Il cuore della ragazza rallentò un po' la sua folle marcia. Tommy fece appello a tutte le sue forze per issarla, e Frida ci mise il residuo delle sue.

Era in cima anche lei. Non poteva crederci. Gerico spuntò un attimo dopo.

«Vi prego, lasciate gli applausi a più tardi» furono le sue prime parole.

«Gli schiaffi invece posso darteli adesso?» replicò Tommy.

La discesa fu molto più semplice e in un attimo i tre si ritrovarono dentro la proprietà di Villa Bastiani.

Furono molto attenti a non fare alcun rumore. Camminarono con circospezione attraverso la vegetazione incolta di quel grande giardino fino a raggiungere il limitare dello spiazzo su cui si ergeva la villa. Ora però dovevano attraversarlo senza farsi notare. In piena luce del giorno.

Tommy guardò l'orologio. Le 16:16. Un pensiero ingenuo fiorì dentro di lui.

«Ragazzi, doppia cifra uguale: esprimete un desiderio.»

Frida dentro di sé disse solo: "Solo una volta, solo un'ultima volta".

Gerico lo dedicò a Pipirit.

Tommy, molto più concretamente, si augurò di uscire vivo da quell'impresa folle.

Dopo un'occhiata d'intesa ai suoi complici Gerico attraversò di corsa il piazzale, trattenendo il fiato, fino a guadagnare il portone della villa. Si guardò attorno e fece un gesto a suo fratello e a Frida per indicare via libera.

I due ragazzi si mossero insieme. Erano lì, sotto il sole obliquo di fine luglio, pronti a scassinare la serratura dell'abitazione di un vecchio tenente in combutta con le forze del Male per cercare uno strano libro che avrebbe potuto portarli in un altro mondo. Beh, se quella non era un'avventura straordinaria, cos'altro lo era?

Gerico tirò fuori dal suo zaino le tre chiavi a urto e il martelletto di gomma. Il problema adesso era un altro. Colpire con forza la chiave facendola battere contro l'interno della serratura avrebbe provocato un bel rumore, ma Tommy aveva pensato anche a questo.

La sua idea era assurda, eppure avevano già avuto dimostrazione che le idee più strampalate spesso si rivelano le migliori. In breve, non dovevano fare altro che attendere il canto delle cicale: il frinire di migliaia di esemplari a caccia di femmine poteva essere davvero assordante.

Gerico si mise in posizione. Frida e Tommy sudavano per il gran caldo e per la tensione. Nonostante il nervosismo, le mani di Gerico erano salde, senza ombra di tremolio. Il ragazzo infilò la punta della chiave nella serratura e attese. Dopo qualche istante la prima cicala diede il la al concerto d'amore e tutte le altre la seguirono, come previsto.

«Ora, Gè!» disse Tommy.

Lui non se lo fece ripetere due volte. Diede una botta alla chiave, che entrò ben dentro. Girò subito con perfetto tempismo, però qualcosa andò storto e il cilindro non si aprì. La chiave restò dentro, incastrata. Questo era il peggio che poteva accadere.

«Che succede?» chiese terrorizzata Frida.

«La chiave non si è agganciata e ora è bloccata nella serratura» le spiegò Tommy, a sua volta molto preoccupato. Poi si rivolse al fratello, che armeggiava freneticamente: «Riesci a tirarla fuori?».

«Ci sto provando, ma devo fare attenzione, altrimenti si spezza dentro e siamo fregati.»

Frida inspirò nervosamente. Tommy si guardò intorno ed ebbe di nuovo la spiacevole sensazione di essere osservato, ma se la tenne per sé. Gerico sudava per lo sforzo. Frida e Tommy lo guardavano con lo stomaco contratto.

«Dai, Gè, ce la puoi fare» lo incoraggiò Tommy.

«Ecco, ci sono!» Quando Gerico riuscì a estrarre la chiave vide che si era deformata, ma era ancora intatta. Ora bisognava provare con la seconda. Avevano solo tre tentativi: se nessuna delle tre chiavi avesse funzionato, il loro piano sarebbe fallito.

Gerico inserì la punta della nuova chiave e si rimise in attesa. Il canto delle cicale però tardava ad arrivare. I minuti nei loro orologi digitali scorrevano impietosi.

«Che faccio?» chiese rivolto al fratello.

Tommy non sapeva cosa rispondergli. E se le cicale non avessero più cantato?

GLI AMICI RITORNANO

Le cicale cantarono eccome. Il loro desiderio d'amore scosse il cielo con un fremito che fece vibrare anche le foglie sui rami. Era la perfetta copertura per il secondo tentativo con la chiave a urto, che questa volta funzionò perfettamente e con uno scatto preciso aprì il portone.

«*Und voilà*» esclamò orgoglioso Gerico in un misto di francese e tedesco. Ricevette pacche sulla spalla da parte del fratello e un gridolino di gioia, soffocato dalla paura di essere scoperti, da parte di Frida.

Erano dentro la villa. L'aria era immobile. Nessun suono, se non il frinire delle cicale attutito dalle finestre chiuse e dalle pareti spesse dell'edificio. L'estate penetrò con loro nel corridoio soffiandovi il suo alito caldissimo.

I tre ragazzi riconobbero immediatamente la cucina dove si erano intrattenuti con il Vecchio Drogo. Era vuota, adesso, tranne i due gatti spelacchiati che soffiarono vedendoli.

Passarono oltre. Ora toccava a Frida prendere in mano le redini del gioco perché era l'unica che avesse percorso il corridoio in quella direzione e sapesse dov'era la biblioteca. Il problema era che c'erano due porte chiuse e lei non riusciva a ricordare quale delle due fosse quella giusta.

«Dove andiamo, Frida?» la pungolò Tommy in un sussurro.

«L'altra volta la porta della biblioteca era aperta. Così non riesco a orizzontarmi» rispose la ragazza.

«Fai uno sforzo, ti prego» la implorò Tommy. Gerico si guardava intorno, e per precauzione tirò fuori la sua fionda modificata.

«Che fai?» gli chiese il fratello.

«Mi alleno per le Olimpiadi, idiota!» gli rispose sarcastico, poi sbuffò. «Mi preparo al peggio, che dovrei fare?»

«Credo sia questa» disse Frida, indicando una porta.

«Okay, proviamo» propose Tommy.

Nella stanza c'erano un buio assoluto e un puzzo tremendo, un misto di sudore e di muffa.

«Ho sbagliato...» disse Frida.

«Proviamo con l'altra» propose Gerico.

Tommy invece non si decideva a richiudere la porta. «Vedo qualcosa là in fondo.»

«Ti prego, andiamo.» La voce di Frida aveva un tono implorante.

Quello che improvvisamente scaturì dalle tenebre fu un tintinnante rumore di catene. I ragazzi furono dapprima raggelati dallo spavento, ma poi ebbero la prontezza di uscire in fretta dalla stanza, chiudendosi la porta alle spalle.

«Cos'è stato?» chiese Tommy.

Le catene rumoreggiarono ancora, però il suono era attutito dalla porta chiusa. Poi si sentì una voce. Una voce appena udibile. Attaccarono le orecchie al legno.

«*Ogerp it, innaV atuia*» diceva la voce straziante.

«È Vanni. È vivo!» esclamò Frida. «Sta chiedendo aiuto.»

«Non possiamo fermarci, Fri, il Vecchio potrebbe tornare da un momento all'altro» disse Tommy.

Frida parlò, attraverso la porta, all'uomo-bambino: «*Omerenrot ehc ottemorp it.*»

«Cosa gli hai detto?» domandò Gerico

Frida glielo disse.

Mentre proseguivano lungo il corridoio, Vanni urlò una parola che colpì alla schiena Frida. «*Icima!*»

Amici!

La ragazza si bloccò, sul punto di tornare indietro, ma Tommy non glielo permise. Le afferrò il braccio e la tirò verso la porta accanto, che doveva condurre alla biblioteca. Ebbero, però, una brutta sorpresa. Era chiusa a chiave.

«E ora?» disse Frida.

«Niente panico. Gè, puoi usare l'altra chiave a urto?»

«No, è impossibile» rispose Gerico dopo aver dato un'occhiata esperta alla toppa. «Ha una serratura totalmente diversa dalla porta d'ingresso.»

Tommy si mise le mani nei capelli, poi ebbe un'illuminazione: «Ci sono!»

C'era una baracca di legno sul retro della villa. La porta cigolò e ne uscì il Vecchio Drogo a petto nudo. Sotto indossava dei jeans laceri e sudici. Sul torace costellato da radi ciuffi di peli si poteva leggere il numero preciso delle costole – la pelle sembrava attaccata direttamente alle ossa. Il Vecchio era in ascolto, gli pareva di aver sentito qualcosa provenire dalla casa. Pensò si trattasse di Vanni, eppure gli aveva anche allentato la catena. «Che diavolo si urla, allora!» Tornò dentro, richiudendo la porta, dopo aver sputato per terra qualcosa di nero e viscoso. Dalla baracca provenne il guaito di un cane. Dopo pochi secondi il Vecchio Drogo uscì di nuovo, chiuse gli occhi e pronunciò una sola parola appena percettibile, ma con un tono così profondo che se ne potevano sentire le vibrazioni attraverso l'aria. «Tacete.»

E le cicale tacquero.

«Avete sentito?» chiese Frida

«Cosa? Non sento nulla» disse Tommy.

«Appunto. Le cicale hanno smesso all'improvviso di cantare» disse Frida. «C'è un silenzio innaturale.»

I ragazzi tesero le orecchie per percepire qualcosa nel silenzio.

«Hai ragione. Non mi piace» disse infine Gerico.

«Un motivo in più per sbrigarsi» tagliò corto il gemello. «Su, facciamo presto. Gè, hai con te la carta fedeltà del minimarket?»

«La Lazzari card? Sì, ce l'ho: che c'è, senti l'improvviso impulso ad accumulare punti spesa?» Però, prima ancora che il fratello reagisse alla battuta, capì. «Ma certo! Geniale!»

«Cosa? Che state pensando?» Frida si sentiva sempre un passo indietro rispetto a quei due.

«Il trucco della carta di credito» rispose Tommy.

«Cioè?»

«Guarda e impara» disse Gerico, che intanto stava infilando la carta flessibile ad angolo retto tra il telaio e la porta, all'altezza della serratura. A quel punto inclinò la carta con gesto esperto fino a formare un angolo acuto. «Ecco, ci sono, sta entrando» aggiunse, e intanto spinse con l'altra mano la porta per creare più spazio.

Tommy guardava a mani giunte in gesto di preghiera.

Il Vecchio Drogo lasciò il lavoro che stava facendo e uscì dalla baracca, guardandosi attorno mentre chiudeva la porta. Aveva un presentimento. Si avviò verso l'ingresso della villa, e quando giunse al portone il sospetto che qualcosa di strano stesse accadendo si fece più forte. L'uscio non era chiuso a chiave.

Con una mossa decisa Gerico inclinò la carta nel verso opposto e con tutto il peso del corpo spinse verso l'interno mentre faceva leva sul pomello tirandolo e spingendolo. Il gemello scassinatore vinse anche quella volta!

«Grande, fratellone!» Tommy si lasciò andare all'entusiasmo e Frida strinse i pugni felice. Entrarono subito, ma non poterono richiudere la porta perché la serratura era stata forzata.

In quel momento il Vecchio Drogo imboccò il lunghissimo corridoio della villa.

La biblioteca era gigantesca. Gli scaffali arrivavano fino al soffitto e ogni ripiano straripava di volumi. I tre ragazzi non avevano mai visto niente del genere in vita loro. Contemplarono in un silenzio ammirato tutti quei tomi pieni di parole.

«Non ci avevi detto che qui dentro c'erano tutti i libri del mondo» commentò Gerico sottovoce a Frida.

«Dov'è il *nostro* libro?» chiese Tommy

«Non lo so, la volta scorsa era laggiù.» Frida indicò un tavolino, che però era vuoto.

«Sarà ben difficile trovarlo.» Lo sconforto di Gerico era palese.

Intanto il Vecchio Drogo si muoveva silenzioso per la dimora. Gettò uno sguardo in cucina, passando velocemente in rassegna la stanza. Sembrava tutto in ordine.

I ragazzi si divisero e si misero a cercare il libro, per quanto la considerassero un'impresa impossibile.

«Ti ricordi che il nonno ci diceva sempre: "È difficile

come cercare un ago in un pagliaio"?» Gerico, dall'altra parte della stanza rispetto a Tommy, controllava i volumi uno per uno.

«Il nonno diceva tante cose» commentò il fratello. «E, ahimè, aveva sempre ragione.»

Il Vecchio Drogo spalancò la porta della stanza dove suo figlio era incatenato. Le tenebre erano talmente fitte che nemmeno un gatto si sarebbe mosso con facilità lì dentro.

«Hai visto qualcosa di strano, figliolo?» gli chiese in tono indagatorio.

«*Iuq otats è onussen*» rispose biascicando le parole Vanni. La sua era solo una voce nel buio, era impossibile scorgerne la figura in quel nero assoluto.

«"Nessuno è stato qui"? Perché questa risposta? Chi dovrebbe esserci?»

«*Iuq otats è onussen*» ripeté Vanni altre due volte.

«Ah, stai zitto!» Il Vecchio si abbassò su di lui e armeggiò con le catene. «Sono ancora troppo strette?» Ma in quel momento un rumore attirò la sua attenzione.

«Avete sentito anche voi?» chiese Tommy allarmato, richiamando al silenzio gli altri due.

«Qualcuno è entrato nella stanza accanto» disse Frida.

«Intendi quella del Matto?» Frida guardò male Gerico, che si scusò, mortificato. Tommy tirò fuori la sua fionda dallo zaino, il gemello fece altrettanto e ne passò una a Frida. Tutti e tre guardarono verso la porta. Non dovettero aspettare molto.

Il Vecchio spalancò l'uscio. Non fece in tempo a dire: «Voi, brutti...» che Tommy scagliò il primo proiettile (una biglia bianca). Non riuscì a centrarlo, ma ci andò molto vicino. Istintivamente l'ex tenente si coprì il volto con il braccio ossuto. Gerico prese la mira e puntò al petto. Lo avrebbe colpito di sicuro, se Drogo non avesse richiu-

147

so la porta con una mossa fulminea. La biglia si conficcò dentro il legno.

«E ora che facciamo?» gridò Frida, così spaventata da sentirsi le gambe molli.

Avevano un'unica opzione. Per uscire da quella stanza potevano soltanto passare dalla porta, e non sapevano cosa li aspettasse lì dietro.

Tommy disse a Gerico: «Coprimi».

Il fratello annuì, pronto. Tommy si mosse senza far rumore verso la porta, chiedendo con un gesto a Frida di farsi indietro. Accanto alla soglia, si inginocchiò a terra e guardò Gerico. Un cenno d'intesa. Il gemello caricò la fionda, mentre Tommy alzava la mano verso la maniglia.

In un attimo, Tommy aprì di scatto verso l'interno e poi puntò la fionda. Gerico, in piedi a qualche metro da lui, fece altrettanto. Il corridoio, però, era vuoto.

Ora Gerico corse verso la porta – toccava a Tommy coprirlo – e sporse la testa nel corridoio.

«Libero.»

Frida tirò un sospiro di sollievo, ma subito dopo si rese conto che l'assenza di Drogo significava solo che poteva essere dappertutto in una casa che conosceva benissimo, mentre loro non sapevano cosa ci fosse tra quelle pareti.

La ragazza raggiunse i gemelli nel corridoio.

«Che facciamo ora?» chiese Gerico.

«Dobbiamo uscire da questo posto» disse Tommy.

«E il libro?»

«Dimentichiamocelo. Ora dobbiamo scappare e basta.» Tommy non aveva dubbi e Frida fu felice che fosse quella l'intenzione dei due complici.

«Andiamo, allora!» esclamò Gerico.

Frida camminava dietro i fratelli – le fionde tese nelle mani – come se fossero il suo scudo umano.

Arrivati all'altezza della stanza dove era rinchiuso Vanni, la ragazza notò qualcosa che sussurrò subito ai gemelli: «Guardate lì, nel riflesso della finestra in fondo».

Tommy e Gerico lo videro entrambi: il Vecchio Drogo li aspettava nascosto in cucina, dietro la porta semiaperta, con un bastone in mano. Non potevano passare di lì, anche con le fionde sarebbe stato troppo rischioso.

«*Em atuia, em atuia*» Vanni li stava chiamando da dietro la porta. La voce era smorzata, ma distinguibile. Non smetteva di ripetere queste parole.

«Che dice?» chiese Tommy.

«Aiuta me» rispose Gerico, anticipando Frida.

Tommy lo guardò.

«Che c'è? Era facile questa» disse il gemello.

Frida con uno sguardo chiese ai suoi amici cosa fare.

«Non abbiamo molta scelta, entriamo» si arrese Tommy, e aprì la porta. Di nuovo un tanfo terribile li schiaffeggiò. I ragazzi si coprirono istintivamente il naso e la bocca per non respirare quel puzzo terribile. Senza sapere cosa li aspettasse, i tre s'immersero nel buio.

IL CAPANNO SUL RETRO

Quando i ragazzi entrarono nella stanza dove era segregato Vanni, ebbero la netta sensazione di essere entrati nella pancia di un grande animale. Gerico prese la sua torcia elettrica, ma il fascio di luce era strettissimo e riusciva a rischiarare solo piccole porzioni circolari d'ambiente. I muri apparivano lerci persino in quella timida luce biancastra. Anche Tommy e Frida tirarono fuori le loro torce.

Vanni era in condizioni pietose, con grossi lividi sul volto e macchie di sangue rappreso agli angoli della bocca e giù, fino alla gola.

«*Atanrot!*» esclamò il prigioniero. Pareva felice di rivedere Frida.

«Sì, sono tornata. Ora dobbiamo salvarti.»

«*Ovittac non erdap*» borbottò spaventato Vanni, dimenandosi con le catene al collo e ai piedi.

«Cos'ha detto?» chiese Tommy.

«Che il padre non è cattivo» rispose Frida.

«Certo, come no! È il principe azzurro» commentò sarcastico Gerico.

«*Ovittac non erdap*» ripeté Vanni piagnucolando.

Frida sentì una profonda pena per lui. Il padre lo trattava in quel modo, mettendolo alla catena e picchiandolo come un cane, e il figlio continuava ad amarlo e difenderlo.

«Chiedigli come usciamo da qui, prima che il buon papà ritorni» la incalzò Gerico sottovoce.

Lei rifletté un attimo: parlare al contrario richiedeva un certo sforzo, ma ne valeva la pena se le permetteva di entrare in sintonia con Vanni.

«*Erappacs emoc?*» riuscì a chiedergli.

«*Alacs alacs alacs*» rispose l'uomo-bambino, eccitato all'idea di poter dare una mano.

«E dov'è questa scala?» sussurrò ancora Frida.

Con la mano libera e uno scatto imprevedibile Vanni strappò la torcia dalle mani di Gerico e puntò il fascio di luce in un angolo della stanza. Lì, in effetti, c'era una piccola scala a chiocciola che conduceva al piano superiore.

«Dobbiamo andare subito via di qui, il Vecchio non ci metterà molto a capire che non passeremo dalla cucina» disse Gerico prendendo per un braccio il fratello. In quel momento Vanni spostò il fascio di luce verso la parete di fronte a lui. Appese a un gancio c'erano delle chiavi.

Intanto, come previsto da Gerico, si udirono distintamente in corridoio i passi dell'ex tenente. Passi in avvicinamento. Tommy corse a prendere le chiavi e iniziò a inserirle una alla volta nella serratura che chiudeva le catene del povero Vanni.

«Sbrigati, Tom, il Vecchio sta arrivando!» lo incitò isterico il gemello.

La fretta non aiuta e la tensione rende scivolose le mani. A Tommy sembrava stesse passando un'eternità, e ancora non aveva fatto scattare la serratura.

«Cominciate a salire quelle scale, io arrivo» disse ai suoi compagni di avventura.

Frida salutò in fretta Vanni e si precipitò alla scala. Gerico la seguì dopo aver detto: «Muoviti, *Bruder*». *Bruder* è la parola tedesca per "fratello". Era così che spesso si chiamavano i due, più per prendersi in giro che per affetto.

La scala era angusta e avvitata stretta su se stessa. Era difficile correre su per quegli scalini, ma Frida si aggrappò al corrimano e salì abbastanza rapidamente. Gerico, che impugnava sempre la fionda, la seguì a brevissima distanza.

Tommy riuscì finalmente nell'impresa di liberare le mani e i piedi di Vanni dalle catene e corse a sua volta verso la scala.

«*Ocima*» disse all'uomo per invitarlo a seguirlo sui gradini. Era la prima volta in vita sua che pronunciava una parola al contrario e si sentì stupido, ma quando vide il volto felice dell'altro capì che aveva fatto centro.

«*Ocima*» rispose Vanni.

In quel momento il Vecchio Drogo entrò come una furia.

«Dove siete, piccole canaglie?» gridò con la sua voce da bestia.

Tommy stava per salire il primo gradino, mentre Gerico e Frida erano già in cima alla scala. Il Vecchio puntò verso il ragazzo, ma Vanni diede ancora una volta prova della sua amicizia e del suo coraggio scagliandosi contro il padre. Gli si gettò letteralmente tra le gambe, facendolo cadere sul pavimento sudicio, dove scorrazzavano gli scarafaggi. Drogo gridò per la sorpresa e il dolore.

«Ma che fai?!» A quelle parole seguì il rumore secco di un ceffone.

Tommy avrebbe voluto correre in soccorso del loro nuovo amico, ma sarebbe stato un atto suicida, quindi corse a sua volta su per le scale.

I tre si ritrovarono sul pianerottolo del secondo piano, che dava su un corridoio molto simile a quello del pianterreno, ma messo in condizioni addirittura peggiori. Non c'era una finestra integra. Invece di scappare, i due gemelli optarono per un'altra strategia. Si appostarono nelle nicchie delle finestre e dissero a Frida di tenersi nascosta dietro una delle porte.

Non passò molto tempo, che dalla scala spuntò la capigliatura biancastra dell'ex tenente. I ragazzi erano pronti ad agire. Quando la figura sbilenca dell'uomo imboccò il corridoio brandendo il suo lungo bastone da passeggio, i due gemelli uscirono contemporaneamente dalle nicchie e, prendendo bene la mira, gli scagliarono addosso le biglie bianche con le fionde modificate.

Il rumore di quei proiettili contro il corpo del Vecchio Drogo fu orribile. Gerico lo colpì in pieno petto, spezzandogli il fiato (e quasi sicuramente incrinandogli una costola), e subito dopo Tommy lo prese sullo zigomo sinistro. Le grida dell'uomo sembrarono scaturire direttamente dall'Inferno. Si accasciò sul pavimento, le mani al volto e il sangue che scorreva attraverso le dita.

I tre amici guardarono stupiti quel corpo smunto afflosciato nei pressi dalla scala.

«Non sarà mica morto?» chiese Frida portandosi le mani alla bocca.

«No, e comunque non abbiamo il tempo di andare a controllare. Dobbiamo. Scappare. Subito.»

Ripresero la fuga. I due gemelli non si voltarono mai, mentre Frida non riuscì a trattenersi dal gettare uno sguardo sopra la spalla per controllare in che condizioni fosse il Vecchio. Teneva il volto, bagnato di sangue, schiacciato contro il pavimento e stava mormorando qualcosa a occhi chiusi, ma Frida non riuscì a decifrare le parole.

Quando i tre arrivarono in fondo al corridoio, davanti a sé trovarono due possibilità: le scale che portavano al terzo piano o quelle che scendevano verso il basso. Non ci pensarono nemmeno un secondo e si fiondarono giù.

I gradini li condussero a un ambiente collegato alla cucina. Uscirono di corsa e si avviarono al portone. Lo aprirono senza difficoltà, ma quando si trovarono nello spiazzo di fronte all'edificio, si accorsero che c'era qualcosa di strano. Il sole era scomparso, e il cielo si era riempito di grosse nuvole dense e scure ammassate strette.

Tommy si voltò di scatto verso destra.

«Che hai?» gli chiese Gerico.

«Mi pare di aver visto qualcosa lì dietro» e indicò la macchia d'alberi di fronte a loro, da dove sarebbero dovuti passare per raggiungere il cancello o per arrampicarsi di nuovo sul muro con la corda e l'arpione.

Frida si strinse contro Gerico.

«La stai spaventando» il ragazzo avvertì il fratello, però a guardarlo sembrava che anche lui avesse perso parecchia della sua consueta spavalderia.

«Forse è solo un'impressione, ma non credo sia una buona idea andare da quella parte.»

Frida ormai non riusciva più ad aprire bocca. Era terrorizzata, sfinita, in procinto di crollare.

«Proviamo a cambiare strada» suggerì Gerico

«Sì, andiamo sul retro» convenne Tommy.

Si trovarono di fronte alla baracca, con il cuore a mitraglia nel petto. Quel capanno emanava pura malvagità. C'era solo una piccola finestra nella costruzione, le cui assi di legno erano per lo più marce o scheggiate dall'usura del tempo. Si avvicinarono di soppiatto per sbirciare dentro. Il vetro della finestrella era opaco per la sporcizia. Frida aguzzò la vista e con estrema sorpresa gridò: «Il libro!». Era lì, su un leggio antico.

«Sicura che sia il *nostro* libro?» le chiese Tommy, avvicinandosi a sua volta alla finestra e guardando dentro.

«Sì, ne sono certa.» Eppure, mentre lo diceva, la sua sicurezza cominciò a vacillare.

«Allora dobbiamo entrare» replicò Tommy. Gerico annuì e con la fionda in mano fece strada agli altri due.

Le cicale avevano ripreso a frinire, anche se c'era un buio insolito per quell'ora estiva. La tensione era talmente alta che i ragazzi sentivano le gambe liquefarsi e i cuori picchiare il petto come pugili ben allenati. Si fecero forza e si avvicinarono alla porta. Gerico cercò l'approvazione silenziosa dei suoi compagni prima di tirare giù la maniglia e aprire.

C'era un odore di carne che stava andando a male lì dentro. Una zaffata li colpì violentemente in faccia. L'arredamento era composto solo da un tavolaccio con sopra tanti libri buttati alla rinfusa, e poi quaderni, penne, alambicchi, moccoli di candela. Sulle pareti erano attaccati grossi fogli con segni incomprensibili e parole di una lingua a loro sconosciuta. Sul fondo c'era uno specchio coperto alla meno peggio da un panno. Infine videro il leggio che ospitava il libro. Quello che stavano disperatamente cercando era lì di fronte a loro: piccolo, chiuso nella sua rilegatura così rara – una corteccia su cui il titolo era inciso a caratteri neri. Il volume trasudava mistero e antichità. E tutti e tre ebbero l'impressione di sentire un sibilo appena percettibile provenire da quelle pagine, come se stessero sussurrando loro qualcosa.

«È freddo» riuscì solo a dire Tommy appena ci mise sopra le dita. «La copertina è gelida.»

«Mettilo nello zaino e usciamo subito da qui» lo sollecitò Gerico, ansioso.

Frida si era avvicinata allo specchio e stava per liberarlo del panno nero.

In quel momento si spalancò la porta e apparve chi non avrebbero mai immaginato di vedere lì dentro.

«Non così in fretta, ficcanaso!»

ERLON

Zia Cat si svegliò improvvisamente con un urlo soffocato. Si mise a sedere nel letto d'ospedale. Barnaba, che leggeva seduto su una scomoda sedia accanto a lei, si spaventò. Gettò via il libro e si precipitò al capezzale della moglie. L'orologio sulla parete segnava quasi le cinque del pomeriggio.

«Che succede, Cat? Ti senti male?»

La donna si guardava intorno spaesata, come se non riconoscesse il posto in cui si trovava. Poi però mise a fuoco il marito.

«Avvicinati» gli disse con un filo di voce. Appena le fu vicino, sussurrò: «Proteggi Frida, Barnaba. È in pericolo».

«Ma che dici? Di che pericolo stai parlando?»

«Con lei c'è... c'è Astrid.»

«Sì, è venuta a stare a Petrademone. Tua sorella si sta prendendo cura di lei e di Miriam...»

«No! Nostra nipote non è a Petrademone.» Cat gli aveva afferrato il braccio e lo stringeva in una morsa. Poi si portò entrambe le mani alla bocca e chiuse gli occhi. Respirava in maniera convulsa, il petto si gonfiava e sgonfiava come un mantice. «Vai a cercare Frida! Ti prego... Lei sta andando a prenderli» ansimò.

Barnaba non capiva se la moglie stesse vaneggiando. Chiamò il medico con il pulsante accanto al letto. Cat continuava a dire cose senza senso e per farla calmare provò ad assecondarla. «Spiegami meglio, Cat.»

«Barnaba... tua sorella mi aveva avvertito. Astrid non è quello che sembra.»

Sua sorella? Barnaba si sentì sprofondare: quel delirio lo faceva sentire impotente. Sua moglie era sempre stata un modello di razionalità e di concretezza, le basi sulle quali aveva fondato tutta la sua vita.

«Non le avevo creduto» disse ancora Cat febbrilmente, ora con gli occhi spalancati ed eccitati. Era irriconoscibile, presa da un'isteria che le trasfigurava il volto.

Il medico di turno entrò nella stanza insieme a un'infermiera. Barnaba si allontanò dal letto, sconvolto, mentre il dottore tranquillizzava la donna e la sua assistente le iniettava qualcosa in vena. Cat guardò suo marito negli occhi, implorante, e un attimo prima di ripiombare nel sonno sussurrò: «Ti prego, vai dai Frida. Ha bisogno di... te». L'ultima parola si dissolse come un fiocco di neve su una superficie calda.

L'infermiera misurò la temperatura e mostrò il termometro al dottore.

«La febbre è salita ancora, signor Malvezzi» il dottore riferì a Barnaba.

«Farneticava...» replicò lui, come rapito dallo stesso stato confusionale.

«È normale quando la temperatura sale intorno ai 40 gradi. È un delirio dovuto alla febbre alta, ma non è questo il problema più grave. È la situazione di persistente narcosi di sua moglie a impensierirci; i medicinali sembrano non fare nessun effetto.»

Barnaba trovò rassicurante che ci fosse una spiegazione logica a quelle parole sconnesse, ma non cambiava il fatto che sua moglie stesse ancora tanto male. Anzi, che andasse sempre peggio.

E quello che gli aveva detto, con quegli occhi ardenti e smarriti, aveva scavato un solco dentro i suoi pensieri.

I ragazzi indietreggiarono verso il fondo della baracca. Sulla soglia era comparsa la sagoma stretta e spigolosa di Astrid. Improvvisamente l'aria dentro quel posto si era raffreddata e il sibilo prodotto dal libro nello zaino di Tommy era aumentato di intensità. La donna sembrava diversa. I suoi occhi erano iniettati di sangue e alcune ciocche di capelli grigi le scendevano scomposte sulla nuca.

«Bel trucchetto quello degli orologi.» La voce era una lama affilata.

«Devi aiutarci, Astrid, dobbiamo andare alla polizia...» disse Frida con poca convinzione.

La risata della donna risuonò nella baracca come il ruggito di un felino famelico. Roba da brividi. Poi assunse un tono falsamente garbato.

«Non avete ancora capito, vero? Che dolci ragazzi ingenui. Voi pensavate che liberarsi di quel vecchio imbecille di Drogo con due biglie sarebbe stata una grande vittoria. Lui si sente il gran signore di Amalantrah, si è messo in testa di sconfiggere i Magri e di salvare suo figlio...» Rise ancora, ma fu un suono stridulo stavolta. «Quello non sarebbe capace di liberarsi nemmeno di un'invasione di formiche.» Allargò le braccia. «Questo posto è patetico, proprio come lui.»

I ragazzi non capivano di cosa stesse parlando la donna, ma quello non era il momento di fare conversazione, era piuttosto evidente.

Astrid avanzò lentamente verso di loro. Il suono secco dei suoi tacchi sulle assi di legno scandiva il ritmo della paura nei ragazzi. Ogni colpo, un tonfo al cuore. Nonostante il gelo di quell'ambiente, stavano sudando.

«Sono *io* che ho evocato il Magro. Sono *io* che gli ho ordinato di raccogliere le vostre bestiacce per portarle nei quattro regni di Amalantrah. Sono *io* che ho dovuto "mettere a dormire" mia sorella per arrivare a te, piccola e insolente viperella. Non ero sicura che avessi il sangue di quella smidollata di tua madre, invece adesso credo proprio che in te ci sia il marciume dei Sorveglianti. L'ho visto il tuo segno sulla pelle, anche se è ancora solo un'ombra» disse orgogliosa Astrid.

Frida si portò istintivamente la mano sul punto dove la sera prima aveva notato la piccola macchia indistinta alla base della schiena. Nemmeno questa volta poteva esserne sicura, eppure lo sentì farsi caldo.

«Ma che sta dicendo?» chiese Tommy da dietro le sue spalle.

«Tu hai fatto cosa?!» disse Frida ringhiando verso di lei.

«Abbassa la cresta, patetica orfanella! Non sei nelle condizioni di affrontarmi» tuonò la donna, poi proseguì con calma: «Devi solo ascoltare e prepararti al peggio, ho fermato tua madre e ora fermerò anche te».

Frida sentiva montare la rabbia come una belva che risalisse dalle sue profondità. Accanto lei, Gerico provò un'azione disperata: caricò la fionda e si preparò a tirare.

«Sei sicuro di volerlo fare?» gli chiese Astrid senza scomporsi.

Gerico rispose rilasciando l'elastico.

La biglia tagliò di netto l'aria putrida della baracca, ma non colpì nulla. A un certo punto cadde semplicemente a terra, poco distante da Astrid, fermandosi accanto a un lungo chiodo arrugginito che spuntava dal pavimento. La donna aveva ancora la mano sollevata a mezz'aria: l'aveva bloccata creando uno scudo invisibile.

«Diciamo che ci hai provato.» La voce di Astrid era bassa e cattiva .

Gerico guardò il fratello e Frida con un'espressione di puro stupore disegnata tra le pieghe della bocca. Tommy istintivamente fece un passo indietro.

«Tu non sai niente di niente, piccola ingenua. Non immagini nemmeno quanto potere abbia un Eletto. E non sai chi siano i Sorveglianti. Te lo dico io chi sono: perdenti destinati a scomparire, come quella buona a nulla di tua madre.»

Fu allora che Frida serrò i pugni con violenza e chiuse gli occhi. Sentì un calore che si spandeva dentro di lei. Un calore morbido, come se stesse fiorendo nella sua mente un pensiero rassicurante. E una voce, mai ascoltata prima, le disse nella testa: *Sto arrivando*.

Frida ripeté meccanicamente, scandendo bene le parole: «Sta arrivando».

Astrid la guardò con aria di superiorità. «Che farneti- chi, stupida ragazzina?»

Sul volto di Frida comparve un sorriso trionfale.

«Sto dicendo, brutta strega dalla faccia secca, che... dovresti stare attenta alle spalle.»

Astrid non ebbe il tempo di realizzare cosa stesse succedendo, che dalla porta aperta alle sue spalle irruppe, con un balzo spettacolare, un cane bianco e nero dal corpo atletico. Atterrò direttamente sulla schiena della donna, che cacciò un urlo e provò a schivarlo, ma senza riuscirci. La sorpresa e la forza della spinta la fecero cadere rovinosamente in avanti. Non poté nemmeno attutire il ruzzolone proteggendosi il viso con le mani: il suo occhio sinistro andò a conficcarsi nel chiodo lungo che fuoriusciva dal pavimento.

Le sue strida furono atroci. Un urlo che attraversò da

parte a parte la baracca. I ragazzi erano ammutoliti dalla scena. Frida aveva ancora i pugni serrati, ma quando Erlon si gettò tra le sue braccia, lo riempì di carezze e si fece leccare la faccia senza opporre resistenza.

«Fri, scappiamo! Ora!» gridò Tommy.

Astrid, a terra, si contorceva come un serpente ferito. Con una mano si trascinava verso l'uscita, mentre con l'altra si copriva l'occhio ferito per fermare l'emorragia. Gridava frasi senza senso, imprecava, invocava vendetta. Erlon si mise ad abbaiarle contro tenendola a distanza dai ragazzi, che riuscirono a oltrepassarla con facilità. La donna provò invano a bloccarli con una mano, poi si ritrovarono finalmente fuori da quel posto orribile.

Barnaba arrivò al cancello di Petrademone senza nemmeno accorgersi della strada che aveva percorso. Aveva viaggiato in automatico. Mille pensieri gli ronzavano in testa, ma soprattutto era preoccupato per Frida: le parole di sua moglie, per quanto deliranti, lo avevano scosso. Quando entrò in casa, tutto taceva. In cielo i grumi densi di nuvole si andavano scontrando fra di loro ed elettrizzavano l'aria.

L'uomo chiamò la nipote ad alta voce. Nessuna risposta. Poi chiamò Astrid. Silenzio. Prima di fare il nome di Miriam, la ragazza emerse dal buio.

«Miriam, che succede? Dove sono Astrid e Frida?» le chiese subito lo zio posando le chiavi del pick-up sulla tavola della sala da pranzo.

Lei non rispose subito. Uscì dalla stanza e vi tornò con la sua lavagnetta. Stava scrivendo qualcosa con i suoi soliti gesti veloci e precisi.

«Vieni a sederti qui sul divano» le disse Barnaba.

La ragazza gli mostrò la lavagnetta.

«Stanno succedendo cose strane, zio» lesse ad alta voce Barnaba.

Miriam si sedette accanto a lui.

«Dov'è Frida?»

«È con i gemelli, ma non so dove» scrisse, mentendo in parte. Non poteva tradire la fiducia dell'amica.

«Da quanto è uscita?» la incalzò Barnaba, che aspettava con sempre maggiore impazienza la risposta scritta. Mai come in quel momento avrebbe voluto tirar fuori la voce dalla gola della ragazza.

«Circa un paio d'ore» scrisse lei dopo aver controllato l'orologio, rimesso all'ora giusta.

«E tua madre?»

La ragazza s'irrigidì.

«Miriam, ti prego, dov'è Astrid?»

Scrisse qualcosa. Cancellò. Riscrisse. Stavolta aveva trovato le parole giuste e le depositò sulla lavagnetta rapidamente.

«È andata nella sua camera e mi ha detto di non entrare per nulla al mondo. Come sempre.»

«E tu cos'hai fatto?» Barnaba non leggeva le sue parole, le divorava e non le dava nemmeno il tempo di cancellare per riscrivere, che già partiva con una nuova domanda. Era impaziente, sentiva che il tempo era sempre più prezioso.

«Ho atteso come faccio sempre. Non sono entrata. Ma ho sentito dei rumori.» Ci pensò un attimo, poi cancellò la parola "rumori" e scrisse invece "suoni".

«Che suoni?» Barnaba incalzò.

«Come una voce profonda. Non so spiegarti.»

«Hai capito cosa diceva?»

«No, le parole non sono riuscita a distinguerle.»

«E allora cos'hai fatto?»

«Ho bussato, ma lei non ha risposto.»

«Hai provato a entrare?»

«Sì, però la porta è chiusa a chiave. Non so che fare, zio, ho paura.» Miriam scrisse queste ultime parole con mano tremante.

«Resta qui. Vado a dare un'occhiata.»

Miriam annuì, mentre Barnaba si alzò dal divano per salire le scale che portavano al piano superiore.

Prima di ricorrere alla forza per aprire la porta chiusa, provò a bussare e tentò anche con la chiave di riserva che aveva per ogni porta della casa. Ma nessuno gli rispose, né poté entrare perché Astrid aveva lasciato la chiave nella toppa. Non gli restava che buttare giù la porta. L'uomo assestò una spallata decisa e il legno scricchiolò, scardinandosi.

La stanza era vuota. Dopo poco arrivò Miriam e anche lei restò di sasso di fronte all'assenza della madre. La finestra era chiusa, la porta era serrata dall'interno. Dov'era finita Astrid? E come aveva fatto a uscire?

I ragazzi seguirono Erlon, che faceva loro strada attraverso la folta e scomposta vegetazione della villa, fermandosi ogni tanto per dar loro modo di raggiungerlo.

«E ora? Come passiamo?» disse Gerico quando arrivarono al muro di cinta.

Come se Erlon potesse capire le sue parole, cominciò a grattare contro una parte del muro, che si sgretolò facilmente. I gemelli s'inginocchiarono in quel punto e notarono alcuni mattoni più nuovi degli altri. Provarono a spostarli con le mani, ma non si muovevano. Gerico allora si stese sulla schiena e assestò un paio di calci a due gambe, formando un buco sufficientemente largo da passarci attraverso: potevano abbandonare la villa.

All'improvviso un grido mostruoso scosse l'aria. Non era umano, sembrava il verso di un animale enorme. Qualcosa che fece raggelare il sangue nelle vene dei ragazzi. Erlon puntò il muso verso la dimora. Poi guardò i ragazzi che stavano scomparendo nella breccia per passare dall'altra parte. Il border collie sembrava combattuto.

Frida si accorse che il cane non li aveva seguiti, e affacciandosi nel varco vide che si stava dirigendo nella direzione opposta, verso quel terribile richiamo. Subito tornò indietro a sua volta, mentre i gemelli stavano già per affrontare il bosco alla ricerca delle bici.

«Dove vai?» urlò Tommy

Frida non rispose, mentre spariva nell'apertura irregolare. Erlon non c'era più. La ragazza si sentì sola. Improvvisamente e perdutamente sola.

Barnaba telefonò ad Annamaria, la madre dei gemelli.

«I ragazzi sono a casa?» andò subito al dunque.

«No, Barny, sono fuori a giocare. Sono usciti subito dopo pranzo.»

Barnaba sorvolò su quel nomignolo che odiava con tutto se stesso.

«E non ti hanno detto dove andavano?»

«Non lo fanno mai. Quei due hanno l'argento vivo addosso. Perché, è successo qualcosa? Frida è con loro?»

«No, non è successo niente. È che, appunto, non so dove si sia cacciata Frida e pensavo fosse con i tuoi figli.»

«Ma certo, sicuramente sono insieme. Senti, perché non vieni qui e aspettiamo insieme che tornino? Mio marito come al solito è fuori e io ho preparato una crostata di mirtilli s-e-n-s-a-z-i-o-n-a-l-e.» Quando Annamaria scandiva lettera per lettera le parole, a Barnaba si contorceva l'intestino.

«Grazie per l'invito, sarà per la prossima volta» le rispose, anche se avrebbe voluto dire: "Sarà per la prossima *vita*".

La donna sbuffò platealmente. Per Barnaba quella conversazione era durata fin troppo, quindi riattaccò dopo un saluto veloce. Così veloce che Annamaria si ritrovò il telefono chiuso in faccia mentre stava ancora parlando.

L'uomo si sentì toccare sulla spalla.

«So dove sono andati» c'era scritto sulla lavagnetta che ora Miriam gli mostrava.

«Dove?»

La ragazzina stava per infrangere la promessa fatta a Frida, ma sentiva di doverlo fare. Lo sentiva nello stomaco. Avvertiva che stavano accadendo cose terribili, e le sue sensazioni si rivelavano sempre maledettamente vere.

Per esempio, la notte prima che il padre abbandonasse lei e sua madre per non tornare mai più, lei ebbe un presentimento. Scrisse anche un biglietto e lo attaccò alla porta d'ingresso. Diceva: «Non andare, papà». La mattina dopo, però, il padre non c'era più. E nemmeno il biglietto.

Barnaba prese la lavagnetta dalle sue mani. Quello che lesse non gli piacque affatto.

«Villa Bastiani.»

RITORNO A PETRADEMONE

Arrivò la pioggia. Prima a gocce sottili, poi con furia crescente. Venne a lavare l'aria ferma.

Frida e i gemelli furono sorpresi dal temporale mentre erano in bici e pedalavano a perdifiato per allontanarsi il più possibile dagli orrori di Villa Bastiani.

Avevano con sé *Il Libro delle Porte*, avevano tramortito il Vecchio Drogo e grazie a Erlon erano sfuggiti ad Astrid. Però la Secca aveva detto a Frida di aver «fermato» sua madre, e ora stava dando la caccia a lei. Inoltre aveva fatto del male a Cat, la sua stessa sorella, rifletteva la ragazza.

I pensieri le sciamavano come api nella testa, frenetici e confusi. Non sapeva più a chi e cosa credere. Ma ormai era dentro quella storia e, anche se avesse voluto, non avrebbe più potuto tirarsi indietro.

Arrivarono a Orbinio zuppi fin dentro le ossa. Non c'era nessuno per strada, la pioggia improvvisa lo aveva reso un paese fantasma. I compagni di avventure fecero tappa alla fermata della corriera, sfruttando la pensilina per ripararsi. Nel martellamento delle gocce sulla tettoia di plastica, Tommy estrasse il libro dallo zaino.

La copertina sembrava di legno vivo. I ragazzi seguirono con le mani le venature nella corteccia e si fermarono su quella specie di bocca centrale. A tenerlo chiuso c'era un fermo metallico che univa i bordi delle due copertine.

«Aprilo» disse Gerico, e Frida assentì.

Tommy sganciò il fermo e aprì il grosso volume dall'aria antica.

Sorpresa. Stupore. Incredulità. Tutte le pagine erano bianche. Non una singola parola. Non un disegno. Niente.

«Ma com'è possibile?» disse Frida, che quasi strappò il grosso tomo dalle mani di Tommy per guardare meglio.

«Non ditemi che abbiamo rischiato di morire per un libro bianco!» intervenne Gerico.

I ragazzi continuarono a osservarlo con crescente delusione.

«Torniamo a Petrademone e parliamone con Barnaba» propose infine Frida.

«Non so se sia una buona idea, Fri» ribatté Tommy.

«Ascoltate, la tenuta nasconde qualcosa. Non è un posto qualsiasi.»

«Credo che abbia ragione, Tommy.»

«E poi lì c'è Miriam e non voglio abbandonarla. Ha il diritto di sapere chi è veramente sua madre.»

«Sì, è la cosa migliore da fare. Andiamo lì e organizziamoci. Ci serve un piano.» Questo era Tommy: in lui ribolliva già l'entusiasmo per quella che si stava rivelando la madre di tutte le avventure. E poi, quanto gli piaceva ideare strategie!

«Dobbiamo trovare un modo per attraversare il cancello. I cani sono dall'altra parte, è lì che hanno portato Pipirit» aggiunse Gerico.

"Ed è lì che rivedrò i miei genitori" saettò dentro la testa di Frida senza che lei se ne rendesse conto. Fu un pensiero involontario, caduto violento dall'alto come le gocce che in quel momento scendevano dal cielo.

Il cancello della villa era chiuso. Barnaba scese dal pickup e provò inutilmente ad aprirlo. Valutò se scavalcare, ma l'altezza e le lance appuntite sulla sommità lo scoraggiarono dal provarci. Gridò il nome di Frida e dei gemelli. Gli rispose solo il tintinnio della pioggia che cadeva sul fogliame del giardino. Barnaba non si perse d'animo, risalì nel pick-up e si allacciò la cintura di sicurezza. Guardò davanti a sé risoluto. Ingranò la prima e schiacciò il pedale dell'acceleratore.

La botta del paraurti contro l'inferriata arrugginita fu un grido metallico che echeggiò tutt'intorno. La forza del grosso pick-up sventrò senza problemi il cancello e Barnaba subì solo un lieve contraccolpo al collo. Appena fermo si liberò della cintura e scese dall'auto. Istintivamente raccolse l'ascia, sistemata ai piedi dei sedili posteriori, che portava in montagna per tagliare i rami secchi, buoni per il fuoco nel camino. Meglio essere pronti a tutto – circolavano voci non proprio tranquillizzanti su Villa Bastiani.

L'ascia si rivelò utile per farsi strada nel ginepraio che c'era tra il muro di cinta e lo spiazzo davanti alla costruzione.

Quando ci arrivò vi regnava una calma che non gli piacque. Si guardò intorno, poi alzò lo sguardo. Le nuvole continuavano a rovesciare pioggia sulla tenuta, e presto sarebbe arrivato il buio della sera. Provò di nuovo a chiamare sua nipote e i fratelli Oberdan. Nessuna risposta. Non gli restava che entrare. Incurante del fatto che aveva già violato un bel po' di leggi sfondando il cancello e intrufolandosi in una proprietà privata, si preparava anche a commettere una violazione di domicilio in piena regola mettendo piede in una casa senza permesso, figurarsi con un'arma in mano.

L'accoglienza di Merlino, Birba e Morgana a Frida fu calorosa come solo quella dei cani sa essere. Si gettarono tra le sue braccia sommergendola con la loro foga fanciullesca e con le appicicose leccate di bentornata. Erano così emozionati di vederla che guaivano e si dimenavano come forsennati.

Entrati in casa, anche Miriam fu felicissima di vedere Frida e i gemelli. Lei e i ragazzi non si erano mai conosciuti personalmente, ma ci misero poco a piacersi. Tramite Frida era come se sapessero già tutto gli uni dell'altra. I ragazzi posarono gli zaini a terra e si gettarono letteralmente sul divano.

Miriam voleva sapere cosa fosse successo. Ma anche lei aveva tanto da raccontare, a cominciare dalla madre sparita dalla sua stanza chiusa. Dopo aver letto ciò, Frida e i gemelli si guardarono tra di loro. Come avrebbero trovato il coraggio di dirle che Astrid era il Male?

«Io devo togliermi questi vestiti bagnati, fare una doccia e mettere qualcosa sotto i denti» disse Gerico.

«Sì, e con cosa ci cambiamo? Hai portato una valigia, per caso?» gli chiese Tommy.

Frida li guardò e fu colta da un'illuminazione: i panni vecchi nella tavernetta.

«Zia Cat raccoglie vestiti usati, che poi porta a un'associazione benefica di Poggio Antico. Troveremo qualcosa per voi in quel mucchio.»

«Sposami, Frida!» disse Gerico mettendosi platealmente in ginocchio.

«Smettila, idiota» fece lei, divertita. Miriam sorrise e Gerico le indirizzò un occhiolino.

Il portone della villa era aperto, così Barnaba non dovette usare l'ascia. Esaminò il corridoio e a colpo d'occhio scorse tre porte. I suoi passi risuonavano secchi sul pavimento a scacchi anche se lui cercava di essere il più cauto e leggero possibile e la pioggia batteva contro i vetri. Il primo ambiente che si affacciava sul corridoio era la cucina. Barnaba entrò. La luce spettrale che si diffondeva dal finestrone centrale rendeva livida l'atmosfera. Gli oggetti non avevano colore: il loro aspetto era così spento e polveroso che sembrava fossero lì da secoli, senza che nessuno li avesse spostati di un millimetro. Il lezzo di decomposizione era insopportabile.

Improvvisamente l'uomo sentì un rumore alle sue spalle. Fece per voltarsi, ma prima di riuscirci qualcosa gli si abbatté sul cranio e la stanza prese a inclinarsi. Si ritrovò con la testa sul pavimento lercio. Il gomito destro aveva sbattuto con forza e il braccio che teneva l'ascia era diventato insensibile come se quell'arto non gli appartenesse più, mentre l'altro gli faceva un male infernale. Nelle orecchie aveva un ronzio che copriva persino il rumore della pioggia.

Non riusciva a muovere la testa. Poi nel suo campo visivo entrò la faccia di qualcuno che si era piegato verso di lui per guardarlo. Era il volto di un uomo anziano che sanguinava da uno zigomo. Gli occhi erano di un azzurro così gelido da emanare un bizzarro freddo rovente. Lo riconobbe: era il Vecchio Drogo.

Provò a dire qualcosa. Il messaggio che inviò alla bocca diceva: "Cos'hai fatto ai ragazzi?", ma arrivato alle labbra si deformò in una serie di incomprensibili suoni biascicati.

Le scarpe dell'uomo erano pericolosamente vicine alla sua faccia.

Non poteva soccombere adesso. Pensò a Frida. Pensò a Cat. Pensò ai suoi cani. E una forza che non credeva di avere gli montò dentro. Riuscì a muovere il braccio dolente, afferrò la gamba del Vecchio, la strattonò forte e lo fece cadere. Con un tonfo l'ex tenente finì con la schiena sul pavimento.

Barnaba si tirò faticosamente in ginocchio. Il dolore al collo e a una spalla era come una lama, ma lui doveva assolutamente alzarsi. Ancora uno sforzo. Il Vecchio teneva stretto in pugno il bastone con cui evidentemente lo aveva colpito e da terra lo brandiva verso di lui. Barnaba lo afferrò goffamente e riuscì a strapparglielo dalle mani, poi colpì Drogo su una coscia. Le grida del Vecchio lacerarono l'aria immobile della cucina.

La luce isterica di un lampo illuminò la stanza, accecando Barnaba. Erano tutti e due conciati piuttosto male, ma sicuramente Drogo era messo peggio. Il tuono che seguì fu come il ruggito di un animale preistorico.

«Dove sono i ragazzi?» chiese finalmente Barnaba ansimando e puntando il bastone verso la faccia malmessa dell'ex tenente.

«Sono scappati, quei bastardelli. Dopo avermi ridotto così» rispose secco il Vecchio.

Barnaba era infuriato. Stava per colpirlo ancora, quando improvvisamente alle sue spalle arrivò un uomo che lo spinse via per gettarsi su Drogo. Era Vanni. Lo accarezzava e gli teneva affettuosamente e goffamente la testa tra le braccia. «Àpap elam eraf non àpap elam eraf non» gridò verso Barnaba.

Lo zio di Frida respirava ansimando. Non sapeva che dire, cosa fare. Stava provando a riflettere. Non capiva cosa stesse dicendo Vanni, ma sembrava disperato per la sorte del padre, così lui gettò il bastone a terra. Provava pena per quell'uomo, anzi, per entrambi. Drogo adesso gli sembrava solo un povero vecchio senza forze, abbandonato tra le braccia del figlio. Barnaba fece per andarsene scansando uno dei due gatti arrivati a curiosare sull'uscio della cucina, quando l'ex tenente lo bloccò con queste parole: «Fossi in te, non uscirei adesso».

Barnaba si fermò e lo fissò.

«Se esci da quel portone, non salverai mai la tua preziosa nipotina» aggiunse l'uomo.

«Mi stai minacciando?»

Il Vecchio tossì e sputò sul pavimento divincolandosi dall'abbraccio sgraziato del figlio.

«Non ti sto minacciando io. Fuori da quel portone c'è un *krelgheist*.»

Barnaba corrugò la fronte. «Che vai blaterando, vecchio pazzo?»

«Ha fatto la sua tana proprio in fondo al giardino. Lì, oltre la baracca.» Fece un gesto con la testa, indicando vagamente un punto oltre le finestre. Barnaba seguì d'istinto la traiettoria virtuale, pur non sapendo di cosa stesse parlando. Era la prima volta che entrava in quella dimora.

«Sono mesi che lo nutro e lo addestro. Va pazzo per le interiora di animali, e gli piace gironzolare qui intorno. Fossi in te... aspetterei la luce del giorno per uscire. È più timido quando sorge il sole» ridacchiò con la sua bocca immonda.

«Krel... Krelgheist» disse Vanni. Era l'unica parola che pronunciava nel verso giusto.

Miriam era rimasta di nuovo sola. Era in cucina a preparare dei panini per i ragazzi, mentre Frida era nella sua stanza a cambiarsi i vestiti e lo stesso facevano i gemelli nella camera di Barnaba. Mentre tagliava il pane, la ragazza sentì un pugno di tensione colpirla allo stomaco. C'era qualcosa di profondamente sbagliato in tutta quella storia.

Miiiiiriaaam. Fu un sussurro. Un alito di vento.

Lei si voltò spaventata. Era sola, eppure aveva sentito distintamente una voce chiamare il suo nome. O lo aveva solo immaginato? Era in uno stato di tale tensione nervosa che forse la sua mente le aveva giocato un brutto scherzo.

Quando, però, sentì di nuovo quel sussurro lieve colpirla alle spalle, fu certa che non si trattasse di una voce nella sua testa. Strinse il coltello con cui stava affettando il pane. Non poteva chiamare aiuto, e mai come in quel preciso istante avrebbe voluto la voce per gridare.

Mosse qualche passo verso la sala da pranzo cui si accedeva attraverso un arco aperto. Nessuno nemmeno lì. Silenzio, tranne il ticchettio ritmico della pendola e quello irregolare della pioggia contro il vetro della portafinestra.

La voce la chiamò ancora. Miriam ebbe l'impressione che il sussurro arrivasse dal basso, da un punto accanto al divano, come se ci fosse qualcuno nascosto lì dietro. Si sporse oltre il tavolo per guardare senza avvicinarsi troppo. C'era lo zaino di Tommy afflosciato sul pavimento.

Miiiiiriaaam.

Ora il sussurro era più chiaro e a Miriam cadde il coltello dallo spavento. Guardò verso la stanza di Barnaba. Voleva scappare lì per raggiungere i gemelli, ma era paralizzata. Il richiamo proveniva dalla sacca, possibile? Si fece forza e si avvicinò. Allungò la mano per aprirla, avvicinandola lentissima al tascone frontale come per acciuffare un serpente.

Lo aprì con uno scatto fulmineo, quasi che il tessuto fosse in fiamme. Vide l'angolo di un libro spuntare dallo zaino. Si tranquillizzò – si aspettava una creatura bestiale. Prese un po' di coraggio, si avvicinò ulteriormente e, con decisione, estrasse il volume dalla copertina legnosa.

Il Libro delle Porte di Amalantrah, lesse. Si accorse del fermo metallico su un lato e lo sganciò. Era caldo nelle sue mani, la copertina emanava un tepore rassicurante.

Improvvisamente un flash le balenò nella mente. Quel libro lo aveva già visto. In sogno. Tra le mani della nonna, nel sogno in cui tornava a Petrademone.

"Il libro parla solo a chi può ascoltare. Il libro parla solo a chi conosce le parole" diceva la nonna.

Lo aprì. Le pagine erano bianche ma, a ben vedere, erano attraversate come da filamenti luminosi che brulicavano sull'intero foglio prima di scomparire e riapparire. Istintivamente ne carezzò la superficie facendovi scorrere un dito. Una morbida elettricità fluì tra il polpastrello e la carta.

Fu allora che in mezzo alla pagina comparve qualcosa che le era molto familiare. Miriam lo guardò ipnotizzata e incredula. Sotto i suoi occhi quei filamenti luminosi stavano dando vita a un disegno che l'aveva accompagnata negli ultimi anni e che per lei era diventato il simbolo del suo mondo interiore.

Il disegno era esattamente lo stesso che adornava il suo specchio magico: l'albero dalla folta chioma con il cane capovolto.

L'EVOCAZIONE

Quando uscì dal portone, Barnaba si ritrovò sotto la pioggia fitta e dentro il buio di una notte inspiegabilmente precoce. La sua preoccupazione per la nipote stava crescendo istante dopo istante. Il dolore per la bastonata del Vecchio gli pulsava nel corpo, ma non poteva fermarlo. Né lui poteva dar credito ai deliri di Dino Drogo e di quel povero disgraziato del figlio. Barnaba era un uomo concreto che aveva vissuto tutta la sua vita con i piedi ben piantati per terra: avrebbe dovuto temere un animale dal nome assurdo uscito da chissà quale leggenda? Non era da lui... ma meglio portare con sé l'ascia.

S'infilò nell'intrico di vegetazione che si alzava fra la villa e il muro di cinta. Al buio era davvero difficile orientarsi e la pioggia non facilitava il compito. Le gocce picchiavano sulle foglie e il suono che ne usciva era crepitante come quello della legna nel camino. Barnaba si muoveva con prudenza, ma voleva essere fuori da lì il prima possibile. Con la coda dell'occhio notò qualcosa muoversi sulla sua destra. Non riusciva a capire cosa fosse di preciso, anzi, non era nemmeno sicuro di averlo visto per davvero.

Fece ancora qualche passo prima di fermarsi. Fu un suono ad attirare la sua attenzione, e questa volta non era un inganno della sua immaginazione: aveva sentito un verso animale. Cercò di non respirare per raccogliere tutte le informazioni che provenivano dallo spazio intorno a sé. Il verso si ripeté. Questa volta più vicino e più corposo. Era come un brontolio. Sordo. Minaccioso. Proveniva dalle viscere profonde di un grosso animale. Si guardò intorno frenetico, voltandosi da ogni lato. Non riusciva a vedere nulla. Fece qualche passo indietro brandendo l'ascia.

Improvvisamente la notte si squarciò: un fulmine gettò la sua luce gelida su tutta la villa e Barnaba lo vide. Sentì le vene farsi di ghiaccio. Le pupille si dilatarono fino a diventare delle ampie biglie. I peli gli si rizzarono come se una scossa elettrica gli avesse attraversato il corpo. Nei sessantadue anni della sua vita non aveva mai sentito la paura paralizzarlo come in quel momento.

Aveva di fronte una creatura gigantesca. D'aspetto ricordava un orso, ma più sottile e allungato, con zampe lunghissime e pelose, il manto più nero delle ali di un corvo, gli occhi iniettati di sangue e le fauci enormi. Barnaba aveva visto una volta, a distanza, un orso nei boschi dei Monti Rossi, ma quell'essere era molto più grosso e infinitamente più spaventoso.

Quando la creatura ruggì, Barnaba si risvegliò dalla paralisi del terrore e cominciò a scappare. L'animale – se di quello si trattava – fortunatamente non era vicinissimo. Barnaba corse come non aveva mai fatto prima in vita sua. L'adrenalina che aveva in corpo gli diede una velocità che nemmeno quando era un roccioso ventenne riusciva a raggiungere. Essere alto quasi due metri, e quindi avere gambe lunghe, si rivelò un dono quanto mai provvidenziale. Ma sarebbe bastato? L'animale rugliava dietro di lui, galoppando per raggiungerlo così velocemente che, per quanto Barnaba andasse forte, ormai lo tallonava. Un altro fulmine cadde vicino alla villa e la sua luce mostrò all'uomo quanto si fosse avvicinato il suo predatore. Gettando uno sguardo fugace dietro di sé, quello che riuscì a vedere fu la furia in quegli occhi disumani.

I ragazzi erano raccolti intorno alla tavola. La sera era calata su Petrademone e in casa c'era un'atmosfera di quiete e sospensione, un misto di attesa e paura. Pioveva a dirotto e il suono dell'acqua che cadeva era rassicurante come una ninna nanna.

Miriam aveva appena riferito loro quello che le era successo con il libro.

«Puoi andare a prendere il tuo specchio?» Frida le chiese gentilmente. «Se c'è una connessione tra i due oggetti ce ne accorgeremo, no?»

«Sì, lo credo anch'io» convenne Tommy.

«Ho paura di andare in camera da sola» scrisse Miriam.

«Ti accompagno io» si fece avanti Gerico.

Frida pensò che quella premura fosse sospetta e sorrise tra sé.

Lei e Tommy restarono soli nella stanza, e una voragine di imbarazzo si aprì tra di loro. Era come se, venendo meno un elemento, avesse ceduto l'equilibrio di quel triangolo formato dalla ragazza e dai due gemelli. Quanto a Tommy, non sembrava intenzionato a incontrare lo sguardo dell'amica, quasi che quel contatto lo potesse far precipitare in uno spazio sconosciuto senza coordinate né bussola.

Frida provò ad alleggerire l'atmosfera. «Non è strano

che Miriam veda qualcosa nelle pagine del libro, mentre per noi sono solo fogli bianchi?»

«C'è qualcosa che ci sfugge.»

«*Qualcosa*? Credo che ci sfugga *tutto*.» Frida s'interruppe. «E se dipendesse dal fatto che Astrid è sua madre?»

«Non ci avevo pensato, ma... potrebbe essere. A proposito, hai qualche idea su come dirle...»

Un colpetto di tosse. Era stato Gerico a farlo per avvertire che lui e Miriam stavano tornando.

Troppo tardi. La ragazza stava già scrivendo: «State parlando di me? Cosa dovete dirmi?».

Tommy non seppe cosa rispondere, quindi intervenne Frida: «Volevamo raccontarti quello che ci è successo alla villa».

«Gerico mi ha detto che ha sconfitto il Vecchio Drogo» scrisse ancora.

Tommy guardò il gemello con espressione disgustata. «Hai fatto cosa? Sì, certo, è lui l'eroe e noi ci siamo nascosti dietro al suo mantello. Ma falla finita, mitomane!»

«Tutta invidia» disse indifferente Gerico, che con un balzo si buttò a sedere sul divano dove gli altri si erano già sistemati.

«Tieni, prendilo tu.» Tommy passò il libro a Miriam, ma lei non sapeva di preciso cosa farne, così guardò gli altri per ricevere istruzioni.

«Prova a fare qualcosa con il tuo specchio» suggerì Gerico.

Miriam aprì il volume e vi poggiò sopra lo specchio. I ragazzi aspettarono in una vertigine di tempo che sembrava risucchiare tutti i suoni e tutti i pensieri.

«Nulla» disse infine Tommy.

Frida e i gemelli cominciarono a parlare tutti insieme, ognuno dicendo la propria, ognuno avanzando un'ipotesi. Miriam si tenne in disparte, nauseata e con la testa improvvisamente più pesante. D'un tratto si sentì ondeggiare, mentre le sue orecchie si ovattarono. La conversazione animata dei suoi amici perse di consistenza, le loro parole le arrivavano da un punto distante. Un'altra voce, cavernosa e antica, emergeva invece dalle profondità del libro e si rivolgeva direttamente a lei.

Rifletti, Miriam, rifletti.

Era come se le viscere della Terra avessero trovato il modo di parlare. La ragazza era spaventata a morte e si sentiva soffocare dalla paura, tanto il cuore le batteva subito sotto la mascella, la gola stretta in un nodo.

Il libro parla solo a chi può ascoltare. Il libro parla solo a chi conosce le parole, disse ancora la voce.

Miriam chiuse gli occhi e iniziò a respirare profondamente, come chi immagazzina fiato prima di immergersi. A quel punto le voci dei ragazzi si fecero più delineate e vicine.

«...to bene, Miriam?» sentì chiedere a Gerico.

Annuì. Forse aveva capito cosa fare. Prese il volume e lo aprì davanti a sé. Afferrò lo specchio e fece in modo che la pagina bianca si riflettesse sulla superficie bronzea. Funzionò. Le parole comparvero nello specchio e lentamente anche sulla pagina.

Sulle facce dei ragazzi si dipinse pura meraviglia. Miriam scrisse qualcosa con il gessetto: «Il libro parla solo a chi può ascoltare. Parla solo a chi conosce le parole».

«Che significa?» chiese Frida.

L'amica alzò le spalle e mosse la testa per dire che non ne aveva idea, poi fece per aggiungere qualcosa, ma si fermò. Infine si decise. «È il libro che me l'ha detto.» E accompagnò le parole sulla lavagnetta con un gesto che significava: "Non so dirti altro".

Il libro si stava intanto rivelando ai ragazzi. C'era una specie di filastrocca in mezzo alla pagina, scritta in caratteri spessi e antichi. La voce del libro.

Tre le pietre di qui in avanti
e tre sono i gran sigilli:
Bendur dei Sorveglianti,
Mohn che apre i cancelli,
Urde il male da evocare.
E bada: nessuno può barare.

La notte va in quota,
il cancello s'apre presto
allorché il cielo è vuoto
nell'albero maestro.

Estrai con le tue dita
nell'antro della prima
la pietra custodita
che col tuo cuor fa rima.

Poi quella nebbia aspetta
che tutto intorno resti,
tieni nel pugno stretta
la chiave che trovasti.

Solo allora passa dentro la ferita
che sempre è varco e mai uscita.

Nella pagina accanto tre disegni. Tre simboli.

«Wahnsinn! Che strana poesia» disse Gerico. «Avete sentito come suona?»

«Ma che vuol dire?» chiese Tommy. Per una volta non aveva la risposta in tasca.

Frida prese *Il Libro delle Porte* e lo tenne fra le mani. I suoi occhi erano paralizzati sulla pagina. «Quel simbolo, Bendur, il sigillo dei Sorveglianti... Lo conosco, oddio, lo conosco!» e uscì di corsa dalla stanza.

I ragazzi la chiamarono, non capivano cosa le stesse succedendo. Tommy voleva seguirla, però Miriam lo trattenne finché Frida non tornò. Aveva la sua scatola dei momenti. L'aprì e si mise a rovistare tra tutti quei biglietti.

«Che stai cercando? Ago e filo?» ironizzò Gerico. Miriam gli assestò una gomitata nelle costole e lui la guardò con aria candida. In effetti, era la prima volta che i gemelli vedevano quella cassetta dall'aria così antiquata.

Frida, finalmente, trovò il foglietto che stava cercando. Lo lesse in un soffio.

Non dimenticare il tatuaggio nell'incavo del gomito di tua madre. Quel piccolo segno simile a un arco che lei ti mostrava fiera. Non dimenticare il sorriso che le vedevi stampato sulle labbra quando, sfiorandolo, le facevi il solletico. Non dimenticare le sue parole sussurrate tra i fili scuri dei tuoi capelli: «Ne vuoi anche tu uno così, piccola mia?».

Poi mostrò loro il biglietto. Le loro facce divennero maschere di stupore. Sulla carta c'era disegnato lo stesso simbolo che era apparso sulla pagina del volume rilegato in corteccia. Bendur, il sigillo dei Sorveglianti.

«Era a questo che si riferiva Astrid...» fece Gerico, ma nell'istante stesso in cui lo disse si pentì. Tutti guardarono Miriam.

«Che significa?» scrisse la ragazza. «Che c'entra mia madre? L'avete vista?» aggiunse così freneticamente che la sua grafia per una volta fu difficile da decifrare.

«Abbiamo visto delle... *cose* lì a Villa Bastiani, Miriam. E abbiamo incontrato tua madre.» Frida aveva iniziato a parlare, ma non sapeva come mettere insieme le frasi, come dire all'amica la verità.

Miriam rispose senza ricorrere alla lavagnetta. Il punto interrogativo era stampato sul suo volto.

«Astrid è... è un Eletto. Un Evocatore. Quello è il loro simbolo.» Frida indicò il segno di Urde.

ౙ

Poi continuò: «Ci ha attaccati nella baracca di Villa Bastiani. Ha confessato che è lei a chiamare i demoni ed è lei che ha fatto ammalare zia Cat. È lei che...».

Miriam diede una spinta a Frida e guardò sgomenta tutti i ragazzi nella stanza. Poi gridò un "NO" che nessuno poté udire e scappò via. Uscì dalla portafinestra come una furia.

Gerico si alzò dal divano per andarle dietro, ma Tommy lo fermò.

«Lasciala andare. Ha bisogno di stare sola.»

Nella penombra di una stanza senza finestre, Astrid sedeva di fronte a uno specchio. Si stava avvolgendo una benda intorno alla testa in modo da coprire l'occhio ferito. Non c'era nessuna espressione sul suo volto di ghiaccio – la bocca stretta chiudeva dentro il dolore che spingeva per manifestarsi.

Una volta fissata la fasciatura, la donna lasciò andare il fiato e schiuse le labbra. «Pagherai anche per questo, maledetta» sibilò.

Poi posò entrambe le mani sul tavolo di legno, chiuse

l'unico occhio rimastole e con un filo di voce cominciò a tessere la sua terribile evocazione:

Io ti invoco, demone malvagio,
spirito maligno che tra due mondi vaghi,
che per la gente porti buio presagio,
che vai per stagni e vecchi laghi.
Vieni a me dalle viscere senza luce,
dalle terre immonde, tu innominato,
e sfodera l'artiglio aguzzo e affilato
per seminar orrore e morte, la più truce.

Mentre pronunciava quelle parole, dentro lo specchio si formava, come una pianta che cresca a vista d'occhio, la figura alta e mostruosa del Magro Notturno. Quando Astrid ebbe finito, aprì l'occhio e vide nel riflesso che l'essere malvagio era uscito dallo specchio. La testa, dove si apriva la bocca simile a un taglio, arrivava quasi a toccare il soffitto.

Astrid tirò fuori un topolino dalla sua gabbietta. L'animaletto si dimenava impaurito, squittendo forse per implorare pietà. Senza voltarsi verso il Magro Notturno, la donna alzò una mano e glielo consegnò tra gli artigli. Il demone si infilò il topolino nella bocca oscena – Astrid adorava sentirlo dilaniare cibo vivo come quello.

«O mio antico Spirito del Male, sai dove andare e cosa fare. Stasera niente cani. Sono ragazzi quelli che voglio.»

A quelle parole la creatura dalle lunghe braccia si allontanò nel fondo dello specchio.

COME LA PERLA DALL'OSTRICA

«Ma che significa: "la notte va in quota"?»
Gerico giocherellava nervosamente con la matita davanti a un foglio pieno di scarabocchi.

«Secondo me, dovremmo ripartire da capo e analizzare frase per frase» disse Frida.

In quell'istante Miriam riapparve sull'uscio della portafinestra. «Non è diviso in frasi, ma in strofe» scrisse sulla sua lavagnetta. I capelli bagnati le cadevano dritti sulle spalle, simili a ranuncoli d'acqua in un torrente, e gli occhi verdi scintillavano, chissà se per la pioggia che li aveva bagnati o per le lacrime che aveva pianto.

«Miriam...» Frida fece restare sospeso nell'aria il nome come una nuvola appena nata. Era felice di riaverla con loro.

Lei cancellò dopo aver dato ai ragazzi appena il tempo di leggere e scrisse ancora: «Dobbiamo considerare tutta la strofa per afferrarne il senso».

Ecco il suo talento. Persino durante le loro noiose sessioni di compiti sotto lo sguardo della Secca, Frida era rimasta impressionata dalla sensibilità dell'amica per il linguaggio. Lei, che era muta da sempre, coglieva alla perfezione la musica delle parole.

Miriam li raggiunse vicino al tavolo, incurante di grondare acqua e dello sguardo ammirato di Gerico – in effetti, in sua presenza lui aveva un perenne sorriso.

«La prima sestina è informativa. Andiamo avanti. Ci servirà dopo» scrisse con sicurezza.

Tommy era elettrizzato da quella caccia al tesoro che comportava risolvere un enigma; Gerico sembrava più interessato al volto di Miriam che alle parole scritte sullo strano libro e Frida era ammirata dall'intelligenza della sua amica, ma ancora un po' preoccupata per la sua sofferenza. Sapeva che stava facendo uno sforzo enorme per non pensare a sua madre e a quello che le avevano confessato.

L'improvviso squillo del telefono lacerò l'aria e i ragazzi urlarono dallo spavento. Quel suono aveva frantumato l'atmosfera di complicità e concentrazione in cui erano assorbiti tutti e quattro.

«Come morire d'infarto da adolescenti!» riuscì a sdrammatizzare Gerico, mentre il telefono continuava a strepitare pretendendo risposta.

Frida andò verso l'apparecchio. Guardò i suoi amici. Ancora uno squillo. Gli altri annuirono e lei si sentì in dovere di alzare la cornetta.

«Pronto? Oh, salve, signora Oberdan... Sì, i gemelli sono qui... Sì, le passo Tommy.»

Il ricevitore finì tra le mani del ragazzo.

«*Hallo, Mutter*» disse in un allegro tedesco, per poi virare su un tono mortificato. «Sì, scusa, non ci siamo resi conto del tempo che... Sì, scusa... No, Barnaba in questo momento è andato a... No, certo che è qui, ma non te lo posso passare. Sta... sta controllando... Sai...»

Il ragazzo si stava impappinando e Frida prese in mano la situazione. O meglio, riprese in mano la cornetta. «Signora Oberdan, mio zio ha detto che gli farebbe piacere se Tommy e Gerico dormissero qui stanotte. La strada è buia ormai, e lei sa meglio di me quanto siano spericolati questi due in bici... Sì, certo... No, nessun disturbo, male che vada li faremo sistemare nei box dei cani.» La risata ovattata della madre arrivò anche a loro. «Sì, se mio zio torna a un orario decente dalla perlustrazione la faccio chiamare, è uscito giusto cinque minuti fa. Sa, non si è arreso all'idea della sparizione dei suoi cani... Sì, lo speriamo tutti, grazie. Buonanotte e non si preoccupi, domani glieli rispediamo a casa appena possibile.»

I ragazzi la guardarono ammirati mentre riattaccava e lei si schermì: «Che c'è? Mai detta una bugia a fin di bene?».

«Sì, ma tu sei stata da Nobel per la miglior interpretazione di una bugia ben detta!» esclamò Gerico.

«Semmai da Oscar, demente» replicò Tommy.

«Non parlare di demenza proprio tu, che al telefono sembravi uno con la gelatina di broccoli al posto del cervello.»

Risero di gusto prima di rimettersi al lavoro su quelle strofe tanto oscure.

«La seconda indica quando e dove si aprirà il cancello, giusto?» ipotizzò Tommy eccitato.

Miriam lo guardò e annuì convinta.

«"La notte va in quota"» ripeté tra sé Frida.

«La quota è una parte, no? Un pezzo di qualcosa...» continuò Tommy.

«Non ha senso. Una parte della notte. Che significa? "La notte va..."» disse ancora Frida.

«Cos'è che può stare in quota?» scrisse Miriam. Diede ai compagni la possibilità di pensarci su, poi fu lei stessa a rispondere: «Un aereo».

«Grande, hai ragione! Si dice che un aereo è in quota

quando ha finito di salire e ha raggiunto una certa altezza, no? Una quota di crociera» rifletté Gerico.

«Quindi la notte deve arrivare al punto giusto, al punto in cui termina un giorno e si può cominciare il viaggio nel successivo. Allora qual è la "quota" giusta?» chiese Tommy, facendo poi una breve pausa a effetto. «Mezzanotte!»

Frida, Gerico e Miriam esultarono. Tommy aveva trovato la chiave per decifrare l'enigma.

«Manca ancora qualche ora, quindi avremo tutto il tempo per prepararci» disse Frida.

«Okay, a mezzanotte si apre il cancello. E come facciamo a sapere che è proprio oggi?» commentò Gerico.

«"Allorché il cielo è vuoto"» scrisse Miriam

«Vuoto di cosa? Nuvole? Stelle? Pioggia?» rifletté ad alta voce Tommy.

«La luna» disse Gerico, come soprappensiero.

«Esatto, il cielo è così vuoto senza luna... c'è anche una poesia che recita così» disse Frida, poi continuò: «"Albero maestro": questo è senza dubbio la grande quercia. Stanotte non c'è la luna, abbiamo l'albero e...».

«E dovremmo sbrigarci. Quel "presto" vuol dire che il cancello si chiuderà in poco tempo, giusto?» fece ancora Gerico.

«Sì, penso proprio di sì» scrisse Miriam. «La strofa successiva è ancora più oscura.»

«"Estrai con le tue dita nell'antro della prima la pietra custodita che col tuo cuor far rima"» lesse Gerico, nella speranza che ripetendole ad alta voce quelle parole si facessero più chiare.

«L'antro potrebbe essere un buco, una caverna... una...» gli fece eco il gemello. «Ma qui intorno ci sono caverne o grotte?»

Gli altri scossero la testa. Niente, non riuscivano a venirne a capo. Calò il silenzio, un silenzio carico di riflessione. Ognuno si rigirava le parole nella testa, cercando di dipanare la matassa di quella frase misteriosa, quando un rumore alla portafinestra fece sobbalzare tutti.

«Cos'è stato?» chiese Frida.

Birba, in piedi sulle zampe posteriori, con quelle anteriori raspava e grattava contro il vetro. Sembrava agitata, e forse c'era dell'altro.

Frida andò da lei e le aprì, ma la cagnolina non aveva intenzione di entrare. Cominciò ad abbaiare freneticamente, isterica.

«Che c'è, tesoro?»

Il border collie rispose con un latrato che sfociò in un piagnucolio sommesso. Frida aveva imparato a riconoscere quel suono.

«Birba è spaventata da qualcosa» disse ai ragazzi, ancora inchiodati al tavolo. La paura, come un virus contagioso, si diffuse anche tra loro.

Improvvisamente il vecchio border corse via, prendendo la strada che dal patio portava verso il forno a legna e il capanno delle cianfrusaglie. Frida la seguì e così fecero anche gli altri tre.

Nel capanno, dove una grande vetrata dava sul prato, Barnaba e Cat avevano accumulato nel corso del tempo una gran quantità di ciarpame. Entrando, era impossibile cogliere a colpo d'occhio tutti gli oggetti accatastati lì, alcuni dei quali coperti da lenzuola o fogli di cellophane.

Seguendo il cane, lo trovarono fermo ad abbaiare davanti a un grande specchio verticale e basculante. I ragazzi lo esaminarono: posizionato in quel modo, rifletteva parte della grande quercia e l'erba attorno, ma quello che notarono strideva con la quiete del paesaggio.

Nello specchio videro emergere la figura del Magro Notturno.

«Guardate!» esclamò Gerico puntando l'indice verso la creatura in avvicinamento. Il Magro sembrava piccolissimo, così in lontananza. I ragazzi si voltarono per vederlo dal vivo.... ma dietro di loro non c'era nessuno. Si rigirarono tutti contemporaneamente per riguardare il riflesso. L'entità veniva *direttamente* dallo specchio, come se quello fosse uno spazio a sé e non l'immagine speculare della realtà. Miriam si portò le mani alla bocca.

Nel cortile reso fangoso dalla pioggia, che ora aveva smesso di cadere, Barnaba sentiva ormai l'alito pestilenziale della bestia che lo inseguiva. Il kreilgheist allungò una zampa per artigliarlo e lacerò la T-shirt, poi un'unghia restò impigliata nel cotone e lo tirò.

Barnaba cadde a terra. Si voltò sulla schiena, e nonostante la notte senza luna distinse la sagoma immensa del suo predatore. Chiuse gli occhi, ormai convinto di essere spacciato. Il suo ultimo pensiero fu per Cat.

Frida, Miriam e Gerico si mossero per scappare, invece Tommy ebbe un'intuizione. Urlò agli altri tre di fermarsi, uscì dalla casupola per raccogliere un grosso sasso e, chiedendo agli amici di tenersi indietro, lo scaraventò contro lo specchio, che andò in mille pezzi. Lontano, si udì l'eco di un grido soffocato.

«Ha funzionato!» esultò Frida guardando i frammenti sul pavimento.

«Grande!» eruppe Gerico felice. «Da qui non può più uscire nessuno.»

«Ma ci sono altri specchi in casa» scrisse Miriam sulla lavagnetta, picchiettando poi con il gessetto sulla superficie di ardesia per sottolineare l'urgenza di agire.

«Su, andiamo, dividiamoci in coppie. Io e Miriam conosciamo la casa. Tu vai con lei, Gerico» propose Frida, indicando l'amica.

«Okay, io vengo con te» disse Tommy.

Birba, Merlino e Morgana seguivano eccitati prima una coppia e poi l'altra, dimentichi di essere ormai vecchietti.

I ragazzi distrussero ogni specchio della villa, e presto la paura e la tensione cedettero il passo a un'euforica furia devastatrice. Ogni volta che si trovavano davanti a uno specchio, infatti, la figura del Magro avanzante era in una posizione diversa – talvolta più vicina, altre più lontana, in tutti i casi spaventosa – quindi mandare in mille pezzi i vetri si stava rivelando liberatorio.

A un certo punto il frastuono isterico di quella distruzione s'interruppe: i pezzi irregolari e appuntiti cosparsi sui vari pavimenti riflettevano squarci di casa, ma non il Magro. I ragazzi avevano fatto un buon lavoro.

Frida e Tommy erano al piano superiore, nella stanza della ragazza.

«Sicura che non ci siano altri specchi?» le chiese Tommy.

«Li abbiamo fatti fuori tutti» rispose lei con un sorriso, guardandolo negli occhi.

Una sensazione di calore s'intrufolò dentro il ragazzo, lunghi tentacoli che gli afferrarono quel muscolo bizzarro che è il cuore. Tommy si sentì rompere il fiato, e per riprendere a respirare le restituì il sorriso.

Dal basso, Gerico li richiamò alla realtà. «Avete finito lassù?»

Frida si schiarì la voce e rispose: «Sì, scendiamo».

Mentre lei gli dava la schiena, Tommy ebbe l'impressione di aver perso un momento propizio.

Al piano inferiore, Miriam stava avvolgendo il suo specchio in un panno scuro. Finita questa operazione, lo sistemò dentro la sua preziosa scatola verde con motivi nipponici.

«Che fai?» le domando Frida.

«Anche questo è uno specchio» scrisse lei.

«Giusto, non si sa mai» concordò l'amica.

«Ora che si fa?» chiese Gerico.

«Prima risolviamo l'enigma, poi direi di preparare gli zaini con un po' di roba utile. Se dobbiamo affrontare questo viaggio, meglio essere pronti» propose Tommy.

Un fischio prolungato bloccò il kreilgheist. Barnaba riaprì gli occhi. Dietro il mostro, sul portone della villa, c'era il Vecchio Drogo. Aveva in mano qualcosa, un sacchetto. Lo fece dondolare tra le mani e quella specie di orso ruggì tanto potentemente da far tremare la notte.

Lasciò stare Barnaba e si avvicinò al Vecchio. Sembrava che l'uomo gli stesse parlando, anche se i suoni che emetteva con la bocca nemmeno lontanamente potevano essere definiti parole. Quando lanciò lontano la busta, il kreilgheist ne seguì con lo sguardo la traiettoria e si precipitò a raggiungerlo.

Drogo si rivolse con calma a Barnaba: «Muoviti, ci metterà poco a sbranare quel pezzo di fegato». E così dicendo rientrò nella dimora.

Barnaba, incredulo, si mise in piedi e corse a perdifiato verso il portone. Quando fu dentro, lo chiuse con tanta foga da far vibrare i vetri di tutte le finestre.

Il Vecchio Drogo si era già seduto sulla sua poltrona in cucina e carezzava uno dei due gatti. Vanni era seduto sul pavimento vicino alle gambe del padre. Un filo di bava gli scendeva dalla bocca, l'espressione assente.

«Cos'era quella... quella *cosa* là fuori?» chiese Barnaba indicando un punto oltre la villa.

Il Vecchio non alzò nemmeno la testa, concentrato com'era a lisciare il pelo stopposo del felino che si era appallottolato sulle sue gambe scheletriche. «È un kreilgheist. Mi sembrava di avertelo detto.»

«E cosa diavolo sarebbe?»

«Ci sei andato vicino...»

Barnaba lo fissò. Non capiva.

«È una specie di diavolo, in effetti.» La risata gracchiante dell'ex tenente si tramutò presto in un accesso di tosse così forte che l'uomo sembrò sul punto di soffocare. Quando infine si riprese, sputò sul pavimento.

«La tua nipotina e i suoi amichetti mi hanno rubato il libro!» disse, cambiando totalmente argomento.

«Quale libro?»

«*Il Libro delle Porte*, quello con cui avrei potuto salvarci. Adesso invece ci faremo male. Nessuno escluso.»

«Tu sei da ricovero. E non ho tempo per le tue storie, devo cercare Frida...»

Il Vecchio si alzò come una molla dalla poltrona, scaraventando via il povero gatto che miagolò dal disappunto.

«Sentimi bene, non sono storie. Lo hai visto anche tu quello lì fuori!» gridò con la sua voce roca. «Il kreilgheist è un demonio, ma è l'unica possibilità per far fuori i Magri Notturni. L'unica!» Ora Drogo andava avanti e indietro con passo malfermo per la cucina, mentre Vanni era come imbambolato, o perso in un altro mondo. «Sono i Magri che prendono i cani e li portano dall'altra parte.»

«Quale "altra parte"?»

Il Vecchio fece un gesto con la mano come per scacciare via quella domanda. «C'è qualcosa in tua nipote... qualcosa di speciale. L'ho visto subito. Lei è capace di passare il cancello, e se quei mocciosi riusciranno a leggere quello che il libro vorrà dire loro, stai pur sicuro che si caccceranno in un bel guaio. *Il Libro delle Porte* ti porta dritto dritto al dolore, se non sai come maneggiarlo.»

«*Oiaug leb nu*» intervenne improvvisamente Vanni.

«Già, proprio un bel guaio, figliolo.»

Barnaba si sentiva come quando ti svegli da un sogno particolarmente complesso e non riesci a mettere insieme i pezzi. E più ci provi, più ti si confondono le idee.

«Si può sapere cosa stai dicendo?»

«Vieni con me, ti mostro una cosa» disse Drogo spazientito. «E tu resta qui, Vanni. Fai la guardia al portone.»

«*On on on.*» Vanni si alzò impaurito e si gettò tra le braccia del padre. «*Enetac enetac enetac.*»

Il padre annuì.

«Che dice?» chiese Barnaba

«Vuole le sue catene» rispose amareggiato il Vecchio Drogo.

«Le sue catene?»

«Sì, quando ha paura vuole essere incatenato. Al buio. È così che si tranquillizza, almeno per un po'.» Vanni gli prese una mano e tirò il padre verso il corridoio. Barnaba li seguì a distanza, interdetto.

I gemelli e Miriam erano stretti intorno al libro. L'indovinello era complicato e cercavano una soluzione a quella strana combinazione di parole.

«"Estrai con le tue dita nell'antro della prima…"» ripeté da lontano Frida, che di colpo ebbe l'illuminazione risolutiva per quel rompicapo: come spesso accade, un'imprevedibile concatenazione di pensieri le accese la luce nel cervello.

Era andata in cucina per mangiare qualcosa – più per cambiare aria che per autentica fame, in realtà. Aveva preso la vaschetta di gelato dal freezer e con un cucchiaio aveva cominciato il suo assalto alla vaniglia e al cioccolato. Al secondo boccone aveva però avvertito una sensazione di gelo sul dente che solo un anno prima i genitori le avevano fatto curare.

Aveva quindi messo una mano sulla guancia per calmare con il tepore della pelle la fitta di dolore che dal molare si era diffusa a tutta gengiva. Le era così venuta in mente l'immagine di lei seduta sulla poltrona del dentista e il terrore nel guardare tutti quei macchinari dall'aria pericolosa che brillavano nella luce accecante dello studio. E poi l'immagine del dentista con la mascherina. E soprattutto le sue parole mentre sorrideva bonariamente per allentare la tensione: «Apri bene… Accidenti, signorinella, questa non è una bocca, è un *antro oscuro*».

L'antro. La bocca. La copertina del libro!

Frida si precipitò nella sala da pranzo.

«Chiudi il libro, Tommy!» urlò Frida.

Lui, senza capire il perché, obbedì subito.

«Vi ricordate cosa vi dissi la prima volta che vidi quel volume? Che questa mi era sembrata una bocca» disse indicando la fessura al centro della copertina. Notando l'espressione confusa e perplessa degli amici, Frida cercò di spiegarsi meglio. «La copertina è la faccia, in un certo senso, e l'antro è la bocca. Cioè, la bocca è una specie di caverna…» concluse, ingarbugliandosi con quello che nella sua testa era sicuramente più chiaro.

«Ma vuoi dire che dovremmo mettere le mani *lì dentro*?» chiese con una smorfia Gerico.

«Esatto. Almeno, credo.»

«Bene, comincio io» si fece avanti Tommy vedendo gli altri tentennare fra paura e disgusto.

Deposero il libro sul tavolo. La copertina aveva un'aria così primitiva da sembrare un'antichissima creatura. Non c'era dubbio che fosse fatta di corteccia, ma di un albero dalle radici che si perdevano dentro un tempo lontanissimo.

Tommy infilò le dita in quella piccola fessura che in effetti sembrava una bocca socchiusa.

«Com'è?» gli chiese Gerico.

«Non lo so… io non sento niente. Non mi pare un buco, però. Non c'è nulla» gli rispose deluso.

«Fai provare me» lo spinse da parte il gemello recuperando la sua solita baldanza. Ma anche lui andò incontro a una delusione.

Frida chiese con uno sguardo a Miriam se volesse provare. Lei scosse la testa e accennò un mezzo sorriso, lasciandole il posto.

Frida si sentì il cuore battere nel petto come un uccello in gabbia mentre inseriva l'indice sinistro nel piccolo antro. E questa volta accadde. Il suo dito affondò sempre di più.

«Oddio... c'è qualcosa!» Le sue parole esplosero come fuochi d'artificio. I ragazzi si piegarono in avanti per vedere meglio e lei descrisse cosa stava sentendo. «C'è qualcosa di viscido e freddo... e rotondo. Solido.»

«Non ti fermare adesso» la incitò Tommy.

Frida inserì anche il medio per creare una sorta di pinzetta. «Preso!» esclamò euforica.

Quando estrasse le due dita dalla bocca di corteccia, tirò fuori anche un piccolo sasso ovale grande la metà di un uovo. Era di un bianco luminoso, anche se dei filamenti verdastri ne venavano la purezza.

Gli amici strabuzzarono gli occhi. Era come assistere al miracolo della vita che si manifesta. O all'aurora boreale. Alle piramidi che compaiono tra le sabbie. Tutti provavano il brivido della scoperta.

Con voce tremante Gerico pronunciò un sacrosanto: «Wahnsinn!».

Nessuno riusciva a dire altro, in contemplazione com'erano di quella pietra che era uscita dal libro come la perla dall'ostrica. Tommy le passò un tovagliolo di carta e Frida la ripulì per bene, mormorando: «Non posso crederci».

«Cos'è questo?» chiese Tommy. Indicava un piccolo segno nero sulla superficie del ciottolo.

«Guardate!» disse Gerico puntando il dito sulla pagina dov'erano raffigurati i tre simboli dei sigilli.

ᚾ Bendur

«Hai ragione, è la pietra dei Sorveglianti!» esclamò Frida in un impeto di emozione incontrollabile.

«Quella "che col tuo cuor fa rima"» sussurrò Tommy.

Frida sentì il cuore gonfiarsi. Quello era il tatuaggio della madre. Era la prova di un filo speciale che la legava indissolubilmente a lei.

«E ora... che significa? Cosa succede?» Gerico lo chiese agli altri e a se stesso.

«Non lo so, ma se il libro voleva che estraessimo questa pietra ci sarà un motivo.»

La gioia di Frida rischiò di disfarsi non appena guardò Miriam, che si stava allontanando. Lasciò la pietra ai gemelli, che si contesero il prezioso ritrovamento avanzando tra loro mille ipotesi, e raggiunse l'amica in cucina.

«Che hai?»

Lei sollevò le spalle. Frida insistette finché Miriam, senza bisogno di utilizzare la lavagnetta, mimò con la bocca le parole: «Ho paura».

«Di cosa?» disse in un sussurro Frida. Le capitava spesso, quando parlava con l'amica, di abbassare il tono della voce come se il mutismo dell'altra influenzasse anche il suo modo di parlare.

Per una volta non ricorse alla lavagnetta, ma usò una penna e un foglio lasciati accanto ai fornelli: «E se a me dovesse capitare la pietra con il simbolo di mia madre?».

IL CENTRO ESATTO DELLA NOTTE

Barnaba e il Vecchio Drogo erano nella grande libreria. Centinaia, migliaia di volumi erano stipati lì, dritti e silenziosi negli scaffali in legno che arrivavano fino all'alto soffitto.

«Cosa vuoi farmi vedere? Non ho tempo per queste cose, Drogo. Frida è là fuori da qualche parte e devo andare da lei.»

Il Vecchio gli fece un cenno con le mani come a dirgli di stare zitto. O di aver pazienza.

«Ti sto offrendo la possibilità di ritrovare i tuoi cani, lo vuoi capire o no?» disse acido.

Barnaba non poteva credere a quello che aveva appena sentito.

«I miei cani? Ma che dici? Sai dove sono? Chi li ha presi?»

«Nessuno li ha presi, bifolco! E nessuno gli ha torto un pelo. Ad Amalantrah c'è un detto:

Non c'è mano che li prenda,
non c'è colpo che li stenda,
sono i forti di Petrademone.
Forza, scappa senza remore!

«Loro non si fanno "prendere", sono cani sorveglianti. E sono tuoi, dovresti saperlo.»

Un senso di sollievo si diffuse nel petto di Barnaba sentendo che i cani erano vivi e vegeti. Sotto sotto, aveva sempre saputo che erano speciali, tanto è vero che li chiamava "i miei elfi". Proteggevano la sua casa, la proprietà, i boschi che le circondavano. Il pensiero andò subito al capobranco, Ara. La sua saggezza e la sua forza gli mancavano. Ma per il resto non capiva un accidente di quello che diceva Drogo. Cos'erano i "cani sorveglianti"? E cosa ne sapeva lui di Petrademone?

«Dove sono, allora?»

«Che vuoi che ne sappia!? Sono i tuoi sacchi di pulci, non i miei. Avranno varcato il cancello per provare a fermare i Magri e le deportazioni di cani, ma dubito che questa volta ci riusciranno. L'Ombra che Divora sta tornando. Shulu questa volta fa sul serio» disse con un ghigno. «E ora smettila con tutte queste domande. Tra poco vedrai tu stesso.»

Mise un dito sulla costa di un volume dalla copertina bianca che sembrava del tutto simile ai tanti altri conservati lì dentro e lo tirò fuori. Con un piccolo ghigno beffardo lo aprì: era un contenitore rilegato, una scatola mimetizzata da libro.

«Non te l'aspettavi, eh?» disse l'ex tenente ridendo. «Ma il bello deve ancora venire, te l'assicuro.» Estrasse dal finto libro una pietra tondeggiante color ambra. Aveva una brillantezza innaturale, tanto da luccicare pur nella penombra di quella grande sala.

«Questa è Mohn, la pietra dei Signori delle Porte.»

Mostrò a Barnaba un simbolo scavato sulla superficie liscia.

ᚠ

«Seguimi» gli disse poi il Vecchio.

Barnaba obbedì e raggiunsero insieme una piccola parete in pietra grezza, l'unico spazio libero da libri. L'uomo notò che su una delle pietre sgrossate c'era lo stesso simbolo.

«Sei pronto, Barnaba di Petrademone?»

«A cosa?»

«A varcare il confine tra i mondi.»

Quelle parole restarono a galleggiare nell'aria per un attimo, quindi il Vecchio Drogo poggiò la Mohn contro la pietra che portava lo stesso simbolo. Ci fu una scossa, come un piccolo terremoto. La parete si mise a tremare, a scuotersi e quindi a muoversi. Sotto lo sguardo congelato di Barnaba il muro cominciò a ritirarsi, lasciando intravedere un'apertura. Quando cessò lo stridore delle pietre, Barnaba e Drogo si trovarono di fronte a un varco che dava su una vaporosa coltre di nebbia.

Barnaba non emetteva un suono. Era paralizzato. Incapace di muovere qualsiasi muscolo, persino di respirare.

«Questa è una *sekretan*» spiegò Drogo. «Sono i varchi segreti che gli eletti e i demoni hanno creato nel corso dei secoli per sfuggire al controllo dei Sorveglianti. Ce ne sono decine sparsi tra il nostro mondo e Amalantrah.»

Barnaba si fece coraggio, tirò un respiro profondo e deglutì anche se si sentiva la bocca prosciugata. Provò a penetrare con lo sguardo la nebbiolina di fronte a loro.

«Dove mi stai portando? Dove conduce questo passaggio?»

«Nel primo regno di Amalantrah: la Terra delle Nebbie, che dall'altra parte chiamano Nevelhem.»

Le dita di Miriam tremavano. Gerico se ne accorse e provò a tranquillizzarla facendole scivolare con naturalezza una mano sulla spalla per farle sentire che le era vicino. Frida la incoraggiava con lo sguardo. L'indice e il medio della ragazza erano già dentro la piccola voragine del libro. Sentiva una specie di alito gelido provenire da quella bocca inquietante.

Quando le parve di aver afferrato qualcosa guardò i ragazzi per chiedere la loro approvazione. Loro annuirono e tirò fuori anche lei una pietra. Era blu, un blu intenso color del cielo in autunno, attraversata da piccole vene dorate, come se degli esili fiumi preziosi le scorressero dentro.

I ragazzi la guardarono ammutoliti dallo stupore.

«Che cos'è questo simbolo?» disse poi Gerico.

Andarono alla pagina dei tre segni, ma nessuno di quelli corrispondeva al disegno dorato impresso nella pietra.

$$\text{キ}$$

«Sembra una croce» disse Tommy.

«Non c'è sul libro, che significa?» Frida aveva tradotto in parole la domanda che risuonava nella testa di tutti, ma nessuno aveva la risposta. E il libro taceva.

Miriam stava studiando la pietra, una tensione sempre più forte che le montava dentro.

«L'ho sempre pensato che sei speciale» scherzò Frida con un sorriso caldo e un occhiolino.

Miriam sorrise a sua volta, ma distrattamente. Che cosa la disturbava tanto?

«Quindi noi due siamo inutili, ecco cosa ci sta dicendo il libro!» si finse indignato Gerico per rompere l'atmosfera diventata pesante. «Frida ha il sigillo dei Sorveglianti, Miriam quello del... del mistero, e noi... nemmeno un sassolino! Neanche così, per consolazione. Che ne so: il sigillo dei salumieri!»

Le ragazze risero e Tommy rincarò la dose del fratello. «Ci siamo fatti riconoscere anche stavolta.»

L'aria si era alleggerita, anche se la tensione era ancora lì, in sottofondo. Come un rumore bianco appena percepibile.

«Come useremo queste pietre?» scrisse Miriam.

«Non ne ho la più pallida idea» disse Tommy e gli altri alzarono le spalle a dire che non avevano risposte migliori da dare. «Quando si presenterà il momento, vedremo.»

«Quando ci sarà la nebbia di cui ci hai parlato anche tu, Frida» scrisse ancora Miriam con il gessetto. «Quella della quartina successiva: "Poi quella nebbia aspetta che tutto intorno resti".»

Frida rabbrividì al ricordo di quella notte e della voce che le intimava di non avvicinarsi alla quercia. Allora era stata vicina al cancello, ma non sapeva ancora nulla.

«L'idea di entrare nella nebbia... è davvero inquietante, credetemi» disse la ragazza ai tre amici.

«E cosa vuoi che sia? Vivo da tredici anni con mio fratello, e lo vedo ogni mattina appena sveglio: non può essere peggio» replicò ridendo Tommy. Gerico fece finta di strangolarlo. Sì, i ragazzi erano decisamente su di giri.

Gli amici decisero di mettersi in marcia portandosi qualcosa negli zaini per ogni evenienza, ma non è facile prepararsi a un viaggio verso una terra ignota, così ognuno si regolò in autonomia. Frida non volle separarsi dalla scatola dei momenti, il suo ponte con il ricordo dei genitori, una sorta di cuore esterno sempre a portata di mano, che palpitando teneva in vita la sua famiglia. Miriam fece una doccia e si cambiò finalmente gli abiti umidi. Poi cenarono con panini e patatine fritte. Quando finirono di mangiare, gli orologi in casa segnavano pochi minuti alle dieci. Mancavano ancora circa due ore al momento fatidico.

L'indovinello del *Libro delle Porte* e l'estrazione delle pietre avevano sollevato diverse domande senza risposta. Qual era la chiave per il cancello? Il libro diceva solo di tenerla stretta in pugno.

Anche gli ultimi due versi erano ancora avvolti dal mistero: «Solo allora passa dentro la ferita, che sempre è varco e mai uscita». Alludevano al punto esatto in cui passare? I ragazzi erano convinti di sì perché la cavità laterale della quercia era come uno strappo nella carne legnosa dell'albero. Una ferita inferta dal tempo, appunto. Ma in che senso era un varco e non un'uscita?

«Per me significa che una volta passati da lì dobbiamo scordarci che possiamo tornare indietro» sentenziò Gerico, e questa prospettiva colpì come un pugno lo stomaco di Frida.

«Oppure che quella è l'entrata, mentre l'uscita è un'altra» ipotizzò Tommy notando lo sconforto generale.

Mentre i ragazzi discutevano il tempo passava, ma più lentamente di quello che avrebbero voluto, così un po' alla volta si misero a fare altro.

«Avete notato che quando si aspetta qualcosa le lancette sembrano rallentare?» disse a voce alta Tommy, stravaccato sul divano accanto a Merlino, che si faceva carezzare indolente. Nessuno gli rispose. Gerico e Miriam erano troppo impegnati a duellare in una battaglia navale con carta e matite.

«Questo non è un gioco, è un massacro!» disse il ragazzo, disegnando sul volto della sua rivale un sorriso divertito.

Frida guardava fuori dalla portafinestra. Era preoccupata perché Barnaba non tornava. In effetti, lo zio restava spesso da Cat, ma quella sera lei aveva una brutta sensazione. E poi c'erano Birba, Merlino e Morgana. Si voltò istintivamente a guardarli. Gli angeli custodi della tenuta riposavano placidi e inconsapevoli, ma se avessero attraversato il cancello e a Barnaba fosse successo qualcosa, che ne sarebbe stato di quei tre vecchi border collie?

«È in questo posto che Vanni ha smesso di essere un ragazzo come tutti gli altri ed è diventato... quello che è diventato.» Il Vecchio Drogo era accanto a Barnaba, entrambi immersi in una nebbia azzurrognola così fitta che i loro corpi sembravano essersi dissolti. Tutto attorno gli alberi s'intuivano solo, e sotto i piedi si sentiva un crepitante tappeto di foglie secche.

«Com'è successo?» chiese Barnaba mentre s'inoltravano in quello che aveva tutta l'aria di essere un bosco. Non uno di quelli a cui lui era abituato, però, ma piuttosto una foresta di quelle che si possono incontrare nei sogni. La corteccia e i rami erano bianchi. Candidi e lisci, come se fossero sculture di plastica, di un bianco pallido e vagamente trasparente, tanto che si poteva indovinare la linfa risalire dalle radici ai rami nudi. Era come guardare la pelle diafana di certi bambini che lascia intravedere, in filigrana, l'intreccio bluastro delle vene superficiali.

«Ho scoperto Amalantrah molti anni fa, poco dopo la guerra.» Sputò in terra della saliva, come se persino la parola gli facesse venire l'amaro in bocca. «Roba schifosa, la guerra... Non te la faccio lunga, ma sin da giovane avevo scoperto di possedere il marchio dei Signori delle Porte.»

Barnaba lo guardò interrogativo. Il Vecchio sbuffò e si allargò la camicia per fargli scorgere una specie di tatuaggio sul petto: era lo stesso simbolo che c'era sulla pietra ambrata e sulla parete che si era aperta sotto i suoi occhi.

Drogo si richiuse la camicia e si rimise in ordine – ammesso che i suoi cenci potessero andare d'accordo con il concetto di ordine.

«Andavo avanti e indietro tra i due mondi, senza farmi vedere dai Sorveglianti. Il mio compito era costruire passaggi, creare le porte. I Sorveglianti proteggono le entrate, stanno a guardia dei cancelli per evitare che il Male s'intrufoli nel nostro mondo. Sono i "buoni" loro, i discendenti di Bendur, il primo Sorvegliante» disse in tono seccato.

«Quindi tu saresti il cattivo?»

«Il cattivo? Naaa. I cattivi sono gli adoratori di Shulu, quelli che ad Amalantrah chiamano Urde. Al loro servizio hanno demoni e creature malvage. E hanno un solo scopo: il dominio del Male sui due mondi. Loro vogliono risvegliare l'Ombra che Divora, ecco chi sono i veri cattivi!» Si fermò un attimo, mentre una nuvola passava sul suo volto tutto pieghe e pelle scavata dal tempo.

«Ma se non siete né buoni né cattivi, cosa siete voi?» Barnaba era visibilmente perplesso.

«Siamo quelli di mezzo. Gli eredi di Mohn, il Grande Signore dei Varchi. Il Male e il Bene non c'interessano, facciamo solo il nostro mestiere. È il nostro destino. "A ognuno il suo" si dice, no?»

«E cosa c'entra tuo figlio con tutto questo?»

«Portavo anche lui con me. Non sapevo se avesse il sigillo o meno – il segno compare sulla pelle intorno ai quindici anni, e lui ancora doveva arrivarci – ma intanto veniva con me perché non avevo alternative. Sua madre è morta quando lo ha dato alla luce e ho dovuto tirarlo su tutto da solo.» Non c'erano rammarico o tristezza nella voce rauca del Vecchio: stava semplicemente enunciando dei fatti. Proseguirono a camminare in silenzio per un po', poi lui aggiunse: «Un giorno è comparso un Magro Notturno. L'ha preso e l'ha consegnato agli uomini vuoti. Loro non pensano, non provano nessun sentimento, nessuna pietà. Sono burattini fatali nelle mani degli Urde, sono il loro esercito».

«I vuoti? Stai scherzando?» ribatté incredulo Barnaba. «Intendi quelli della filastrocca? Mia madre me la recitava quando non ubbidivo e voleva farmi spaventare.

Arriviamo, noi uomini vuoti,
lenti e spenti dai posti più remoti.
La testa abbiam piena di paglia,
il vestito di morbida grisaglia.
Voci secche, il nostro mormorio,
come vento che soffia su un pendio.
Ti portiamo di notte o di mattina
nella nostra arida cantina.

«Insomma, è solo una di quelle macabre cantilene che servono a mettere paura ai bambini quando si comportano male.»

Il Vecchio si fermò, ma Barnaba fece ancora qualche passo prima di rendersene conto, poi si arrestò pure lui.

«Filastrocca un accidenti! Ci sono eccome quelle creature maledette e questo bosco ne è pieno. Che possano finire in fumo tutte! Però loro sono solo soldati semplici. Quelli da cui devi guardarti sono quegli schifosi dei Magri Notturni. Fanno rizzare i capelli in testa, credi a me. C'è il demonio dentro di loro. Uno di loro portò Vanni nei loro antri, le loro prigioni. Le chiamano proprio così, le celle dei Magri. Sono riuscito a salvarlo, in un certo senso... ma è successo *qualcosa* laggiù.» Ora si sentiva una rabbia strisciante nelle sue parole.

«Perché l'hanno preso?»

«È una storia lunga. Non c'è tempo adesso e non capiresti» tagliò corto Drogo.

«E non c'è più nulla che tu possa fare per lui?» insistette Barnaba.

«Secondo te, perché ho un dannato kreilgheist nel mio giardino?»

«Non ne ho la minima idea. Io sono ancora convinto che tra un po' mi risveglierò e tutta questa... questa roba finirà per rivelarsi solo un incubo.»

«Non immagini quanto sia reale questo incubo, signore dei cani!» disse stizzito Drogo. «Spero solo che il mio kreilghest faccia a pezzi il Magro Notturno e con il suo cuore...»

Il Vecchio si fermò. C'era improvvisamente qualcosa nell'aria umida di nebbia.

«Cos'è questo suono?» chiese Barnaba.

Il Vecchio Drogo tese l'orecchio. Un brusio portato dal vento pettinava la nebbia intorno a loro. Un bisbiglio lamentoso e soffocato. Poi calò il silenzio.

«Per i dannati quattro regni! Sono loro! Sono gli uomini vuoti. Dobbiamo scappare.»

Mancavano ormai solo quindici minuti alla mezzanotte, e il nervosismo era palpabile. Nemmeno i gemelli scherzavano più. I quattro ragazzi lasciarono il patio per raggiungere il prato. Tommy e Gerico guidavano il gruppetto, entrambi con le fionde in mano, armati per qualsiasi evenienza. Il rombo lontano di un tuono arrivò attutito fino a loro.

Le due amiche si tenevano per mano. L'armatura che Frida aveva indossato il giorno in cui erano scomparsi i suoi genitori aveva ormai squarci profondi e lei stava accettando che la compassione, l'affetto, la fiducia, l'amore entrassero di nuovo nella sua esistenza, anche se a volte si sentiva in colpa perché forse aveva ricominciato a vivere troppo presto.

Le venne in mente la sua frase preferita dal *Mago di Oz*: «I cuori non saranno mai una cosa pratica finché non ne inventeranno di infrangibili». Continuava a pensarlo e a desiderare un cuore del genere, ma forse, per quanto fragili, i cuori umani si potevano rimettere insieme una volta in frantumi.

I ragazzi erano intanto arrivati ai piedi della quercia maestosa. Il cielo era vuoto, senza l'occhio luminoso della luna. Della nebbia nessuna traccia.

«Secondo voi, è normale che ancora non si veda nulla?» chiese Tommy.

«Se ci fosse la nebbia non vedresti nulla lo stesso.» La battuta di Gerico suonò fiacca persino a lui e non riuscì a strappare che un sorriso di circostanza a Miriam.

«Non fa ridere, Gè» disse secco Tommy.

«Nemmeno la tua faccia, eppure ce la proponi di continuo» ribatté il gemello.

«Ti ricordo che è identica alla tua.»

«Ti piacerebbe!»

«Dai, siamo seri: mancano due minuti a mezzanotte» intervenne Frida.

I cani intorno a loro erano placidi. Il tempo scivolava lieve e silenzioso.

A mezzanotte e dieci fu chiaro che qualcosa non aveva funzionato.

«Non vorrei sottolineare il fallimento, ma chi ha detto che era mezzanotte l'orario "in quota"?» disse Gerico puntando gli occhi su Tommy.

«Non mi sembra che tu avessi un'alternativa da proporre» si difese il gemello.

A queste parole Miriam sentì come una scossa. Prese la sua lavagnetta. «Aspettate! Abbiamo fatto un errore» scrisse.

I ragazzi la guardarono con curiosità.

«Che intendi?» le chiese l'amica.

«Non è mezzanotte, l'orario giusto. Sono le tre!» scrisse velocemente, piantando alla fine della frase un punto esclamativo come fosse un colpo di piccone.

«Le tre?» chiesero i ragazzi. Miriam lasciò cadere la lavagnetta e si mise a frugare freneticamente nel suo zaino.

«Ma che sta facendo?» bisbigliò Tommy all'orecchio di Gerico. Lui sollevò le sopracciglia e scosse la testa. Non ne aveva idea.

Alla fine Miriam estrasse un quaderno, strappò con i denti il tappo da una penna e cominciò a far volare la mano sul foglio. La scrittura scorreva sulla pagina in linee sottili e nervose. I ragazzi rimasero in silenzio mentre lei completava la sua opera.

Quando ebbe terminato, il fiato corto per l'eccitazione, consegnò il quaderno a Gerico. Tommy e Frida si sporsero sulla sua spalla per leggere.

«Sono le tre il centro della notte. Quella sarebbe l'"ora del diavolo" perché è l'opposto delle tre del pomeriggio, l'ora dell'ultimo respiro di Gesù sulla croce. Inoltre in tante culture, compresa quella cristiana, le tre del pomeriggio equivalgono al centro della giornata, rappresentata dal sole, mentre le tre della notte sono considerate le ore della luna. E come la luna ha una luce riflessa e falsa, così il diavolo si chiama anche Lucifero nel senso di "portatore di luce", ma di una luce ingannevole. Il cancello si aprirà a quell'ora.»

«Hai ragione, Miriam! Quando quella notte la nebbia si è alzata erano quasi le tre, ora che ci penso» esclamò Frida.

«Accidenti, da dove è uscito questo fenomeno? Farà Holmes di cognome?» scherzò Gerico indicando Miriam. Lei arrossì e Frida la strinse in un abbraccio che sorprese lei per prima: da quanto tempo non abbracciava qualcuno così?

Miriam la guardò negli occhi e le disse il suo muto: «Scusa». Si riferiva alla sua reazione brusca di qualche ora prima, quando la sua amica le aveva raccontato della madre a Villa Bastiani. Frida scosse la testa: quella reazione era stata più che comprensibile.

Barnaba arrancava dietro il Vecchio Drogo. Gli uomini vuoti erano una ventina e gli stavano dando la caccia. Erano alti e sbilenchi come spaventapasseri, con la faccia rosso sangue e una testa enorme da cui fuoriusciva della paglia. Indossavano laceri vestiti grigi (ecco la "grisaglia" della filastrocca) e nelle loro mani scheletriche luccicava qualcosa di metallico.

Ansimando, il Vecchio disse: «Stai lontano dai loro falcetti, sono avvelenati. Basta un graffio e il tuo sangue comincia a marcire».

Non era una bella prospettiva, in effetti. Barnaba li sentiva avvicinarsi – gli uomini vuoti non correvano, ma avevano lunghe gambe e sapevano come muoversi dentro la nebbia, mentre lui era rallentato dal passo infermo di Drogo. Quello che lo spaventava più di ogni altra cosa, però, era il suono che emettevano, una specie di rantolo che gorgogliava dalla profondità di quei corpi disumani. Un respiro di morte.

«Dobbiamo raggiungere il passaggio da cui siamo arrivati» lo esortò l'ex tenente.

«Sono più veloci di noi, ci prenderanno» disse senza rallentare Barnaba, che stringeva forte il braccio ossuto di Drogo.

«Già. Ho un'idea. Fermiamoci qui dietro.»

Drogo poteva avere ragione. Uno degli alberi bianchi aveva un tronco più largo degli altri. Non che fosse esattamente un buon nascondiglio, ma era sempre meglio di quelli attorno, che erano striminziti.

«Cosa vorranno da noi?» chiese Barnaba, che non si faceva illusioni sulle loro intenzioni poco pacifiche.

«Qualcuno ci ha spiati e li ha mandati qui» disse Drogo ansimando per la stanchezza. «Ma non stanno cercando "noi", sicuro come la notte viene dopo il giorno.»

«Cercano solo me, allora?»

«Puoi giurarci. Guarda, stanno arrivando.»

Barnaba fece capolino da dietro l'albero, e subito sentì un colpo fortissimo alla nuca. Con lo sguardo che si sfocava si voltò verso Drogo e lo vide con una pietra in mano.

«Scusami, amico, niente di personale. Ma così almeno salvo la mia pellaccia» gracchiò il Vecchio. Poi gettò l'arma improvvisata a terra e cominciò a scappare. Pochi secondi e la nebbia l'aveva già inghiottito.

Barnaba fece appello a tutte le sue forze, ma la testa gli girava, si sentiva le gambe deboli e un rivolo di sangue che gli scorreva lungo il collo, sotto gli abiti. Si mosse lentamente, troppo lentamente. Inciampò e si ritrovò a terra. Alzando la testa vide che il vecchio traditore aveva ragione: le creature malefiche puntavano dritte su di lui, nessuna si era staccata dal gruppo per andare dietro l'ex tenente.

Riuscì a rimettersi in piedi e riprese a camminare, ma la vista sfocata e la nebbia lo disorientavano, senza parlare del fatto che non sapeva dove stava andando. Fuggiva e basta, come un automa. Guardandosi alle spalle notò che gli uomini vuoti avanzavano compatti e senza fretta, sicuri di averlo in pugno.

Si fermò un attimo e si guardò intorno in cerca di un indizio, di uno spunto qualunque per farsi venire qualche idea. Non poteva continuare a camminare alla cieca: era stremato, la testa sembrava volesse esplodergli da un momento all'altro per il male, le gambe erano dure come legno per la fatica troppo protratta. E poi da quanto tempo non mangiava? La mancanza di cibo lo stava mandando in tilt. Un sorriso isterico gli salì sulla superficie delle labbra: che fine orribile morire in quel posto assurdo, nascosto dietro una parete. Nessuno lo avrebbe mai trovato, nessuno avrebbe avuto una tomba su cui piangerlo.

All'improvviso, però, si riebbe da quei pensieri cupi perché gli venne in mente una parola: Cat. Sua moglie. Doveva tornare da lei. Riprese a correre con tutta la disperazione del suo amore.

I ragazzi erano tornati dentro casa e stavano cercando di riposare. Se Miriam aveva ragione, avrebbero avuto ancora due ore e mezza prima che il passaggio si aprisse. La stanchezza li ghermì improvvisamente, come un rapace dal cielo. Tommy, da pragmatico qual era, prese la sveglia dal comodino di Barnaba e la piazzò sulla tavola da pranzo. Gli amici si sistemarono sul divano e sulle poltrone per schiacciare un pisolino, gli occhi che già si chiudevano per la stanchezza e l'allentamento della tensione.

«Non vogliamo rischiare di perdere il treno, vero?» il ragazzo disse agli altri, puntando la suoneria. In effetti, il rischio di essere risucchiati in un sonno profondo era concreto.

Purtroppo, stava per accadere qualcosa che avrebbe reso inutile quella premura.

All'1:42 i quattro amici erano addormentati, cullati dal ticchettio combinato della pendola e della piccola sveglia sul tavolo. I cani, acciambellati ai loro piedi, ronfavano incoscienti.

D'improvviso le nuvole ammassate nel cielo furono scosse da un fremito. Si alzò il vento. Un vento che, come un bambino dispettoso, cominciò a spettinare i fili d'erba del prato e la chioma scura della quercia. In breve correva dappertutto, gioioso e sempre più gonfio, sempre più rumoroso, sempre più audace. Arrivò fin dentro il casottino delle cianfrusaglie, dove qualche ora prima i ragazzi avevano mandato in mille pezzi il primo specchio.

In mezzo a tutta quella roba ammassata, i quattro amici non avevano notato la presenza di un oggetto a cui avrebbero dovuto prestare, invece, molta attenzione. Sotto un lenzuolo scuro di cotone leggero c'era, infatti, un altro specchio.

Un soffio più vigoroso degli altri fece gonfiare quel telo sottile, che scivolò sul pavimento in un delicato fruscio. Lo specchio era libero. La strada per il Male si era improvvisamente spalancata.

IL MAGRO NOTTURNO

Miriam stava facendo lo stesso incubo che la tormentava da tempo. Una caverna scura e immensa. Un'ombra spaventosa che aveva occhi e fauci, e che si agitava per uscirne. Un macigno gigantesco a bloccare l'uscita, rumore di catene.

Questa volta, però, nel sogno c'era qualcosa di diverso. La ragazza vedeva anche la pietra che aveva estratto dal libro. Le tremava fra le mani mentre diventava caldissima.

Miriam era accanto a un albero maestoso, al centro di un isolotto contornato da acque così calme da essere putride. L'albero era color cenere, con radici enormi che si gonfiavano sul terreno, e così alto che non se ne vedeva la fine. Quando un vento leggero ne agitava le foglie non si sentiva un fruscio, ma un coro di voci. Le foglie ripetevano in continuazione lo stesso suono, o quella che poteva sembrare una parola: «Calaaaaaaa».

Gli occhi puntati alla sommità della pianta, Miriam

seppe con crescente terrore che l'Ombra stava uscendo dalla caverna.

Barnaba non riusciva più a correre, aveva esaurito anche l'ultimo briciolo di energia. In qualche modo avrebbe dovuto affrontare i suoi inseguitori. La nebbia si stava diradando e le loro figure erano leggermente più nitide. E questo non era un bene. Ora che riusciva a distinguerli meglio, gli uomini vuoti gli apparivano ancora più spaventosi.

Provò a spezzare il ramo di uno di quegli strani alberi bianchi, ma era impossibile. Si guardò intorno e tra le foglie cadute riconobbe una specie di bastone. Quando lo afferrò si accorse però che era simile a un tralcio, un intreccio di rampicanti nodoso e lignificato. Era flessibile, ma piuttosto robusto. Non un granché, però ormai la fuga era impossibile: meglio utilizzare le energie residue per combattere.

Gli uomini vuoti erano ora di fronte a lui, a pochissimi metri, tanto che Barnaba poté notare il buio profondo nelle orbite. I loro occhi erano lo specchio oscuro della loro dannazione, e quel rantolo disumano il loro respiro. Dei falcetti spuntavano tra le nocche del medio e dell'anulare. Ricordando l'avvertimento del Vecchio Drogo, Barnaba si mise ad agitare il suo tralcio per tenerli a distanza.

Inutile. Il primo avanzò verso di lui con passo ciondolante e un'espressione assente. Barnaba lo colpì in pieno volto, facendolo indietreggiare. Gli altri intanto lo avevano circondato, e quando lui colpì il primo il coro del brusio aumentò di intensità. Poi l'uomo vuoto si avvicinò ancora. Questa volta Barnaba lo colpì sulle gambe sottili e lo fece crollare a terra. Approfittando della posizione di vantaggio, pestò la testa della creatura con tutta la forza che gli restava in corpo. Con sua immensa sorpresa sentì il piede affondare nella testa di paglia color sangue. Pochi istanti dopo, l'uomo vuoto cominciò a vaporizzarsi. Barnaba non ebbe tempo di riflettere, che altri due gli furono addosso. Riuscì a colpirne uno al collo e l'altro sulla mano – che era fatta solo di ossa, come quella di uno scheletro – poi prese a menare furiosamente fendenti a casaccio. Quando i suoi aggressori cadevano al suolo, lui li finiva con un calcio ben assestato alle teste di paglia. E la facilità di quell'annientamento per un po' lo convinse di potercela fare.

Presto, però, capì che si sbagliava. La loro forza non era nel singolo, ma nel numero. Per quanti ne mandasse in fumo, altri ne arrivavano. All'inizio aveva calcolato che fossero una ventina, invece sicuramente erano più di cinquanta, forse cento. I muscoli gli dolevano, le energie fisiche non riuscivano a tenere il passo con la sua furia disperata. Urlava e colpiva, urlava e schiacciava, urlava e combatteva, ma quelli erano ancora lì. E in più di un'occasione i loro falcetti gli avevano sfiorato la faccia, la pelle.

«Basta, avete vinto voi» si arrese infine con un filo di voce e il respiro rotto dalla fatica. S'inginocchiò a terra con la testa china, pronto a ricevere la morte per mano di quelle creature. «Ti amo, Cat.»

Le sue parole galleggiarono nell'aria mentre i vuoti lo circondavano. E poi si fermarono. Il colpo di grazia non arrivò. Quegli esseri stavano immobili come se aspettassero qualcosa. E così fu.

Sopra di loro aleggiò una voce aspra e potente.

«Lo voglio vivo.»

Barnaba alzò di scatto la testa: quella voce gli suonava familiare, eppure all'inizio non la riconobbe. Vedeva solo gli uomini vuoti chiusi a muro attorno a lui. Poi capì. Astrid.

Mani ossute lo afferrarono e iniziarono a trascinarlo via. Non ebbe il tempo di capire dove lo stessero portando perché si sentì venire meno definitivamente le forze, ebbe un violento giramento di testa e svenne.

«Cosa è stato?» Gerico si svegliò di soprassalto. Tutt'intorno c'era la pace della casa sprofondata nel sonno: che cosa l'aveva infastidito, quindi? Il fratello era accanto a lui sul divano, la testa sul braccio, mentre le ragazze dormivano sulle poltrone. Miriam sembrava agitata, scossa da piccoli tremiti.

Merlino guardava fuori, ringhiando. Era stato lui a svegliare Gerico, mentre Morgana e Birba alzarono la testa non appena il ragazzo si mise a sedere. Lui si stropicciò gli occhi e guardò la sveglia. Segnava l'1:50, mancava ancora poco più di un'ora all'apertura del cancello. O no? Si alzò e andò alla portafinestra, da Merlino.

«Che c'è? Questo vento rompe, eh?» gli disse accarezzandogli la testa.

In effetti, il vento era cresciuto ancora e adesso non pareva più un bambino iperattivo che scorrazzasse ovunque, ma aveva un soffio adulto e polmoni forti. I rami della quercia si stavano contorcendo con ruvidi scricchiolii.

«Vado a prendere un bicchiere d'acqua, vuoi bere anche tu?» chiese al vecchio border collie con la voce biascicante per il sonno. Si sentiva la faccia tutta pieghe.

Si stava avviando verso la cucina quando il cane cominciò ad abbaiare, e Birba e Morgana non si fecero pregare per unirsi al coro.

Miriam, Tommy e Frida furono scaraventati fuori dai sogni vispi come bradipi sotto ipnosi. Ci fu un momento di sospensione, di strana quiete, in cui si guardarono tra di loro. Poi, prima ancora di poter realizzare cosa stava succedendo, gli artigli lunghi e nodosi del Magro Notturno entrarono in casa facendo esplodere i vetri della portafinestra. La sua non-faccia bianca fu inquadrata nel telaio di legno, dove brandelli appuntiti di vetro erano rimasti attaccati ostinatamente come denti trasparenti.

Il demone cacciò un urlo metallico e disumano, qualcosa di simile alla frenata di un treno mescolata al barrito di un elefante. Un suono non di questo mondo.

Il sangue nelle vene dei ragazzi precipitò subito sotto zero. Erano pietrificati dal panico. Poi al verso terrificante della creatura gigantesca risposero con grida acute di paura.

Anche i cani saltarono indietro. Gerico, che era il più vicino al Magro, cadde a terra rovinosamente. Un pezzo di vetro doveva essergli schizzato sulla fronte, che sanguinava vistosamente. Ma non c'era tempo per bloccare l'emorragia, dovevano fuggire.

I tre cani, dopo l'iniziale spavento, si erano schierati davanti alla portafinestra sfondata come un piccolo esercito armato di latrati e denti, per quanto non più vigorosi come un tempo. Il Magro Notturno entrò in casa quasi senza curarsi di loro. Era così sproporzionato in altezza che doveva tenere piegate le spalle per non sbattere la testa contro il soffitto: pareva una pantera nella tana di un coniglio. Non aveva occhi, non aveva espressione, non aveva orecchi: era impossibile sapere se vedesse o sentisse qualcosa. Quella creatura era un abisso.

I ragazzi approfittarono della sua momentanea fissità per correre come fulmini urlanti verso le scale del piano superiore. Fuggivano alla disperata, senza una destinazione precisa, senza un piano. Alimentati solo dal desiderio di mettere quanta più distanza possibile tra loro e l'inseguitore.

Il Magro alla fine spalancò quel taglio orizzontale che aveva per bocca e urlò di nuovo. Mobili e vetri tremarono per lo spostamento d'aria.

I border collie latrarono e si ritirarono contro il muro. La creatura allargò le lunghissime braccia e buttò a terra tutto ciò che si trovava nel loro raggio d'azione. I preziosi ninnoli canini di zia Cat precipitarono in tanti piccoli schianti.

Il Magro si mosse poi verso le scale. Merlino scattò avanti e con le fauci spalancate lo attaccò alle caviglie. La creatura si piegò leggermente e con una mano afferrò il povero cane per il collo. Lo sollevò come se fosse una foglia secca, lo scrollò con forza e lo gettò via. Il volo fu breve, ma la collisione contro la parete vicino al camino produsse un rumore crepitante di ossa e un guaito di dolore che Frida avvertì fino al piano di sopra.

La ragazza si fermò.

«I cani!» gridò disperata.

Stava per tornare indietro, ma Tommy la fermò. «Sei impazzita, quel coso ci massacra tutti... Andiamo!» Nella voce del ragazzo c'erano paura, affanno, tormento, tensione.

Il «No!» di Frida fu lo strappo di dolore che avvertì nel suo cuore già ferito.

Merlino, Birba e Morgana erano rimasti giù per combattere una battaglia persa in partenza, ma almeno stavano dando ai quattro ragazzi la possibilità di guadagnare tempo.

Ogni passo del Magro divorava più terreno che dieci passi umani e il mostro era già sulle scale. Morgana e Birba gli si misero alle calcagna come avrebbero fatto con delle pecore riottose che non volessero tornare nel recinto, solo che quella non era una pecora: aveva già messo fuori combattimento Merlino con una facilità sconcertante.

I ragazzi passarono attraverso la finestra del bagno nella stanza di Frida e raggiunsero il tetto. Camminavano sulle tegole facendo molta attenzione. Un passo falso e avrebbero sperimentato sulla loro pelle la legge di gravità: un volo di diversi metri fino al terreno sottostante.

Il Magro provò a liberarsi delle due border collie ma, nonostante l'età, loro erano abbastanza agili da schivare i suoi artigli, e la creatura malefica cercava inutilmente di scacciarle come fossero mosche.

Arrivato in cima alle scale, l'essere si fermò per capire dove andare. Aprì la bocca e ne uscirono tanti minuscoli insetti, simili a zanzare piccole e silenziose. Quella formazione alata si mosse nell'aria e si diresse verso la stanza di Frida. Il demone seguì i suoi esploratori.

Sul tetto, intanto, i ragazzi si muovevano come equilibristi alle prime armi su una fune tesa fra la paura di cadere e quella di essere afferrati dal mostro.

«Dove sarà?» disse bisbigliando Frida, che seguiva Miriam e precedeva i due ragazzi in una malferma fila indiana.

«Non si vede» rispose secco Tommy, guardandosi indietro.

«Cerchiamo di arrivare alla scala lì in fondo.» Frida si riferiva alla scala in legno costruita da Barnaba, che proprio un paio di giorni prima era servita a suo zio per rimettere nel nido un uccellino caduto dal sottotetto.

Erano ormai a pochi passi dalla meta, quando Gerico, che chiudeva la fila, avvertì intorno al volto un nugolo di insettini fastidiosi.

«Che diavolo...» Non fece in tempo a finire la frase che dalla finestra spuntarono la faccia vuota e il corpo disumano del Magro. Con le braccia lunghissime si arpionò alle tegole e uscì anche lui sul tetto. In piedi nella notte ventosa, era terrificante vederlo in tutta la sua altezza, e quelle dita infinite sembravano poter afferrare qualsiasi cosa senza lasciare scampo.

«Sbrigati, sbrigati!» Frida strillò verso Miriam, che metteva un piede dopo l'altro sui pioli grezzi, ma solidi, della scala. Gerico e Tommy combattevano con la piccola nuvola di insetti che ormai aveva avvolto entrambi e intanto cercavano di non perdere l'equilibrio.

Il demone si muoveva con relativa agilità sul tetto spiovente. Le sue movenze erano liquide e ipnotiche, come quelle di un gigantesco serpente in procinto di attaccare. Quando Miriam toccò terra, Frida scese più spedita e Tommy iniziò la discesa. Le dita scheletriche del Magro erano a poco più di due metri da Gerico quando anche lui raggiunse la scala e cominciò a scendere. Dal basso, Frida e Tommy lo incitavano con voci rotte dalla paura. Miriam gesticolava freneticamente.

Gerico procedeva il più velocemente possibile, ma ormai il Magro lo aveva quasi raggiunto. Quando il suo dito, della forma e della consistenza di un ramo contorto, gli sfiorò la spalla, il ragazzo perse l'equilibrio e precipitò sul prato.

Per fortuna l'erba era distante solo un metro e mezzo, eppure l'atterraggio gli inflisse una stilettata di dolore alla gamba destra. Gli altri lo aiutarono a tirarsi su e insieme corsero verso il Passetto delle more. Gerico zoppicava vistosamente, eppure tenne l'andatura.

Morgana e Birba aspettavano il Magro sotto la scala. Avevano fatto il giro della casa per appostarsi lì e rallentare di nuovo la strada di quel malefico intruso. Il Magro cacciò un altro stridio che lacerò la notte, però i cani questa volta non arretrarono, anzi, si misero appiattiti al suolo, ma con il quarto posteriore più sollevato. La tipica posa da combattimento.

Quando il mostro toccò terra sciabolò un lungo arto che per poco non staccò di netto la testa a Birba. La border guizzò indietro, ma l'artiglio dovette comunque graffiarle la cornea, visto che cominciò a guaire e un rivolo di sangue prese a scorrere giù dall'orbita ferita.

Intanto Frida stava conducendo i suoi tre amici verso i box dei cani, che si ergevano freddi e vuoti proprio nei pressi del Passetto. Considerarono se attraversarlo, ma avrebbero perso secondi preziosi per aprirlo o scavalcarlo e poi si sarebbero ritrovati nello spazio aperto della proprietà Bonifaci. Di sicuro non sarebbe stata una scelta saggia.

Corsero quindi a nascondersi tra i box, nel passaggio angusto tra quelli che una volta erano destinati alle due cagnoline rosse: Marian e Mirtilla. In piedi contro i muri, cercavano di fare il minor rumore possibile e speravano nella notte.

Il Magro era vicino.

«Non respirate!» bisbigliò appena Tommy.

Il demone si muoveva piano. Cacciava senza fretta, come se stesse facendo un gioco divertente. Gerico si sporse un po' oltre il bordo del nascondiglio e lo vide aggirarsi nel piccolo piazzale tra i box.

«È cieco» il ragazzo sussurrò con una punta di esultanza.

«Ne sei sicuro?» chiese Tommy.

«Sì, non vede un bel niente. Si muove con l'udito.»

«E come fa a...?» chiese Frida. Prima di poter completare la domanda, il nugolo di insetti si avviò nella loro direzione. Il Magro, che sembrava unito a loro da un filo invisibile, si voltò dalla stessa parte.

«Grazie a quei maledetti moscerini! Vede attraverso di loro» disse ancora Gerico.

«Dobbiamo trovare un modo per liberarcene» gli tenne bordone il gemello.

I piccoli insetti adesso erano tutti intorno ai ragazzi: il Magro li aveva individuati.

«Scappiamo!» gridò Tommy. Prese lui la testa del gruppo, afferrò la mano di Miriam e la trascinò via; seguivano Frida e Gerico.

Accanto al pozzo c'era parcheggiato il camper di Barnaba.

«Lì sotto!» ordinò Tommy.

I ragazzi si gettarono sul prato e scivolarono sotto la piccola casa su ruote. La distanza tra il pianale e l'erba era di pochi centimetri, occorreva schiacciarsi a terra. La situazione era claustrofobica, eppure funzionò.

Gli insetti sciamarono qua e là spaesati, come se li avessero persi di vista. Il demone urlò di frustrazione e di rabbia, e con una violenta manata incise uno squarcio profondo in uno dei box. La sua forza era talmente impressionante e sovrumana che Frida dovette premersi entrambe le mani sulla bocca per impedire che la paura esplodesse in un grido. Accanto a lei i ragazzi respiravano il più silenziosamente possibile. Sul prato il mostro era in ascolto: i suoi piccoli occhi volanti erano a caccia.

Frida si mise silenziosamente una mano in tasca, chiuse gli occhi e strinse in pugno la pietra Bendur, quella con il sigillo dei Sorveglianti. La serrava così forte che le parve di sentire un cuore pulsarvi all'interno. Dopo qualche secondo provò a riaprire le palpebre, ma non ci riuscì: erano come incollate. Eppure lei non aveva paura, il calore e il battito della pietra tra le sue dita la tranquillizzavano.

In quel momento avvenne qualcosa di magico. Davanti agli occhi strabuzzati di Miriam e dei gemelli, si accesero sul prato mille piccole luci giallo chiaro. Erano gocce luminescenti, prime prove dello spettacolo più grande che sarebbe andato in scena di lì a qualche secondo. In breve tempo l'intera zona erbosa intorno al camper baluginò di infinite lucciole. La loro era una danza morbida e delicata, come una pioggia al contrario che dal terreno risalisse verso l'aria.

E non era solo un colpo d'occhio da favola, si rivelò anche un provvidenziale aiuto. Le lucciole, infatti, attaccarono i minuscoli insetti-guida del Magro Notturno e li polverizzarono. Fu la battaglia veloce e inesorabile di un'insperata cavalleria.

Appena Frida poté schiudere gli occhi dovette anche aprire la mano. Il simbolo di Bendur era diventato incandescente e le stava bruciando il palmo: quel disegno non era più un'incisione nera, ma un marchio doloroso come un tatuaggio di fuoco.

«È stata la pietra...» sussurrò la ragazza.

Gli amici capirono. Frida e la sua pietra avevano richiamato in loro aiuto quegli insetti luminescenti che ora stavano abbagliando l'orribile creatura delle tenebre.

Il Magro brancolava senza i suoi insetti-guida, e i ragazzi ne approfittarono per uscire allo scoperto. Erano vicinissimi al mostro, ne potevano sentire il respiro rantolante e l'odore di fango e piante marce.

Si mossero alle sue spalle, silenziosi grazie alla sofficità del prato che ammutoliva i loro passi, poi sfrecciarono verso la villa. Dovevano recuperare i loro zaini e soprattutto il libro.

«Speriamo che non abbia altri insetti di scorta» disse Gerico con il fiato grosso mentre rientravano in casa.

Merlino respirava a fatica, e si vedeva che soffriva. Frida, inginocchiata accanto a lui, il volto rigato da caldi torrenti di lacrime. Il suo amato Merlino la stava lasciando, lo schianto contro la parete aveva dato al suo vecchio corpo un colpo fatale. La ragazza sentì montarle dentro una rabbia furiosa. Odiava il Magro, ma soprattutto odiava Astrid.

"Se avessi saputo prima chi era in realtà" pensò la sua parte più selvaggia, "le avrei piantato un paletto nel cuore mentre dormiva nella camera accanto."

La mano di Miriam sulla spalla la riportò alla realtà, riscuotendola da quei pensieri di vendetta. La ragazza non dovette scrivere nulla sulla lavagnetta, l'espressione sul suo volto era più eloquente di mille parole. Compassione, dolore, vicinanza, affetto... tutto pareva scritto lì a caratteri cubitali.

Anche Tommy e Gerico si avvicinarono a lei, si misero in ginocchio e accarezzarono il vecchio cane. Era il loro modo di salutarlo.

«Buon viaggio, dolce Merlino.» Le parole di Frida erano zuppe di lacrime.

Il border collie alzò a fatica la testa, puntò i suoi occhi, già velati, sulla ragazza e forse riuscì a vederla. Poi adagiò il capo sul pavimento e respirò per l'ultima volta.

LA STRATEGIA
DEL GAMBERO PISTOLA

«Dobbiamo andare, Frida. Mi dispiace.» Tommy dovette scuotere l'amica da quel doloroso addio.

Si rimisero in piedi e la ragazza si asciugò le lacrime. Gerico andò alla finestra per vedere se il Magro stesse arrivando: per il momento il campo era libero. Nessuna minaccia dal prato.

Tommy infilò il libro nella sua sacca e tutti si misero gli zaini in spalla. I gemelli e Frida tirarono fuori le fionde.

«Cosa facciamo?» scrisse Miriam sulla sua inseparabile lavagnetta.

«Non possiamo restare qui, fra mezz'ora saranno le tre» rispose Tommy.

«Nascondiamoci nel camper, saremo più vicini all'albero» propose Frida.

Gli amici si stavano mettendo d'accordo, quando un rumore li fece trasalire. Proveniva dal salone biblioteca di Barnaba, che comunicava con la sala da pranzo dove si trovavano in quel momento. Si guardarono impietriti dal terrore.

Da dietro l'angolo spuntò un muso peloso. Era Birba, che arrancò verso di loro. L'occhio sinistro era una fessura e il sangue rappreso le imbrattava il pelo tutto intorno. Frida sentì un altro pugno nello stomaco. Subito dietro sbucò Morgana, che fortunatamente non sembrava ferita.

«Non possiamo portarle con noi?» implorò Frida.

«No, dai...» sussurrò Gerico.

«Ha ragione, Frida, è impossibile. Non sappiamo cosa ci aspetta dall'altra parte... Sempre ammesso che riusciamo a oltrepassare il cancello» aggiunse Tommy.

«Apriamo per loro il Passetto, almeno saranno libere di scappare se Barnaba non dovesse tornare in tempo...» scrisse Miriam, lasciando volutamente la frase in sospeso.

«Sì, facciamo così» concordò Frida. Poi, rivolgendosi alle due cagnoline: «Su, venite con noi». Le due border la seguirono mentre si dirigeva verso il retro della casa, in biblioteca. «Passiamo dalla porta posteriore» disse ai ragazzi.

Dopo aver controllato che ci fosse via libera, uscirono cauti sul patio. Del Magro nessuna traccia.

Scesero i gradini e si ritrovarono di fronte ai box. Svoltarono sulla destra e corsero fino al Passetto. Frida lo aprì veloce, ma i cani non accennarono ad attraversarlo. Birba pareva proprio in pessime condizioni.

Vedendo l'esitazione dei cani, Tommy si voltò verso gli amici e riassunse per tutti la posta in gioco. «Ora è il momento di decidere. Possiamo scappare anche noi da qui e dimenticarci di tutto, oppure richiudere questo passaggio dietro Birba e Morgana e aspettare che arrivi la nebbia e si apra il cancello. Da quel momento, però, non torneremo più indietro.»

«Io non abbandono Pipirit» disse Gerico senza pensarci due volte.

«E io non abbandono i cani di Barnaba» aggiunse Frida, ma avrebbe voluto dire che per lei quel viaggio significava molto di più. Una volta zia Cat si era chiesta se ci fosse un posto dove l'impossibile è possibile.

«Io non vi abbandono e non voglio mai più rivedere mia...» Miriam cancellò "mia" e riscrisse: «quella strega».

Era dunque deciso: avrebbero affrontato il viaggio. Erano esausti e spaventati, ma erano andati troppo avanti per fermarsi e tornare indietro proprio adesso.

Ora il problema era convincere le due border collie a scappare nell'altra proprietà, che non era recintata e quindi offriva loro più vie di fuga.

«Salite sul camper, vi raggiungo subito. Se ci muoviamo tutti insieme come un gregge non si separeranno mai da noi: sono cani da pastore, in fondo» disse Frida.

«Non possiamo lasciarti sola» obiettò Tommy. «Starò io con te, voi andate» disse a Miriam e al fratello.

Frida estrasse da una tasca le chiavi del camper, che aveva recuperato in casa prima di uscire, e le lanciò a Gerico. Lui e Miriam si avviarono circospetti verso il caravan mentre Tommy si metteva di guardia per coprire le spalle a Frida. Il Magro era ancora nei paraggi, di questo era certo.

Frida si abbassò per guardare i cani negli occhi. Sentiva un pugnale piantato nel petto: quello poteva essere un altro addio.

«Dovete andare a cercare Barnaba. Siete due vecchiette in gamba, lo so che ve la caverete» fece la ragazza, abbozzando un sorriso. In realtà non ne era così sicura. Le accarezzò entrambe e si lasciò leccare dalle loro lingue affettuose. Aveva persino l'impressione di vedere delle lacrime fremere davanti alle loro pupille. Poi si rimise in piedi. «Andate, ora!»

Le parole di Frida, chissà come, erano state tradotte nel linguaggio canino e le due border le obbedirono. Prima di scomparire nel grande prato oltre il Passetto, però, Birba si voltò verso di lei e le rivolse un saluto triste. Frida capì che quella sarebbe stata l'ultima volta che si sarebbero guardate negli occhi. Poi la cagnolina scoccò un abbaio secco, si voltò verso la strada davanti a sé e raggiunse Morgana che stava già allontanandosi.

La ragazza si sentì di nuovo strappata da un affetto. Il dolore della perdita stava diventando una consuetudine amara della sua esistenza. Fu in quel momento che una voce dentro la testa le disse: *Non fermarti, Frida*. Ne fu scossa. Era una voce che non aveva un tratto femminile o maschile, era semplicemente un suono. Ma lei non si sarebbe fermata, non ne aveva nessuna intenzione.

Nel camper si sentivano accalcati ma protetti. Ora che anche Tommy e Frida erano riusciti a entrare, sgattaiolando silenziosi dalla parte più oscura del prato, avevano l'impressione di essere in una tana. Certo, all'occasione una tana poteva trasformarsi in una trappola confezionata su misura.

«Ora so come si sente un tonno in scatola» mormorò Gerico. «Se ci trova qui dentro, il Magro deve solo mettersi il tovagliolo. *Prêt à manger!*»

Miriam gli diede una spinta nervosa. Erano quasi al buio e parlavano sottovoce. Dalla cuccetta su cui si erano raggomitolati guardavano il meno possibile fuori dal finestrone in plastica, ma dovettero farlo quando un urlo agghiacciante scivolò sul prato per arrivare fino a loro.

«Viene dal pozzo.» La voce di Tommy ebbe un tremito.

Tutti e quattro sbirciarono fuori. La luce di un lampione rischiarava la zona in cui il Magro stazionava. Era ancora più inquietante quando non si muoveva.

«Ma che sta facendo?» chiese Frida dopo un po'.

Nessuno le rispose. Nessuno sapeva cosa dire.

«Forse sta semplicemente aspettando» disse infine Tommy.

«Tra dieci minuti dovrebbe aprirsi il cancello» disse Frida.

«E come facciamo ad arrivare all'albero, con quel maledetto lì vicino?» La domanda di Gerico era sacrosanta: il Magro montava la guardia tra il camper e la quercia.

I ragazzi rimasero ad aspettare, mentre i loro cuori battevano pesanti come metronomi.

La nebbia spuntò senza preavviso. Avanzò dai margini della tenuta, dove c'era il cancello malconcio, come se sapesse che quella era l'entrata e rispettasse la naturale conformazione della proprietà. I ragazzi la guardarono con una stretta allo stomaco.

«Miriam aveva ragione. Sono quasi le tre ed ecco la nebbia!» disse lapidario Gerico.

Frida, invece, fu catturata da un'altra visione. Sulla cuccetta singola di fronte a quella matrimoniale c'era un piccolo cuscino quadrato. Sopra c'era disegnata una grossa aragosta fra le scritte FRESH SEAFOOD (frutti di mare freschi) e TODAY'S CATCH (pescato del giorno). Un'altra scritta, in caratteri eleganti, precisava: FOR LOBSTERS AND SHRIMPS LOVERS (per amanti delle aragoste e dei gamberi).

Il cuscino doveva essere stato comprato da zia Cat in una trasferta americana. Sì, quello era il tipico oggetto che puoi trovare solo negli Stati Uniti. Ma non era questo il punto. Fu il ricordo che scatenò, a rivelarsi importante. Frida lo aveva annotato su uno dei fogli più grandi nella scatola dei momenti.

Non dimenticare quella volta che il papà ti portò nel suo laboratorio. Era poco prima di Pasqua e tu avevi otto anni. Non dimenticare l'odore di chiuso della stanza e quel disordine che alla mamma faceva venire il mal di testa. Non dimenticare quando il papà ti mostrò la meraviglia nell'acquario. Il gambero pistola. Non dimenticare la tua reazione quando il papà ti disse: «Non aver paura adesso». E tu che ti stringevi a lui senza sapere perché, ma ogni scusa era buona per stargli così attacca-ta. Non dimenticare quando dal buco di una piccola ca-verna, nell'acquario, uscì quel piccolo gambero deforme, con una chela molto più grande dell'altra. Fu quella che spalancò e poi fece scattare con potenza. Non dimentica-re il balzo che fece il tuo cuore per il rumore fortissimo. Pareva proprio uno sparo di pistola, una detonazione im-prevedibile che stordì il pesce di fronte a lui. Non dimen-ticare le parole di tuo padre: «È così che mangia questo gamberetto. Tramortisce le sue prede con l'onda d'urto che produce la chela. La sua arma è quel rumore». Non dimenticare l'ondata d'amore che sentisti per lui. Sape-va così tante cose e non vedeva l'ora di raccontartele!

Frida non aveva dimenticato. L'arma di quel gambero era il rumore. E ora le balenò un'idea nel cervello: avreb-be usato anche lei la strategia di quel bizzarro animalet-to. Guardò fuori: la nebbia aveva quasi finito di bendare il prato, non c'era più un secondo da perdere.

«Tommy, ascolta. Io ora esco...»

«Ma che, sei impazzita?»

«Fammi finire. Ho un'idea, funzionerà. Io esco e attiro quel maledetto qui vicino al camper. Tu mettiti al volan-te. Appena ti faccio un segnale suona il clacson più forte che puoi. Al resto penserò io.»

«Al resto penserai tu?! Chi sei, Rambo e Terminator fusi insieme?» fece Gerico.

Protestarono tutti. Non capivano cosa volesse fare, e comunque non volevano lasciarglielo fare. Cercarono di dissuaderla. Non ci fu verso.

«O così o non riusciremo mai a passare. La nebbia sta salendo in fretta e il cancello si chiuderà presto. Dam-mi la tua fionda speciale, Gè. Fidatevi di me» disse riso-luta. Non si era mai sentita così viva e pronta come in quel momento. Si ritrovò a pensare che in certi momenti della vita è l'odio il motore che ti muove e ti fa andare avanti, non l'amore.

Scese i gradini del camper fino al prato, dove il gelo della nebbia le serpeggiò intorno alle gambe. Si allontanò di qualche metro e gridò per farsi sentire dal Magro. E lui la sentì. Si mosse subito con quei passi innaturali e sgraziati, come se avesse imparato a camminare da poco. Frida si spostò davanti al muso del caravan, da dove Tommy la guardava al posto di guida. Infilò la mano in tasca e strinse forte Bendur. La *sua* pietra. Quella che faceva rima con il suo cuore. Nell'altra mano stringeva con intensità la fionda, che avrebbe caricato con una biglia metallica.

Aveva una sola possibilità.

Il Magro era sempre più vicino.

Aveva un solo colpo.

Il Magro era a pochissimi metri da lei.

Non poteva sbagliare. Doveva farlo per Merlino.

Il mostro allungò quelle braccia lunghe come tentacoli.

Frida doveva riuscirci per i suoi amici che tremavano nel camper.

Fece un segno con la testa a Tommy.

Doveva farlo per tutti i cani da salvare.

Tommy annuì solenne.

Doveva farlo per suo padre e sua madre

Tommy premette con tutta la sua forza sul clacson, un colpo potente, secco e deciso.

Il rumore assordante investì la creatura che, presa alla sprovvista, si bloccò. Poi si voltò verso il camper e spalancò il suo squarcio-bocca per emettere un altro dei suoi urli abissali.

Frida seppe che era arrivato il momento.

Caricò la biglia. Prese la mira. Tese l'elastico al massimo.

Trattenne il respiro.

Scoccò il colpo.

La biglia metallica lacerò l'aria e s'infilò con tale forza nella bocca del Magro che gli forò la testa, trapassandola da parte a parte. Il mostro rovinò a terra e iniziò a contorcersi. Una sostanza verde si mise a colare fuori dalla ferita nel cranio e dalla bocca. Era una visione orribile, ma evidentemente la lesione non bastava a fermare il Magro, che si rimise in piedi con movimenti disarticolati. In quel momento uscirono dal camper anche i due gemelli, presero la mira con le fionde e scagliarono i loro proiettili. La biglia di Tommy colpì diritto la non-faccia bianca della creatura, infossandola, mentre Gerico puntò di nuovo alla bocca urlante e la centrò in pieno, frantumando alcuni denti appuntiti. Miriam si precipitò fuori intanto che Frida caricava ancora la superfionda, la puntava e tendeva l'elastico modificato più che poteva.

«E questo è per tutti i cani che hai rapito, brutto Smilzo!» disse a denti stretti.

Fece partire il colpo, che centrò in pieno la creatura e la sbalzò all'indietro, spinta dalla forza d'urto, prima di rovinare a terra con un tonfo brutale e lì rimanere immobile.

I ragazzi gridarono di gioia. Miriam strinse in un abbraccio la sua amica e i gemelli si diedero delle vigorose pacche sulle spalle, ma non c'era tempo per festeggiare. Zaini in spalla, si allontanarono dal camper, da quel terribile mostro inerte, e corsero verso la quercia.

Poi lo videro nel muro di nebbia, sull'uscio della cavità nella corteccia, solido sulle quattro zampe e con lo sguardo fiero puntato in lontananza: Erlon.

Guardò i ragazzi, abbaiò ed entrò nell'albero. Nella testa di Frida risuonò la voce: *Usa la pietra*. Ecco a chi apparteneva, a quel cane misterioso. Allora quando la prima notte sul prato le aveva detto di stare lontana dalla grande quercia voleva proteggerla!

«Che facciamo adesso?» chiese Gerico.

Frida strinse di nuovo Bendur nel pugno.

«Seguitemi» disse correndo davanti a tutti.

«Entriamo?» chiese Tommy dietro di lei, ma i ragazzi non dovettero deciderlo, non furono loro a scegliere cosa fare.

Come attirata da una gigantesca calamita, la pietra cominciò a vibrare. Nella corteccia dell'albero si stava schiudendo una cavità pulsante, ricoperta di filamenti spugnosi: era una bocca disgustosa, una ferita aperta, un mostro che bramava Bendur.

"Tieni nel pugno stretta la chiave che trovasti" recitava l'indovinello.

Frida non si lasciò sfuggire la pietra dalla mano, ma l'attrazione era così potente che il suo braccio venne tirato dentro l'albero. Miriam, Tommy e Gerico le si aggrapparono per trattenerla, e alla ragazza parve di spezzarsi in due. Gli amici gridavano dallo spavento, però i loro strilli erano soffocati dal vortice ululante generato dal varco. Vennero risucchiati tutti e quattro dalla bocca vegetale. Avevano oltrepassato il cancello.

In quel momento sul prato il corpo del Magro Notturno ebbe un sussulto. Le dita cominciarono a muoversi. La testa ovale affiorò dalla bassa coltre nebbiosa che ricopriva l'erba. Il mostro era ancora vivo.

NEVELHEM,
IL REGNO DELLE NEBBIE

Ancor prima di riaprire gli occhi, Miriam sentì le narici riempirsi di un odore di foglie bagnate e terra umida. La prima immagine che vide le sembrò lo strascico di un sogno ostinato, di quelli che non vogliono lasciarti andare: era un bosco malato, esangue, senza il profumo resinoso dei pini e il caldo colore delle chiome verdi. Gli alberi che ricoprivano il terreno a perdita d'occhio erano completamente bianchi.

Era lo stesso bosco in cui era arrivato Barnaba attraverso la sekretan di Villa Bastiani, anche se loro non potevano saperlo.

Miriam si mise a sedere sul terreno coperto di croccanti foglie morte come se un autunno spietato avesse soffiato via dagli alberi ogni singola fronda. Si sfregò gli occhi per schiarirsi la vista, ma l'aria era carica di una nebbiolina azzurrognola. La ragazza alzò allora lo sguardo verso il cielo, però anche quello era anomalo. Era uniforme come un lenzuolo, eppure dava l'impressione di avere la consistenza dell'ovatta.

"Che razza di posto è questo?" si chiese.

Anche gli altri cominciarono a svegliarsi. Frida si guardò attorno e vide i gemelli, stesi accanto a lei, che si mettevano lentamente seduti. Miriam era già in piedi.

Frida si rialzò a sua volta e raccolse lo zaino. Ci guardò dentro per vedere se era tutto a posto e tirò un sospiro di sollievo: la scatola dei momenti era sana e salva, per fortuna. Cos'avrebbe fatto se l'avesse persa per sempre?

«Dove siamo?» chiese Tommy.

«Bella domanda» rispose incerta Frida. «Abbiamo attraversato l'albero... poi non ricordo più nulla.»

«Ma qui è giorno!» esclamò Gerico. «Abbiamo dormito per... ore?»

Si alzarono tutti in piedi.

«Sentite anche voi la testa come se fosse più leggera?» chiese Frida, massaggiandosi le tempie.

«La domanda non vale per te, Gè. Nel tuo caso è la normalità» fece Tommy, come sua abitudine. «Comunque, scherzi a parte, pure io ho questa sensazione.»

Gerico e Miriam ammisero di sentirsi frastornati, però a parte quello il viaggio era cominciato senza particolari problemi. Erano tutti interi, erano vivi (per quanto ne sapevano) e i loro zaini erano intatti.

Si guardarono attorno per decifrare quel nuovo mondo. La foresta candida taceva. Non c'era nessun indizio che li aiutasse a decidere quale strada prendere. L'impulso che ognuno di loro sentì era quello di tornare immediatamente indietro.

Frida pensò a Dorothy nel *Meraviglioso Mago di Oz*. Quando dal Kansas l'uragano l'aveva sbalzata via si era ritrovata «in mezzo a una campagna di una bellezza straordinaria». A loro non era andata altrettanto bene. Quel posto era tutt'altro che bellissimo. Inquietante, semmai, e all'apparenza inospitale. Altro che immensi prati verdi e alberi carichi di frutta profumata... Lì i tronchi erano freddi e incolori, le foglie tutte morte. E laddove Dorothy ascoltava deliziata il canto degli uccelli, Frida e i suoi amici potevano sentire solo il silenzio nebuloso di quel paesaggio senza ombra di vita.

«Siamo usciti da quell'albero là, vero?» chiese Gerico indicando una quercia dal profilo simile a quella di Petrademone, tranne il fatto di non avere foglie e di essere completamente bianca.

«Sì, credo di sì» rispose Tommy. «Il cancello è ancora aperto.»

Gerico si avvicinò all'albero. Il varco scuro era attraversato da filamenti colorati e brillanti simili a piccoli vermi elettrici. Provò ad avvicinare la mano, ma una forza magnetica lo respinse.

«Ragazzi, da qui non si torna indietro!» esclamò a voce alta.

Gli altri guardarono verso di lui preoccupati. Erano *arrivati* ad Amalantrah o erano rimasti *intrappolati* ad Amalantrah?

«L'enigma lo diceva: "la ferita che sempre è varco e mai uscita"» scrisse Miriam.

«Prendi il libro» le disse decisa Frida, come se le parole dell'amica l'avessero illuminata su cosa fare.

La ragazza tirò fuori il volume e lo specchio e, come la volta precedente, ecco apparire alcune frasi sulle pagine bianche. Sulla prima c'era un'iscrizione dallo stile antico e prezioso che diceva: BENVENUTI A NEVELHEM.

Sulla pagina accanto, invece, comparve una filastrocca simile a quella che li aveva condotti da quella parte del cancello.

*Questo è il regno delle nebbie
dove il cielo non ha forma,
dove il Bene è nelle gabbie,
dove i vuoti vanno in torma.*

*Qui rimetti voce in gola,
puoi trovare chi hai perduto,
pur la povera bestiola
o un affetto deceduto.*

*Scappa e corri, corri e scappa
tra foreste scolorate,
segui tracce senza mappa
fino a terre assatanate.*

*Per trovare l'avamposto
cerca prima il nero guado,
ma nessun segnale è esposto:
solo segui il grande ghiado.*

Frida fissava ipnotizzata la pagina. Alcune parole ri-splendevano tra le altre, come se l'enigma si fosse sfoca-to per farle risaltare. "Puoi trovare chi hai perduto... un affetto deceduto." La sua mamma, il suo papà. Davvero erano lì? Ora niente e nessuno avrebbe potuto impedirle di andare avanti. Niente al mondo (in qualsiasi mondo) l'avrebbe convinta a tornare indietro.

Zia Cat le aveva fatto intendere che poteva esserci qual-cos'altro che non conosciamo o di cui nemmeno immagi-niamo l'esistenza. Forse sua zia non aveva voluto essere soltanto consolatoria. La sua non era stata solo una frase di circostanza, di quelle che si dicono per tirare su il mo-rale. Che fosse questo mondo il posto oltre l'arcobaleno dove i sogni impossibili diventano realtà?

"Qui rimetti voce in gola" che significava? Il libro sta-va forse parlando con Miriam per avvisarla che avrebbe ritrovato la sua voce in quella terra inospitale? Avrebbe realizzato il suo desiderio più grande. L'idea di emettere suoni, di comunicare con gli altri usando le corde vocali ora immobili le fece avvertire una fitta di speranza che la scosse da dentro, come quei venti che afferrano le chiome degli alberi e li agitano fino alle radici.

I gemelli invece tra quelle strofe avevano trovato la conferma di ciò che mai aveva vacillato nelle loro menti. La "povera bestiola" non poteva essere altri che Pipirit, e lì l'avrebbero ritrovato.

«Dobbiamo solo arrivare alle "terre assatanate". Sembra una passeggiata» commentò Gerico senza staccare gli occhi dalla pagina. Erano tutti presi da ciò che quelle indicazioni in rima stavano rivelando a ognuno di loro.

«Ci dobbiamo fidare?» chiese Tommy.

«Il libro non avrebbe ragioni per mentire proprio adesso» scrisse Miriam.

"Lo spero" pensò Frida. "Lo spero con tutta me stessa."

«Tu dici? Perché la logica non è di questo mondo, o mi sbaglio? Vi siete guardati attorno? Non c'è niente di *normale*» rispose Tommy con una punta di isteria nella voce.

«Dobbiamo fidarci. Io mi fido» intervenne Frida.

"Puoi trovare chi hai perduto" continuava a riecheggiarle nella mente.

«Mah, se avessimo almeno una cartina...» disse ancora Tommy.

«Sì, e magari dei vigili agli angoli delle strade che ti diano indicazioni, eh?» ribatté sarcastico il fratello.

«Ma tu non potevi restare dall'altre parte?» sbottò Tommy.

«Certo, leggere che qui "il Bene è nelle gabbie" non è che tranquillizzi» commentò Frida, ignorando il battibecco.

«Cosa sarà questo "avamposto"?» aggiunse Miriam.

«E il "nero guado"?»

«Dovremmo correre, invece di camminare?»

«Quali "tracce senza mappa" dovremmo seguire?»

«Dove troveremo chi abbiamo perduto?»

Una tempesta di domande e nessuna risposta. Lessero e rilessero quei versi, cercando di ipotizzare una strada da percorrere, ma restava tutto indecifrabile.

A un certo punto Miriam scrisse sulla lavagnetta: «Dobbiamo muoverci. C'è qualcosa di malvagio in questo posto».

Gli amici tacquero di colpo. Il loro silenzio dava ragione alla ragazza.

«Questo cielo dà i brividi, in effetti» commentò Frida.

«Sì, ma quale direzione prendiamo? Qui sembra tutto uguale. Non ci sono sentieri, non ci sono punti di riferimento» esclamò Gerico.

«Dobbiamo andare verso il freddo» scrisse ancora Miriam.

«Il freddo?»

«"Ghiado" significa "gelo". Dobbiamo trovare una strada verso il freddo.»

«Continuo a non capire» ribatté Gerico.

«Sai che novità» sbuffò Tommy.

«Perché, tu cos'hai capito, cervellone?» risposte piccato il gemello.

«Solo che dobbiamo cominciare a camminare. Poi vediamo che succede. Restiamo uniti» propose Tommy.

I quattro si misero in cammino.

Mentre procedevano senza una direzione precisa, privi di indizi e di mappe, il silenzio scese tra di loro come un compagno di viaggio inatteso. Si guardavano continuamente alle spalle e scrutavano il bosco attorno, ma il paesaggio spettrale si estendeva monotono in tutte le direzioni. Notarono che era impossibile misurare il tempo: gli orologi avevano smesso di funzionare e il sole era celato dalla coltre lattiginosa. Anzi, sembrava che del sole non ci fosse più nessuna traccia, così come non c'erano vento, uccelli o il vociare consueto della natura. Gli unici rumori erano i brontolii delle loro pance e lo scricchiolio delle foglie calpestate.

I ragazzi cercavano una traccia, qualcosa che potesse far pensare a un freddo pungente, invece la temperatura si manteneva neutrale.

Camminavano ad andatura sostenuta, come per convincersi che stessero seguendo una direzione e, soprattutto, che avessero una meta da raggiungere. O forse perché l'avvertimento del libro ("scappa e corri, corri e scappa") era penetrato in profondità nel loro animo.

All'improvviso qualcosa li bloccò. Mentre costeggiavano una fitta macchia di alberi udirono alcuni rumori ovattati dalla lontananza.

«Arriva qualcuno» disse Gerico.

«Lì.» Tommy indicò una specie di collinetta di foglie. «Nascondiamoci lì.»

Con passo leggero e muovendosi di albero in albero arrivarono fino al punto indicato dal ragazzo e si misero in attesa.

Il rumore cresceva sempre più. Qualcosa di pesante si stava muovendo dietro un filare di alberi alla loro sinistra. Erano suoni confusi: sotto il crepitio delle foglie si distinguevano dei latrati?

«Ma sono cani? Li sentite anche voi?» disse Frida.

«Sì, ma non sono solo cani...» rispose Tommy preoccupato.

L'IMBOSCATA

Tommy aveva ragione. Attraverso la nebbiolina scorsero dei carri di legno, grossi carri trainati da cavalli. O qualcosa di simile. Erano delle bestie enormi, i più grandi cavalli che i ragazzi avessero mai visto. Ed erano neri come le profondità degli oceani. Con le criniere sferzavano l'aria nervosamente e sembravano animati da una rabbia fumante.

I ragazzi contarono sette carri. Su ogni pianale c'era un'imponente gabbia di metallo con stipate dentro decine di cani.

"Il Bene è nelle gabbie" c'era scritto sul libro.

«Guardate!» Frida quasi urlò indicando i prigionieri a quattro zampe.

«Sssh, Frida, e stai giù» le disse Gerico.

In effetti, farsi notare in quel momento non era un'idea particolarmente saggia. A scortare i carri, come un esercito mormorante, c'erano decine e decine di mostri.

"Dove i vuoti vanno in torma" diceva sempre il libro.

«Non so dove stiano andando, ma non mi sembra un corteo di benvenuto» disse Tommy.

Frida fremeva: vedere quei cani imprigionati le massacrava il cuore.

«Avviciniamoci... potrebbe esserci Pipirit tra quelli» sussurrò Gerico speranzoso.

I ragazzi si mossero con circospezione, stando bene attenti a dove mettevano i piedi.

L'atmosfera carica di tensione era come un manto steso sul bosco. I quattro amici seguivano a una certa distanza la lugubre processione. Gli esseri dalla faccia color sangue e dal passo ciondolante emettevano un brusio spettrale. I cani guaivano, abbaiavano, mordevano le gabbie. Ce n'erano di tutte le razze e le taglie. Alcuni erano quieti, con lo sguardo triste e perso come di chi è divorato dalla nostalgia. Altri lottavano tra di loro, ma non con ferocia: sembrava piuttosto il tipico gioco violento che serve a scaricare il nervosismo.

Frida sentì un formicolio agli angoli degli occhi, ma si sforzò di ricacciare indietro le lacrime. E poi rischiò di farli scoprire tutti quando balzò in piedi e, incapace di trattenere la sorpresa e l'orrore, disse a voce alta: «Guardate, dio mio, guardate!».

«Sei matta?!» Tommy la tirò giù prendendola per un braccio. «Che c'è stavolta?»

Frida non rispose. Miriam però aveva visto e istintivamente si portò una mano alla bocca, quindi indicò a Gerico e Tommy il quinto carro.

Barnaba era in una di quelle prigioni in movimento. "Il bene è nelle gabbie", di nuovo.

L'omone era steso sul fondo, privo di sensi nonostante i piccoli cani intorno a lui, che ne condividevano la schiavitù, facessero un putiferio terribile abbaiando, ringhiando e mordendo le sbarre.

«Ma che ci fa qui?» bisbigliò incredulo Gerico.

«Dobbiamo fare qualcosa! Dobbiamo tirarlo fuori!» Frida era in preda a una crisi isterica, strattonava prima Gerico e poi il suo gemello.

«Hai visto quanti sono quei *cosi*? E noi abbiamo solo le fionde» obiettò Gerico.

«Ma non possiamo lasciarlo lì!» Le sue parole erano bagnate di disperazione.

«Calmati, Fri, dobbiamo usare la testa. Abbiamo bisogno di una buona idea» disse Tommy, scosso nel vedere la sua amica così angosciata.

L'idea si materializzò davanti ai loro occhi in maniera inaspettata. In un tumulo di foglie e terra poco distante dal loro nascondiglio si aprì una botola e ne schizzarono fuori un giovane interamente vestito di nero e un branco di cani. Correvano verso lo schieramento degli uomini vuoti con intenzioni palesemente bellicose.

I mostri fermarono i carri e voltarono le facce rosse verso il gruppo che li stava attaccando. Il giovane impugnava una specie di bastone metallico. Solo quando fu più vicino al punto di osservazione dei ragazzi loro si accorsero che sulla sua spalla c'era un omino alto un palmo. Intorno a quella strana coppia correvano sette border collie.

«I cani di Petrademone!» esclamò Frida.

«Copriamoli!» aggiunse eccitato Gerico.

Questo era il loro momento. L'occasione per avvicinarsi ai carri e liberare Barnaba e gli animali. I gemelli e Frida tirarono fuori le fionde.

I border erano in assetto da guerra – le zanne sfoderate, le code alte e ricurve sulla schiena. L'aria si riempì dell'elettricità che precede la battaglia.

Gli uomini vuoti sguainarono i loro falcetti dalle dita con uno scatto metallico. Non arretrarono di un centimetro, anzi, come burattini con i fili tirati dall'alto, si mossero tutti insieme contro il giovane e i suoi cani. Frida e i gemelli si disposero ai margini della battaglia e contribuirono all'attacco con il loro arsenale di biglie. Gerico puntava stando in ginocchio, mentre il fratello e Frida erano in piedi. Dovevano stare attenti a non colpire i border né i cani nelle gabbie, né tantomeno quel ragazzo dai capelli lunghi che lottava con l'agilità e la forza di chi è abituato a battersi.

Frida riconobbe a colpo d'occhio Merovingio tra quei cani. Zia Cat le aveva mostrato decine e decine di foto dei suoi border collie e lui era quello più riconoscibile: aveva occhi azzurro ghiaccio e il manto non era bianco e nero, ma sui toni del grigio e del bianco, con chiazze nere. Era quello che la zia chiamava la variante *blue merle*.

I cani di Petrademone caricarono gli uomini vuoti a fauci spalancate. A guidare la formazione non era Merovingio, però, bensì due border bianchi e neri, sicuramente un maschio e una femmina, che però Frida non riuscì a identificare subito. Cercò tra i setti cani il capobranco, Ara, eppure non lo vide. Non era lì.

"Dov'è finito?" si chiese.

Quando un mostro veniva colpito al centro della testa cadeva a terra e subito spariva, evaporando in un inquietante sfrigolio.

Era una battaglia spietata. Anche l'omino, che era sceso con agilità dalla spalla del giovane, sapeva il fatto suo. Faceva balzi enormi e piantava il suo piccolo pugnale in mezzo agli occhi abissali delle creature.

I cani invece strappavano, spezzavano, tiravano, laceravano ogni cosa si mettesse sul loro cammino; ognuno aveva la sua tattica e il suo modo di combattere. Le due border collie dal pelo fulvo lavoravano di squadra, insinuandosi tra le lunghe gambe delle creature per poi attaccarle alle spalle. "Devono essere Marian e Mirtilla" pensò Frida mentre si sentiva risuonare nella testa qualcosa che aveva detto una volta zia Cat: «Due vere ladre quelle, non c'era cibo che non riuscissero a sgraffignare». Un altro cane, dal setoso manto blue merle simile a quello di Merovingio – poteva trattarsi di Pepe – saltava contro i tronchi degli alberi per darsi la spinta e tuffarsi sul nemico. Una volta a terra, il giovane o l'omino finivano i mostri.

Anche i tre ragazzi si davano da fare, impallinando i vuoti con incredibile efficacia. In particolare, Frida mirava e colpiva il centro della testa senza perdere un colpo. Tommy la guardava ammirato.

La battaglia si stava mettendo bene. Gli uomini vuoti cadevano uno dietro l'altro, però c'erano perdite da entrambe le parti. Il falcetto di una creatura malvagia aprì uno squarcio nel fianco della femmina dalla corporatura più minuta, anche se questo non le impedì di combattere con una dedizione e una furia che non erano seconde a nessuno.

Ma infine la border si accucciò a terra in un lago di sangue. Frida se ne accorse, colpì con un proiettile preciso l'essere sbilenco che stava per pugnalarla ancora – che cadde a terra ed evaporò – poi lasciò andare la fionda e si precipitò ad aiutare la cagnolina. Nonostante la battaglia infuriasse, la ragazza aveva smesso di prestare attenzione ai pericoli e ai nemici. Vedeva solo quella bestiola stesa dignitosamente nel sottobosco senza un lamento, mentre una pozza scarlatta si allargava sotto il suo corpo, inzuppando il tappeto di foglie secche.

Arrivata da lei, Frida la prese in braccio.

«Tu devi essere Niobe, non è vero?» le chiese con un tono gentile e caldo per rincuorarla. L'aveva riconosciuta grazie al muso stretto e a quegli occhi così neri da perdercisi. Quante volte con zia Cat avevano parlato di quei cani, avevano sfogliato gli album con le loro foto, avevano visto i loro video sulle vhs dal nastro sgualcito!

La portò lontana dal campo di battaglia, verso la postazione da cui lei e i gemelli stavano tirando. Miriam le venne incontro. Non avendo un'arma, non aveva preso parte allo scontro, ma voleva rendersi utile in tutti i modi. L'amica le affidò l'animale con le lacrime agli occhi. La cagnolina guaì nel passaggio di mano, ma si abbandonò fiduciosa a quelle amorevoli cure.

Frida si guardò la maglia sporca di sangue canino, poi si allontanò, recuperò da terra la fionda e riprese a tirare ancora più furiosamente. Era più complicato prendere la mira con lo sguardo offuscato dal liquido velo delle lacrime, ma lei sapeva che ogni colpo era importante. Ogni colpo era un urlo di sfida al Male.

Alla fine sul campo di battaglia non era rimasto nemmeno uno di quegli esseri orribili dalla testa di paglia. I buoni avevano vinto.

Il giovane vestito di nero andò a sincerarsi che i cani di Petrademone stessero bene: erano stremati, ma fieri di aver adempiuto al proprio dovere. Era arrivato il momento di aprire le gabbie e liberare gli altri cani, nonché l'uomo gettato lì dentro insieme a loro. Barnaba. Era lui il vero capobranco dei Petrademone, e quando i border lo riconobbero impazzirono dalla gioia nonostante la stanchezza. Si precipitarono contro le sbarre, e se non fosse intervenuto il giovane si sarebbero distrutti i denti pur di liberare il loro amico a due zampe.

«Andiamo» disse Tommy puntando i carri.

Miriam non se la sentiva di abbandonare Niobe accanto a un albero. Fece un segno eloquente con le mani e in quel preciso istante gli amici si accorsero, con terrore, di quello che stava succedendo. Un uomo vuoto, solitario, era sbucato dietro di lei. I ragazzi spalancarono gli occhi.

«Miriaaam!» strillò Frida.

L'amica si voltò e lo vide, paralizzandosi per la paura. Gerico fu il più veloce di tutti a reagire. Balzò in avanti e corse come un forsennato per andare in aiuto della ragazza. Miriam si alzò in piedi. Voleva scappare, ma la creatura era a pochi passi da lei.

Gerico la raggiunse e si tuffò sul mostro, che però riuscì a sfoderare il falcetto. La punta dell'arma ricurva calò sul petto del ragazzo, lacerandogli la maglia. Il generoso gesto dell'amico diede a Miriam il tempo di fuggire, ma la ragazza cadde poco più avanti per il panico.

Frida, ora che il campo visivo era libero, puntò la fionda e trattenne il fiato. Non poteva permettersi un errore. Mancare il bersaglio avrebbe significato dare all'uomo vuoto la possibilità di colpire ancora Gerico, e questa volta senza scampo. Scagliò la biglia affidandosi al puro istinto e la guardò disegnare una traiettoria perfetta in mezzo alla nebbiolina: le particelle d'acqua esplosero al passaggio della sfera, così come la testa impagliata del vuoto quando incassò il colpo. Subito la creatura sfrigolò e si dissolse.

Tommy si precipitò dal fratello, che lo accolse con un sorriso. «Tutto a posto, Bruder. Mi ha fatto solo un graffio lo spaventapasseri» scherzò, mettendosi a sedere con una smorfia.

«Non mi sembra un graffio» ribatté Tommy, tradendo una certa preoccupazione al vedere quello squarcio rosso, seppur superficiale, sul torace del fratello.

Miriam si avvicinò a Gerico e gli diede un bacio sulla guancia. Senza parlare, mimò con le labbra un "grazie" che fece schiudere dentro il petto del ragazzo un fiore caldo. Tommy li lasciò per un attimo da soli e si avviò verso i carri.

Frida si avvicinò al giovane vestito di nero che stava aprendo le gabbie. Quando si girò verso di lei, la ragazza vide che aveva un sorriso luminoso, folte sopracciglia e naso aquilino. Tutto in lui faceva pensare a un uccello raro e regale. Non era dotato di una bellezza classica, ma il suo sguardo magnetico penetrò profondamente in quello di lei.

«Buon cammino, Frida» esordì lo sconosciuto, che poteva avere un'età non meglio definibile tra i sedici e i vent'anni. «Non preoccuparti, si sveglierà a breve» disse con una voce limpida e rassicurante indicando Barnaba.

«Buon cammino?» fece lei corrugando la fronte.

«Qui si saluta così.»

«E come fai a sapere il mio nome?» chiese ancora la ragazza con un filo di voce.

«Una cosa alla volta, madamigella. I suoi modi lasciano alquanto a desiderare.» In quel momento Frida si rese conto che c'era anche l'omino sulle spalle del giovane. Era stato lui a rispondere in quella maniera pomposa e poco garbata.

«Tranquillo, Klam. Frida ha ragione. È tutto nuovo per lei e i vuoti non le hanno dato quello che si potrebbe dire un caloroso benvenuto.»

«Ti sei già innamorato di lei?» lo provocò il piccolo Klam.

«Ma che dici?» cercò di difendersi il giovane mentre le sue guance passavano da bianco latte a rosso incendio.

«Dico quello che vedo» rincarò l'omino.

Il giovane gli rivolse uno sguardo inceneritore. «Io comunque sono Asteras» aggiunse poi, e allungò la mano verso Frida.

«Piacere, Asteras, io sono Frida. Beh, questo lo sai già.» Gli strinse la mano. La sua presa era forte, ma la pelle le sembrò piuttosto fredda. Forse era solo una sensazione.

Si avvicinarono a loro anche Miriam e i gemelli. Giusto il tempo delle presentazioni e Barnaba cominciò lentamente a riprendere conoscenza. Frida lo raggiunse e con premura lo sostenne.

Intanto, i cani delle gabbie erano stati tutti liberati e scorrazzavano in giro felici.

Asteras andò a medicare Niobe, che però non sembrava in buone condizioni. Il giovane disse che doveva essere portata indietro, dall'Altra Parte, ovvero quello che ad Amalantrah chiamavano il mondo reale. Poi guardò preoccupato la ferita di Gerico.

«Come te la sei fatta?» gli chiese.

«Oh, non è niente... È stato uno di quegli uncinetti da nonna» rispose con sufficienza il ragazzo.

«Vuoi dire che te l'ha fatta un *unka*?» squittì Klam.

Tommy non riusciva a staccargli gli occhi di dosso. Non era né un nano, né un folletto, ma una perfetta miniatura d'uomo.

«Se intendi quella specie di falcetto che hanno in mano, ci hai preso in pieno.»

Asteras gettò uno sguardo verso Klam con un'espressione tesa.

L'omino scosse la testa in maniera appena percettibile.

«Che succede?» intervenne Tommy, preoccupato.

«Se non si estrae il veleno che ora gli sta circolando nelle vene, morirà. E non sarà una bella morte, ammesso che ce ne siano di piacevoli» spiegò Klam senza peli sulla lingua.

Gerico impallidì.

Miriam scrisse: «E come si può curare?!»

Klam lesse la lavagnetta e scoccò uno sguardo lungo e interessato alla ragazza.

«Non fate caso a lui.» Asteras fulminò con lo sguardo il suo piccolissimo amico. «Tende a essere eccessivamente drammatico.»

Klam alzò le spalle, impermalosito.

«Non preoccuparti, Gerico» lo tranquillizzò Asteras. Appena possibile, però, prese in disparte Tommy e gli spiegò: «Klam ha ragione, tuo fratello è seriamente in pericolo. Dalle ferite di unka non si guarisce. Mai. Se anche si sopravvive...».

«Che vuoi dire con quel "se"?» Le parole uscirono soffocate dalla bocca del ragazzo.

«Ascolta, faremo di tutto per ripulire il suo sangue, ma... le ferite da unka hanno irrimediabili conseguenze. Per i primi tempi lui starà bene, però poi cominceranno i tremori e la febbre. E la situazione peggiorerà sempre di più»

«Ma avevi detto che Klam stava esagerando.»

«No, non stava esagerando. Volevo evitare di terrorizzare inutilmente tuo fratello.»

«Ti prego... dobbiamo fare qualcosa!» Tommy era sconvolto, ma doveva cercare di nasconderlo perché il gemello lo stava guardando da lontano.

«Ci sarebbe un modo, forse. Ma per questa notte dobbiamo attendere.»

«Frida, mia cara.» Barnaba aveva ripreso pienamente conoscenza. Le parole gli rotolarono giù dalla punta della lingua come massi pesanti.

La nipote aveva le lacrime agli occhi. Era felice per averlo ritrovato, ma addolorata nel vederlo malconcio come un panno lacero. Però lo zio era lì ed era vivo, ecco l'unica cosa che contava.

I cani di Petrademone erano pazzi di felicità. Stavano tutti intorno al loro padrone e lo festeggiavano con vigorose leccate, code a ventaglio e latrati quasi isterici. Barnaba non conosceva terapia migliore che quel tripudio felice di amore incondizionato. Ai suoi "elfi" non importava nulla che fosse vecchio e sporco, a loro importava solo essersi ritrovati.

L'uomo si mise seduto. Sopraffatto dall'emozione, li chiamò uno per uno. «Bardo... Banshee... Marian... Mirtilla... Merovingio... Wizzy...» Poi si accorse di Niobe, a terra con il costato fasciato. «Piccola, cosa ti hanno fatto?!»

«Devi tornare a Petrademone, zio» gli disse Frida.

«Non ti lascio in questo posto assurdo da sola.»

«Non sono sola e non posso tornare adesso.» Poi aggiunse mentalmente: "Qui ci sono i miei genitori, e io devo trovarli. Fosse anche solo per abbracciarli un'ultima volta." «Devi riportare indietro Niobe, altrimenti morirà. E devi riportare a casa pure tutti i cani che abbiamo liberato. E poi c'è zia Cat che ha bisogno di te.»

Barnaba fissò la nipote: era un'altra persona rispetto alla ragazzina schiacciata dal dolore che era arrivata quasi un paio di mesi prima al cancello della sua tenuta.

«Torna indietro con me a Petrademone, Frida, lascia questo incubo.»

Lei si guardò intorno e pensò che suo zio aveva ragione. Era un incubo, e la paura le rammolliva le gambe. Eppure doveva farsi coraggio, doveva aiutare i suoi amici a ritrovare Pipirit e salvare quanti più cani possibile, doveva rintracciare gli altri quattro border collie di Petrademone – Ara, Beo, Babilù e Oby –, doveva rivedere Erlon e più di ogni altra cosa doveva ritrovare chi aveva perduto e ottenere delle risposte. Non importava a quale costo. Il libro le aveva donato la pietra dei Sorveglianti: era un legame con sua madre che aveva il dovere di conoscere.

«Se torno indietro adesso, sarà stato tutto inutile. Il viaggio è appena cominciato. Hanno bisogno di me qui.»

Barnaba annuì sconsolato, poi fece una pausa così lunga che rischiò di annegare in un mare di silenzio. Infine si schiarì la voce e ammise: «Ti ho mentito, Frida».

Lei aggrottò la fronte.

«Ti ricordi quella volta in macchina? Mi chiedesti se conoscevo Erlon. Beh, so chi è Erlon. Chi *era*.» Frida lo fissava senza parlare. «Era il cane di tua madre, molto prima che tu nascessi. Quei due erano indivisibili. Erlon aveva accompagnato Margherita negli anni della giovinezza come il migliore degli amici. Lui era un animale straordinario, capace di capirla ancor prima che parlasse. Sai, puoi avere tanti cani nella vita e amerai ognuno in maniera diversa e assoluta, ma un solo cane ti prenderà il cuore per sempre. Per me è Ara, per tua madre era Erlon.» Si fermò.

«Cosa gli è successo?» lo pungolò a proseguire.

«Ci fu un terremoto spaventoso qualche anno fa.»

«Sì, la mamma me ne parlò: la vostra casa fu distrutta. Ma che c'entra questo con Erlon?»

«Quella sera era agitato, addirittura frenetico, tanto che tua madre si arrabbiò con lui. Eravamo sotto Natale e stavamo cenando con parenti e amici. Margherita non riusciva a gestirlo. Io le dissi di chiuderlo in camera – non come punizione, ma solo per risparmiargli la confusione che l'avrebbe reso ancora più nervoso. Lei era contraria: quando ti dico che non si separava mai da lui, non lo dico per dire. Però alla fine si convinse perché lui era veramente irrefrenabile, così lo chiuse in stanza.» Pausa. «Mentre mangiavamo, arrivò una scossa terribile. Le pareti tremarono così forte che credemmo ci sarebbero crollate addosso, così scappammo. Margherita urlava, voleva andare in camera da Erlon, che sentivamo grattare contro la porta. Ma cadevano calcinacci ovunque, così io la trascinai via a forza.»

«La portasti via da Erlon... e lui morì intrappolato.» Frida sentì le parole spezzarsi in bocca. Vedeva sua madre, vedeva Erlon, poteva sentire il dolore di entrambi.

«Non me lo perdonerò mai, Frida, ma agii d'istinto. La casa ci stava collassando addosso... Amavo anch'io Erlon, era impossibile non farlo, era un cane speciale.»

«Però lei non ti ha mai perdonato.»

Barnaba scosse la testa. «Mi gridò in faccia, sputandomi addosso tutta la sua rabbia, la sua disperazione, il suo dolore. Mi disse che io lo avevo condannato a morte, anzi, lo avevo ucciso.» Abbassò la testa, sospirò. «Disse che non mi avrebbe mai più perdonato. Così è come se una parte di me fosse rimasta schiacciata sotto quelle macerie insieme a Erlon.»

Per la prima volta la ragazza vide quell'albero massiccio che era suo zio scricchiolare e rischiare di abbattersi sul terreno con uno schianto. Barnaba era scoppiato in un pianto dirotto.

Frida lo abbracciò stretto e gli disse: «Erlon è qui, zio, per proteggermi. Per proteggerci. E ti ha perdonato».

IL VIAGGIO COMINCIA

Frida vide sparire Barnaba dentro il tronco da cui erano arrivati. Quel varco che sembrava proibito si era riaperto grazie al piccolo Klam. Era anche lui dotato, come il Vecchio Drogo, del sigillo di Mohn: era un Signore delle Porte.

Il cancello era stato riaperto.

Barnaba aveva portato con sé Niobe, così docile e piccola. La cagnolina guaiva piano – della guerriera che nella battaglia aveva lottato con la forza di cento soldati restava un mucchietto di pelo e di carne in balia di un destino illeggibile. Per fortuna sugli animali il veleno dell'unka non sortiva effetto. Era la profondità dello squarcio ad allarmare.

Per la prima volta Frida aveva visto tutto il peso che lo zio si portava addosso, un peso che adesso riconosceva nelle spalle curve e nelle gambe che sembravano meno solide. Sentì per lui il pulsare di un affetto speciale.

Prima di andarsene Barnaba l'aveva abbracciata così forte che lei aveva temuto di spezzarsi. "L'amore tiene stretti" le aveva detto una volta la mamma, ma lei non ne aveva capito veramente il senso fino a quel momento. Lo zio le aveva chiesto ancora se fosse sicura di continuare il viaggio. Lei aveva tentennato di fronte alla porta spalancata che l'avrebbe riportata a casa, ma no, indietro non si tornava.

Lo zio si era voltato verso di lei un'ultima volta e l'aveva salutata sollevando leggermente la testa. Un piccolo gesto che l'aveva commossa. Lei gli aveva sorriso e aveva alzato il braccio.

Il branco di cani rapiti attendeva silenzioso alle spalle dell'uomo, e varcò il cancello in fila ordinata dietro di lui. Quando anche l'ultimo animale sparì, Frida sentì per l'ennesima volta una sensazione di caduta libera nel vuoto. L'aveva sempre provata nei momenti di perdita e di solitudine.

Tommy e Gerico non avevano dubbi. Quella era l'avventura delle avventure, ciò che avevano sempre fantasticato. E poi, la necessità di riportare a casa il loro "fratellino a quattro zampe" era così forte che niente li avrebbe fatti desistere dal continuare il viaggio.

Gerico al momento sembrava non risentire della ferita procuratagli dall'uomo vuoto, ma a sua insaputa il veleno nero cominciava a farsi strada lentamente dentro il suo corpo. Presto sarebbero arrivati i brividi di freddo. E poi tutto il resto.

Tommy lo guardava con apprensione, sforzandosi di non lasciar trapelare la preoccupazione che gli stringeva lo stomaco. Dovevano assolutamente trovare un antidoto al più presto. Non sapeva se fidarsi di Asteras, ma non aveva altra scelta.

Miriam non aveva nessun motivo per tornare indietro. Non aveva più una madre. O meglio: Astrid era da qualche parte, però lei sentiva di non appartenerle più. Dentro di sé l'odio e l'amore erano mescolati in un liquido a cui non sapeva dare un nome.

E poi aveva intrecciato indissolubilmente il suo destino a quello dei suoi amici, soprattutto Gerico. Sentiva che qualcosa di nuovo era germogliato in lei. Qualcosa che la faceva vibrare ogni volta che lui le era accanto. Qualcosa che non aveva a che fare con la semplice amicizia.

Il Libro delle Porte le aveva ridato una speranza: quella di rimettere la sua voce al proprio posto, e di sentire finalmente il suono delle parole. Delle *sue* parole.

«Prima di metterci in cammino, avete bisogno di cibo e vestiti adatti a Nevelhem. E Gerico deve riposare» disse Asteras.

«Ma tu chi sei? Perché dovremmo seguirti?» sbottò Tommy, dando voce alla diffidenza che covava da un po' nei confronti dello sconosciuto.

«Per me potete starvene allegramente qui da soli nel bosco» intervenne il piccolo uomo.

«Calmo, Klam, i ragazzi hanno ragione a diffidare.» Poi si voltò verso di loro, soffermandosi con lo sguardo soprattutto su Frida – cosa che non sfuggì a Tommy – e tirò fuori una collanina da quella specie di uniforme nera che indossava. Appesa c'era la stessa pietra che aveva Frida. La pietra che portava il sigillo di Bendur.

«Sei un Sorvegliante?» chiese lei tra l'ammirato e il sorpreso.

«Uno degli ultimi. Gli Urde con i loro demoni stanno spazzando via tutta la nostra stirpe. Siamo rimasti in pochi e il cancello è sempre più indifeso.»

«Vuoi dire che il nostro mondo è in pericolo?» domandò Gerico.

«Certo che lo è» rispose secco Klam. «Shulu il Divoratore si sta muovendo. Avete presente i terremoti che scuotono il vostro mondo?» Ma non diede loro il tempo di rispondere. «È l'ombra nella caverna a provocarli. Ogni volta che l'Essere acquista un po' di potere, il suo scuotimento fa tremare le viscere della Terra.»

Miriam ascoltava atterrita. L'omino stava parlando di qualcosa che era terribilmente vicino al suo incubo ricorrente: l'ombra nella caverna, gli occhi iniettati di sangue, la sensazione di Male puro che sprigionavano. Dunque non era solo un sogno.

«E cosa dobbiamo fare allora?» chiese Frida.

«Dobbiamo chiedere aiuto, da solo per me è impossibile affrontare questo pericolo incombente» disse Asteras.

«Aiuto? E a chi?» chiese Tommy

«Ai saggi di Nevelhem. Custodiscono la sapienza dei quattro regni. Solo loro ne conoscono tutti i segreti, ma da tempo si sono ritirati nell'avamposto...»

«L'avamposto!» i ragazzi gridarono quasi in coro, interrompendo Asteras.

«Sapete di cosa sto parlando? Nessuno sa dove si trovi...» Ma ancora una volta fu interrotto.

Fu Tommy a intervenire. «Il libro. Lo cita in una delle sue filastrocche.»

Klam gli scoccò un'occhiata incuriosita, poi aggiunse con un tono che per la prima volta mostrava, se non proprio entusiasmo, autentico interesse: «Quale libro?».

Tommy guardò gli altri in cerca di consenso. E l'ottenne. Miriam tirò fuori dallo zaino il volume dalla copertina lignea e lo passò ad Asteras che, con Klam, lo esaminò con grande cautela e poi lesse lentamente l'enigma della prima porta. Una volta apparse, le parole restavano lì, visibili, sulla pagina.

«Senza offesa, ma come ha fatto un manipolo di ragazzini come voi a entrare in possesso dell'antichissimo *Libro delle Porte*? E, soprattutto, come riuscite a leggerlo?» chiese infine Klam con la sua vocina tagliente.

«È una lunga storia» disse Frida.

«Beh, in questo caso, tienitela per te. Solo una cosa è più noiosa di una lunga storia: una storia ancora più lunga.»

«Simpatico il piccolino» commentò a bassa voce Gerico, rivolto a Miriam.

«Pensi anche tu quello che penso io, Klam?» chiese Asteras all'amico.

«Sì, ma sicuramente lo penso meglio» ribatté con la consueta acidità Klam.

Asteras sollevò gli occhi al cielo. «Sapete, il "ghiado" di cui si parla qui... credo si riferisca alla strada gelata.»

«Cos'è?» chiese Tommy.

«È un sentiero che si dice compaia nel bosco, una strada fatta di ghiaccio. Il problema è che nessuno sa come imboccarla. Appare e scompare di continuo perché si scioglie in fretta diventando niente più che acqua. Però...»

«Però?» intervenne Frida, interrompendo i pensieri del giovane.

«Un modo ci sarebbe» completò la frase Klam.

«Vi racconteremo tutto, ma ora andiamo via di qui. Il bosco è l'ultimo posto in cui vorreste passare la notte, ve lo assicuro» tagliò corto Asteras.

Mentre si mettevano in cammino tutti insieme, con i cani di Petrademone che guidavano il gruppo correndo avanti e annusando ovunque, Frida pensò che c'era stato un tempo in cui il dolore stava per annientarla. Non era passato tanto da allora, eppure adesso era letteralmente in un altro mondo ed era sicura di aver trovato una traccia da seguire per emergere fino alla superficie e inspirare aria nuova. Si sentiva pronta a cercare la sua «strada di mattoni gialli», anche se lì era bianca e gelata. E chissà dove l'avrebbe condotta.

La luce cominciava a dissolversi nel nero della notte. Nella radura che i ragazzi si erano appena lasciati alle spalle si sentì un crepitio sinistro. Dallo stesso albero da cui erano usciti e che Barnaba aveva da poco attraversato per tornare a Petrademone fuoriuscì un lungo gemito. Dalle profondità di quella ferita stava emergendo qualcosa, qualcosa di spettrale e malvagio. Poi calò un profondo silenzio, incrinato solo dal fruscio delle foglie.

D'un tratto una mano artigliata fece capolino nella cavità. Seguì un lungo braccio avvolto in una manica nera. Infine quella non-faccia orribile, resa ancora più mostruosa dai colpi inferti da Frida, Gerico e Tommy. Il Magro Notturno era nel bosco e il suo urlo disumano spazzò l'aria intorno come un vento gelido.

In quella stessa aria risuonò una voce brusca e profonda: «In nome di Shulu il Divoratore, vai ed eliminali tutti, ma portami la ragazzina muta».

La voce di Astrid, nascosta chissà dove, trasudava un odio feroce.

Subito dopo il bosco tremò come un corpo percorso dai brividi. Con un boato rabbioso una scossa di terremoto lunga e aggressiva fu il segno che nella caverna alla fine dei mondi l'Ombra che Divora era pronta a uscire.

RINGRAZIAMENTI

Pubblicare un libro non è un'avventura in solitaria. Un libro non è una casa nel bosco con un solo inquilino. È piuttosto un condominio dove dietro ogni porta c'è una persona che ha contribuito a rendere quell'edificio un posto più bello dove "abitare". E io voglio ringraziare tutti questi miei coinquilini.

Innanzitutto grazie alla mia amatissima moglie Simona, il mio primo lettore, sempre. Grazie per esserci in ogni istante, anche quando vado in ritiro davanti allo schermo.

Grazie a Enrico Racca: senza di lui questa storia sarebbe rimasta un cantiere desolato. Ha creduto nel romanzo, ha letto con attenzione, mi ha ascoltato, mi ha indirizzato e ha realizzato il mio più antico desiderio. Un grazie enorme perché lui è stato l'uomo del destino.

Grazie a Ivan Cotroneo, un amico vero, di quelli che ti arricchiscono a ogni incontro. La sua spinta è stata fondamentale per raggiungere la consapevolezza di avere tra le mani qualcosa che poteva e doveva essere raccontato.

Grazie a Roberto Mucelli e Cristina Bernabei, che mi hanno permesso di conoscere un mondo in cui l'immaginazione si amplifica: l'allevamento di border collie Petrademone. Non solo Roberto e Cristina mi hanno concesso di utilizzare questo nome ricco di suggestioni, ma mi hanno ospitato nel piccolo pezzo di paradiso che mi ha ispirato a creare la tenuta in cui si svolge la storia. Se vi capitasse di andare a trovarli vi imbattereste nella grande quercia, nel vasto prato, nel pozzo di pietra, nel Passetto delle more, nelle Pratarelle e in tutti quei luoghi in cui Frida e i suoi amici vivono le loro avventure. E soprattutto conoscereste i loro splendidi cani, creature speciali che a Petrademone hanno stabilito il proprio regno armonioso.

Grazie agli amici preziosissimi per le letture e i consigli che mi hanno aiutato a far luce negli angoli oscuri della storia: Angela Albarano, Gerry e Tony Guarino, Luca Apolito, Gianvincenzo Nastasi, Aurelio Viscusi, Gianfranco Di Maio, Monica De Simone, Silvio Falcone e le giovanissime Sofia Di Maio e Ludovica Munaretto (i loro occhi freschi mi hanno illuminato la strada verso la stesura finale).

Grazie a Claudio Gubitosi, perché ognuno ha bisogno di un mentore e lui è il mio da vent'anni. E grazie a tutto il Giffoni Experience: se sono quello che sono oggi è per tutto il tempo speso nel festival più bello del mondo.

Grazie ad Alessandra De Tommasi, Oscar Cosulich, Francesco Alò ed Alessandra De Luca per le loro parole importanti.

Grazie a Sara Di Rosa: la fortuna di incrociare la tua strada e la tua storia con una editor speciale, così pronta, così disponibile, così talentuosa non è scontata. E lei ha fatto un lavoro straordinario.

Grazie alla preziosissima Emma Muracchioli: per lavorare sulle rifiniture di un romanzo a cui tieni così tanto hai bisogno di una persona dotata di sguardo acuto, penna elegante e pazienza infinita. Emma ha tutto questo e una simpatia che rende il lavoro (minuzioso) anche estremamente piacevole.

Grazie a Michele Sabia e Valeriano Colucci, che mi hanno spronato a scrivere. Michele, hai visto? Alla fine ce l'ho fatta, il romanzo l'ho scritto!

Grazie a tutti quelli (e sono tantissimi) che con una parola, con un gesto, con un guizzo di benevolenza mi hanno incoraggiato e hanno creduto in questo libro.

E infine grazie alla piccola Frida, mia figlia, mio tutto. Senza di lei niente avrebbe lo stesso sapore e gli stessi colori.

INDICE

1. Petrademone 7
2. La scatola dei momenti 15
3. È successo di nuovo, Barnaba 22
4. Nel pozzo 30
5. I gemelli e il cane pigliamosche 38
6. Un cuore di seta pieno di segatura 46
7. Arriva la tempesta 56
8. L'angelo è qui fuori 64
9. Il Vecchio Drogo 75
10. I due mondi 85
11. Icima 96
12. Il libro e lo specchio 103
13. La Secca Strega dell'Ovest 111
14. Il sigillo 120
15. E se le cicale non avessero più cantato? 130
16. Gli amici ritornano 142
17. Il capanno sul retro 150
18. Erlon 156
19. Ritorno a Petrademone 166
20. L'evocazione 175
21. Come la perla dall'ostrica 184
22. Il centro esatto della notte 197
23. Il Magro Notturno 212
24. La strategia del gambero pistola 223
25. Nevelhem, il Regno delle Nebbie 232
26. L'imboscata 239
27. Il viaggio comincia 252
    Ringraziamenti 259

OSCAR BESTSELLERS

DAI MIGLIORI AUTORI PER RAGAZZI

AA.VV.
Belle e Sebastien. L'avventura continua

Randa Abdel-Fattah
Sono musulmana

Becky Albertalli
Tuo, Simon

Sara Allegrini
La rete

Pierdomenico Baccalario
Le volpi del deserto

Mac Barnett, Jory John
I terribili due
I terribili tre
I terribili quattro

Luc Besson
Arthur e il popolo dei Minimei
Arthur e la città proibita
Arthur e la vendetta di Maltazard
Arthur e la guerra dei due mondi

Holly Black
Doll Bones - La bambola di ossa

Holly Black, Cassandra Clare
Magisterium - L'anno di ferro
Magisterium - Il guanto di rame
Magisterium - La chiave di bronzo
Magisterium - La maschera d'argento
Magisterium - La torre d'oro

Mathilde Bonetti
Stella Bianca - La ragazza
che parla ai cavalli
Stella Bianca - La stagione
degli amori
Stella Bianca - Puledri, baci e gelosie

Pseudonymous Bosch
Il titolo di questo libro è segreto
Se state leggendo questo libro è già
troppo tardi!
Questo libro potrebbe farvi male
Questo non è un libro
Non toccate questo libro

Herbie Brennan
La guerra degli Elfi
La guerra degli Elfi - Il nuovo Re
La guerra degli Elfi - Il Regno in pericolo
La guerra degli Elfi - Il destino
del Regno
La guerra degli Elfi - La figlia degli Elfi

Max Brooks
Minecraft. L'isola

Melvin Burgess
Kill All Enemies

Sharon Cameron
La fabbrica delle meraviglie
L'invenzione dei desideri

Manlio Castagna
Petrademone. Il libro delle porte
Petrademone. La terra del non ritorno
Petrademone. Il destino dei due mondi

Soman Chainani
L'accademia del bene e del male
L'accademia del bene e del male.
Un mondo senza eroi
L'accademia del bene e del male.
L'ultimo lieto fine
L'accademia del bene e del male.
Missione per la gloria
L'accademia del bene e del male.
Prima che sia per sempre

OSCAR BESTSELLERS

DAI MIGLIORI AUTORI PER RAGAZZI

Bianca Chiabrando
A noi due, prof.
Il caso 3ᴬ D

Eoin Colfer
Artemis Fowl
*Artemis Fowl
L'incidente artico*
*Artemis Fowl
Il codice Eternity*
*Artemis Fowl
L'inganno di Opal*
*Artemis Fowl
La colonia perduta*
*Artemis Fowl
La trappola del tempo*
*Artemis Fowl
Il morbo di Atlantide*
*Artemis Fowl
L'ultimo guardiano*
The Supernaturalist

Suzanne Collins
Gregor - La prima profezia
Gregor - La profezia del Flagello
Gregor - La profezia del Sangue
Gregor - La profezia segreta
Gregor - La profezia del tempo

Mauro Corona
Storie del bosco antico
Torneranno le quattro stagioni

Sharon Creech
Un anno in collegio
Due lune
Il solito, normalissimo caos

Michaela DePrince, Elaine DePrince
Ora so volare

Mario Desiati
Mare di zucchero

Robert Domes
*Nebbia in agosto.
La vera storia di Ernst Losse*

Jennifer Donnelly
Una voce dal lago

Catherine Doyle
Il Custode delle Tempeste

Dave Eggers
La porta di mezzanotte

Judith Fathallah
Sono bruttissima

Cornelia Funke
Cuore d'inchiostro
Veleno d'inchiostro
Alba d'inchiostro
Il re dei ladri
Reckless - Lo specchio dei mondi

Neil Gaiman
Il cimitero senza lapidi e altre storie nere
Coraline
*L'esilarante mistero
del papà scomparso*
Il figlio del cimitero
Stardust

Neil Gaiman, Michael Reaves
Il ragazzo dei mondi infiniti
Il sogno di argento

Fabio Geda, Marco Magnone
Berlin - I fuochi di Tegel
Berlin - L'alba di Alexanderplatz
Berlin - La battaglia di Gropius

OSCAR BESTSELLERS

DAI MIGLIORI AUTORI PER RAGAZZI

Berlin - I lupi del Brandeburgo
Berlin - Il richiamo dell'Havel
Berlin - L'isola degli dei

John Grisham
I casi di Theodore Boone
L'indagine
I casi di Theodore Boone
Il rapimento
I casi di Theodore Boone
L'accusato
I casi di Theodore Boone
L'attivista
I casi di Theodore Boone
Il fuggitivo
I casi di Theodore Boone
Lo scandalo

Frances Hardinge
L'albero delle bugie
Una ragazza senza ricordi
La voce delle ombre

Robert J. Harris
Leonardo e la macchina infernale

Lucy & Stephen Hawking
La chiave segreta per l'universo
Caccia al tesoro nell'universo
Missione alle origini dell'universo
Il codice dell'universo
I cercatori dell'Universo

Elena Kedros
Ragazze dell'Olimpo
Lacrime di Cristallo
Ragazze dell'Olimpo
Il Potere dei Sogni
Ragazze dell'Olimpo
Prigioniero dell'Ade
Ragazze dell'Olimpo
La Fiamma degli Dei

Ragazze dell'Olimpo
Il sorriso del traditore
Ragazze dell'Olimpo
L'ultimo desiderio

Maurice Leblanc
Arsenio Lupin. Ladro gentiluomo

C.S. Lewis
Le Cronache di Narnia. Il nipote del mago
Le Cronache di Narnia.
Il leone, la strega e l'armadio
Le Cronache di Narnia.
Il cavallo e il ragazzo
Le Cronache di Narnia.
Il principe Caspian
Le Cronache di Narnia.
Il viaggio del veliero
Le Cronache di Narnia.
La sedia d'argento
Le Cronache di Narnia.
L'ultima battaglia

Leon Leyson
Il bambino di Schindler

Kathryn Littlewood
Profumo di cioccolato
Profumo di zucchero
Profumo di meringa

Patricia MacLachlan
Primo amore

Valerio Massimo Manfredi
Il romanzo di Odisseo

Viviana Mazza
Il bambino Nelson Mandela
Guerrieri di sogni
Storia di Malala

Viviana Mazza, Adaobi Tricia Nwaubani
Ragazze rubate

OSCAR BESTSELLERS

DAI MIGLIORI AUTORI PER RAGAZZI

Davide Morosinotto
Il rinomato catalogo Walker&Dawn
La sfolgorante luce di due stelle rosse

Julie Murphy
Voglio una vita a forma di me

Patrick Ness
Chaos Walking. La fuga
Chaos Walking. Il nemico
Chaos Walking. La guerra

Antonio Nicaso
La mafia spiegata ai ragazzi

Linda Sue Park
Un lungo cammino per l'acqua

Katherine Paterson
Un ponte per Terabithia

Bianca Pitzorno
Ascolta il mio cuore
La bambinaia francese

Rick Riordan
Eroi dell'Olimpo
L'eroe perduto
Eroi dell'Olimpo
Il figlio di Nettuno
Eroi dell'Olimpo
Il marchio di Atena
Eroi dell'Olimpo
La casa di Ade
Eroi dell'Olimpo
Il sangue dell'Olimpo
The Kane Chronicles
La piramide rossa
The Kane Chronicles
Il trono di fuoco
The Kane Chronicles
L'ombra del serpente
Magnus Chase e gli dei di Asgard
La spada del guerriero
Magnus Chase e gli dei di Asgard
Il martello di Thor
Magnus Chase e gli dei di Asgard
La nave degli scomparsi
Percy Jackson e gli Dei dell'Olimpo
Il Ladro di Fulmini
Percy Jackson e gli Dei dell'Olimpo
Il Mare dei Mostri
Percy Jackson e gli Dei dell'Olimpo
La Maledizione del Titano
Percy Jackson e gli Dei dell'Olimpo
La Battaglia del Labirinto
Percy Jackson e gli Dei dell'Olimpo
Lo scontro finale
Percy Jackson e gli Dei dell'Olimpo
Il libro segreto
Percy Jackson racconta gli Dei greci
Percy Jackson racconta gli eroi greci
Le sfide di Apollo
L'oracolo nascosto
Le sfide di Apollo
La profezia oscura
Le sfide di Apollo
Il Labirinto di fuoco

Rosie Rushton
L'estate dei segreti
Segreti d'amore

Carrie Ryan, John Parke Davis
La mappa dei desideri

Manuela Salvi
E sarà bello morire insieme

Lea Schmidbauer, Kristina Magdalena Henn
Liberi nel vento. Contro ogni regola

Sandra Scoppettone
Capelli viola

OSCAR BESTSELLERS

DAI MIGLIORI AUTORI PER RAGAZZI

Michael Scott
I segreti di Nicholas Flamel l'Immortale
L'Alchimista
I segreti di Nicholas Flamel l'Immortale
Il Mago
I segreti di Nicholas Flamel l'Immortale
L'Incantatrice
I segreti di Nicholas Flamel l'Immortale
Il Negromante
I segreti di Nicholas Flamel l'Immortale
Il traditore
I segreti di Nicholas Flamel l'Immortale
I gemelli

Jerry Spinelli
La schiappa
Stargirl
Per sempre Stargirl

Robin Stevens
Miss Detective.
Omicidi per signorine
Miss Detective.
In vacanza con il morto
Miss Detective.
Assassinio in prima classe
Miss Detective.
Un delitto allegro ma non troppo
Miss Detective.
Un mistero... coi fiocchi
Miss Detective.
Pericolo in famiglia
Miss Detective.
Morte sotto i riflettori

Miss Detective.
10 e lode in Omicidio

Licia Troisi
Pandora
Pandora
Il risveglio di Samael
Pandora
L'erede di Gavri'el
Pandora
Il potere di Arishat
La Ragazza Drago
L'eredità di Thuban
La Ragazza Drago
L'albero di Idhunn
La Ragazza Drago,
La clessidra di Aldibah
La Ragazza Drago
I gemelli di Kuma
La Ragazza Drago
L'ultima battaglia

Eva Weaver
Il piccolo burattinaio di Varsavia

Carola Wimmer
Liberi nel vento

Paola Zannoner
Dance!
Tutto sta cambiando
Il vento di Santiago